リーガル"ハイ"

〔日〕古沢良太 百瀬忍 著 袁斌 译

胜者即是正义 1

人民文学出版社
PEOPLE'S LITERATURE PUBLISHING HOUSE

著作权合同登记号　图字 01-2015-7623

「リーガル ハイ」

图书在版编目(CIP)数据

胜者即是正义. 1/(日)古沢良太,(日)百濑忍著;
袁斌译.—北京:人民文学出版社,2016
ISBN 978-7-02-011461-0

Ⅰ. ①胜…　Ⅱ. ①古…　②百…　③袁…
Ⅲ. ①长篇小说-日本-现代　Ⅳ. ①I313.45

中国版本图书馆 CIP 数据核字(2016)第 039808 号

责任编辑:**陈　旻**
特约策划:**陶媛媛**
装帧设计:**汪佳诗**

出版发行　**人民文学出版社**
社　　址　**北京市朝内大街 166 号**
邮政编码　**100705**
网　　址　**http://www.rw-cn.com**

印　　制　**山东临沂新华印刷物流集团**
经　　销　**全国新华书店等**

字　　数　**225 千字**
开　　本　**787 毫米×1092 毫米　1/32**
印　　张　**13.25**
版　　次　**2016 年 7 月北京第 1 版**
印　　次　**2016 年 7 月第 1 次印刷**

书　　号　**978-7-02-011461-0**
定　　价　**49.80 元**

目录

第一章

最强又最渣的律师　爱与法律都会撒谎?

啪！某加油站的门口，一块湿哒哒的抹布飞到了店员坪仓裕一的脸上。

"你这是第几次了？连车都洗不好？你自己说，你还能干什么？蠢货！你不用再来了，赶紧滚！"

一看到有客人进店，刚刚朝坪仓扔抹布的林田店长立刻换上一副笑脸，热情洋溢地招呼了一声"欢迎光临"，引导进店的车子往车位上开去。其他的店员，有的忙着给车子加油，有的忙着擦拭车窗，尽管手上忙个不停，但他们都没忘记抽空瞥眼看向坪仓。坪仓依旧低着头，呆呆地站在原地，他的脸颊已被抹布上的水打得湿漉漉的。

"……我要宰了你。"坪仓的声音，听起来像是从地底涌上来的一样。他嘴里喃喃地念叨着。

"每天被人臭骂，还被解雇，所以你再也忍不住了？"

此刻，坪仓正待在城西警署的审讯室里。昨天，警方在林田租住的公寓里发现了林田的尸体，是被人用刀刃刺伤后，失血过多而死。林田的尸体旁还滚落着一把沾有血迹的菜刀。

"我们已经从那把菜刀上找到了你的指纹。"

白井警部把脸凑到坪仓的眼前。坪仓甚至能感觉得到对方喷出的气息。

"不是我……"

坪仓刚开口，屁股下的椅子就被白井警部踢飞，重重地摔倒在地上。

"抱歉，我不小心绊到了你坐的椅子。"

一脸无辜地说完之后，白井走到坪仓的身旁，用振聋发聩的声音在坪仓耳边怒吼道："不管要花几小时还是几天审问你这混蛋，老子他妈的都奉陪到底，坪仓！"

坪仓的意识渐渐变得模糊。

"判决如下：判处被告人有期徒刑十年。判决前的拘留期计算入刑期内。若对本判决心存不服……"

东京地方法院的法庭里回响着法官朗读判决书的声音。被告坪仓面如死灰，瘫坐到了地上。两名法警搀起坪仓，连拖带拽地带着他离开了法庭。黛真知子站在律师席上，懊丧地咬住了嘴唇。负责此案的检察官杉浦忠志瞥眼看了看黛，面无表情地走出了法庭。

从法院回家的路上，站在晃动不止的电车里，黛手捧着一本《无罪开释案例集》，一边看一边在重要的地方划上红线。这时候，一位老者上了电车，伸手拽住了黛身旁的吊环。黛刚说了一句"请坐"，伸手示意让老人坐到自己面前的空位上，却见一名男子推开老人，一屁股坐了上去。男子耳朵里塞着耳机，坐下之后便径自掏出书看了起来。尽管男子穿着大衣，戴着帽子，但还是能一眼看出来他的年纪应该在三十岁左右。黛骤然感觉气不过，就冲着男子开口道：

"麻烦你起来把座位让给老人家吧！"

男子慢条斯理地抬起头来。他的长相清秀端正，茫然地抬头看了黛一眼，便立刻再次低下了头。

"喂，我在跟你说话呢。"

黛伸手在男子的肩头推了一把，男子再次抬起了头。

“Shi Wo Ma？”

没想到，男子说出的竟然是一句中文。

“你是中国人？那个，在日本……Zai Ri Ben，Lao Ren，You Xian。”

黛顾不得那么多，干脆直接用蹩脚的中文说了一句。

“我是日本人。”

男子让黛看了一眼他手上的书的封面：《中文会话自学成才》——黛心下气愤，却还是尽可能地压制了怒火，平静地说道：

“……我说，麻烦你把座位让给这位老人家坐一下。”

“为什么？”

“从外表来看，你应该还很年轻吧？这位老人家已经上了年纪。体力好的人给体力不好的人让座，这既是道德，也是礼节。你不觉得吗？”

听完黛的话，男子故作热情地回敬道：

“我也是这么想的。但是，你不觉得你这种看到年轻人就觉得对方体力好、看到老年人就觉得对方体力差的观点是有问题的吗？你有没有设想过——我虽然才三十八岁，但其实患有严重的心脏病——的可能性？”

“你真的有心脏病？”

“没有。”

“啊？”

“但是，从外表上看，这位老人家虽然已经年逾六旬，其实却常常去健身俱乐部……”

男子指着老人手里的运动包说道。的确，黛身旁的老人手里的包上，确实印着某家健身俱乐部的标志。

“而且，从这只包的破损程度来看，估计这位老人家加入这家俱乐部已经很久了。宽厚的胸肌，紧致的腹背肌肉，小腿上的三角肌也张弛有度，这一切都能隔着衣服看出来。比起瘦弱的我，他的身体可要强壮得多。另外，那家健身俱乐部其实就在下一站附近。”

男子连珠炮般地一口气说了一大堆。这时候，电车已经靠站，而老人也一脸愧疚地走下了车。此刻，黛发现电车上的乘客们都将目光投向了自己，只觉得自己如坐针毡。

“他只有短短两分钟的车程，根本没必要让座。我早就看出你那么做只是在强逼他做出坐下起立的动作罢了，只是没点破而已。我说完了。你有什么要反驳的吗？”

黛哑然失语。男子微笑着说了一声“Xie Xie”，便再次戴上耳机，看起了书。

“这……这家伙真讨厌……”

黛恨得咬牙切齿，转身走到了相邻的车厢。

“眼下才刚开始。再次上诉时，法庭一定会认定你无罪的。请让我继续为你辩护吧！”

拘留所里，黛和坪仓见面了。

“还是算了吧……”坪仓低着头，看都不看黛一眼。

“我这辈子一直这样……大概是倒霉吧，反正我从来没觉得自己遇到过什么好事。”

“你不是还想攒钱去念大学吗？学习你喜欢的植物学，之后到博物馆里做馆员，不是吗？”黛站起身，猛拍隔在她和坪仓之间的玻璃墙。

“不到最后关头，我是不会放弃的！虽然像我这样初出茅庐的律师，多少让人感觉有些靠不住，但你也不要放弃希望啊！”

或许是黛的心意传达到对方心里去的缘故吧，坪仓也缓缓站起身来，隔着玻璃，把自己的手贴到了黛的手上。

租用高级写字楼的某层作为办公室的三木律师事务所，可以算得上业界里的一家大牌公司。黛紧盯着老板三木长一郎，向他走了过去。此刻，三木正脚步匆匆地向会议室走去，美女秘书泽地君江和新锐律师井手孝雄亦步亦趋地紧跟在他身后。黛跟在三人身后，向三木报告了坪仓一案的情况和经过。

“你还要上诉？”

开什么鬼玩笑？三木只用一句话就彻底否定了黛的报告。

“当然！一审判决实在有失公允。审判时提交的那些证据，全都是间接证据，而且警方对被告施行过暴力逼供……”

“我没问你这些。这官司，你不是已经打输了吗？一个败诉的律师还打算继续上诉，继续抗争？”

“三木律师不是说过吗？这种公派官司，根本就没必要接。”

井手说道。虽然他只比黛大一岁，但每次在黛的面前说话的时候总会摆出一副老资格的神气。

“我本来希望你能负责企业法务，尤其是和海外贸易相关的案件，也希望你能初上法庭就来一场漂亮的胜仗。可你为什么就是不肯听从上司的嘱咐呢？”

“……就算转成坪仓的个人律师，我也要坚持抗争。”

没错，这就是黛的值得纪念的第一场官司。想当年，就是为了解救那些无辜的人，黛才选择了律师这条路。所以，在她看来，无论如何，这场官司都一定要打赢。

“你要是总这么纠结下去，今后的前途可是会受到影响哦。”

听见三木的话，黛不由得怒上心头，攥紧了拳头。

“好了，你可以出去了。”

三木走进会议室，再也不理会黛，将目光投向了资料。接下来，他将出席一场关于某大型外资企业委托诉讼的重要会议。

黛耷拉着脑袋走出会议室，无精打采地进了电梯。就在电梯门即将闭合的一瞬，泽地突然闪身钻进了电梯里。泽地身形高挑，曲线玲珑，不论从哪一点看，她的魅力都可以说得上是满分级别的。

“黛律师，你就这样接受三木的处罚吗？”

泽地突然开口问道：“去找那个人的话，或许他会帮一帮你。”

在浅草站下车之后，黛对照着打印出来的地图，四处探寻泽地口中“那个人”的事务所。

“或许黛律师你还不太清楚……三年前，那个人曾在我们事务所里任职。现如今他已经自立门户，经营属于他个人的法律事务所了。虽然他平常不大愿意接这些诉讼官司，但他的本领完全当得上出类拔萃四个字。”

以上是泽地告诉黛的。

一幢西式公馆模样的建筑出现在黛的眼前。话说回来，真没想到浅草附近居然还有这样的人家……黛心想。径自从那户人家门口走过后，黛再次折返了回来。

虽然院门外既没挂铭牌也没有说明，但从地址来看，应该就是眼前这户人家。黛战战兢兢地按下了门铃。过了一阵子，一位气宇不凡的老人出来应了门。说是老人，但不管声线还是体型，都给人一种极为绅士的感觉。

“等您很久了。好了，快请进吧。”

还不等黛开口，老人便笑容可掬地开了口。难道这个人就是泽地说的“那个人”？不对啊……眼见黛有些迟疑地呆呆站在院门口，老人便开口催促了一句：“请进吧，古美门律师正在等您呢。”示意让黛快些进门。

走过落地有声的大理石走廊，黛来到一间富丽堂皇的会客厅。老人满脸微笑，为黛拉开了餐椅。餐桌上摆放着丰盛豪奢的法国料理。

“这是橙子酱野鸭，不知是否合您的口味？”

听到老人的问话，黛不由自主地拿起了餐刀餐叉，尝了一块盘子里的野鸭肉。一瞬间，浓厚而又柔和的味道在口中发散开来，黛不由得眯起了眼睛。可是……

“……抱歉，请问，这里是律师事务所吧？”

“我是事务员服部。”

“古美门老师他……”

服部抬手向庭院的方向一指。擦得锃亮的玻璃门外有一处晒台，一名男子正在晒台上演奏着小提琴。眼前的这个人，就是先前泽地告诉自己的那位“古美门研介”？

男子转过头来，冲着黛笑了笑。之后，他一边拉着小提琴，一边向黛走了过来。看清那男子的脸之后，黛不由得倒吸一口凉气——这不就是前两天在电车里遇到的那男人吗？

“啊，早就想见一见您了，我的可人儿……”

男子用流畅的中文说道。但紧接着发现此时坐在餐桌旁的人是黛之后，男子不由得僵在原地。

“服部叔，这位是？”

古美门板着脸向服部问道。

“啊？这位不是您……”

被服部反将了一句，古美门默然摇了摇头。

“我是三木律师事务所的黛。您就是古美门律师吧？”黛向男子递上了名片。

“这次来访，是有求于律师您。”

“服部叔，我不在家。送客！”

古美门顺手从黛的手里抽走名片之后便立刻把名片扔到了地上。

就在这时，门铃再次响了起来。服部到玄关去应门，古美门则摁下了唱机的开关，小提琴的美妙音色再次响彻房间。只见古美门返回晒台，装出一副正在演奏小提琴的姿态。果然不是他拉出来的琴声啊……

“您还记得我吗？前两天在电车里……”

虽然有些吃惊，黛还是冲着男子问了一句。然而，古美门却丝毫不作理会。

不一会儿，服部带着一名身着青色晚礼服的中国美女走了进来。

“啊，早就想见一见您了，我的可人儿……”

古美门一扭头，冲着那名中国美女说道。他把小提琴放到桌上，向那名中国美女递上一束鲜红的玫瑰。之后，他轻轻搂住那美女，开始用中文倾诉起爱慕之情。

“我想请您帮个忙，救救一个蒙冤的青年吧。”

黛再不顾两人之间的甜美气氛，直接把脸凑到了古美门的面前。

“真是抱歉，律师他今天不大方便。”

服部赶忙一把拽住了黛的胳膊。但是黛却甩开了服部的手。

“他是被人逼供，最终被判定有罪！一位努力生活的青年，他的人生将会……”

黛一边和服部扭打，一边高声叫嚷着。

“你等我一下。”古美门冲着中国美女温柔地一笑，之后立刻换了一张脸，扭头看着黛。

“你差不多该适可而止了吧？再这么闹下去，她会不高兴的。我知道你就是电车上那个人，我早就想起来了，你这个俗气的罗圈腿！”

古美门用手指着黛，一脸怒不可遏。

“先前我见你在看案例集，但没想到你这木鱼脑袋居然整天把自己妄想捏造出来的正义感强加于人！这世道也算是彻底完蛋了。有人受到不当判决也好，那人在监狱里被看守强暴了也好，这一切都与我无关！想要找我办事，那就带上你的诚意再来吧！”

古美门的右手拇指和食指来回相互摩擦了几下，比出数钞票的动作。

“你是说钱吗？”

“除了这个还能有什么？”

“……我还没有和委托人商量过，不敢一口答应您，但我想他应该会准备好相应的金额。”

“接手费一千万日元。”古美门在椅子上坐了下来，品了一口杯里的红酒，开口说道，“酬金两千万，共计三千万。这就是我的辩护费用。”

听到古美门狮子大开口的要价，黛瞬间失语。片刻之后，她便回敬了一句：

“市价的最高价，也不及你出价的十分之一。这样的金额……”

“我可不想被你拿去和你们那里的那些废物律师相提并论。”

“但你出的这价也太……”

“我给你的这价已经算便宜的了，因为这官司我一旦接手，那就是百分百赢定了！对方已经采取了逼供的手段，你居然还会把官司给打输？这件事本身就已经称得上不可思议！只要你拿钱出来，我包管被告最后无罪开释。”

“这可不是什么钱不钱的问题。要是这世道里，连正义都无容身之地的话，那么这个国家的司法可以说彻底完蛋了！”

黛不甘示弱地回道。

“要是再多出现些像你这样的废物律师，这个国家的司法才算是完蛋了呢！我来告诉你吧，正义是靠金钱买来的。你还是赶紧回去拿钱吧。”

“就凭你这种人，也能算得上……”

“你要是再多跟我废话一句，我就要收取五十万日元的商议费了。”

听了古美门这句话，黛愤愤地拿起自己的包，转身向玄关走去。但是，最后她还是忍不住回敬了一句：

“我再也不会来找你帮忙！”

恨恨地丢下这样一句话，黛便立刻向玄关小跑而去。

“够了，五十万！五十万，五十万哦！我会派人把收据给你送过去的！”

古美门像小学生一样冲着黛的背影叫道。

回到事务所，黛在洗手间里偶然撞见了正在里边补妆的泽地。

“那人简直糟透了……”

黛开冲泽地说道。

“没错。不管怎么看，他都算得上是个再糟糕不过的人。但是，最终他却一定会赢。这就是古美门老师。是毒是药，全得看怎么用。你不觉得吗？”

泽地缓缓扭过头，用挑衅的目光看着黛。

“……不觉得。我是不会向那种眼里只有钱的行尸走肉出卖信念的。”说完，黛又说了一句“话说回来”，改变了话题：

“我不是罗圈腿吧？”

听到这问题，身着迷你裙和高跟鞋的泽地看了一眼严严实实包裹在职业西装和丝袜下的黛，说了句“不”，给出了否定的答案。不是罗圈腿就好……黛刚准备离开洗手间，但转念又想：“不对，这算什么好？”于是再次返回：“……请你多告诉我一些有关古美门研介的详细情况吧。”

“他是整个司法界都敬而远之的人。”泽地的回答言简意赅，“虽然他先前一直在一所三流私立大学里混日子，却一次就通过了司法考试。三木律师也是看中他那种毫不把他人放在眼里的气势，把他招揽到了咱们事务所。刑事、民事、企业诉讼，但凡有利可图的纠纷，只要被他发现，就会想尽一切办法发起诉讼。有时他的做法几近违法，有时他的做法已经彻底违法，但凭借这些手段，他连战连捷。没过几年，他就彻底成为咱们这里的王牌律师。他的不败记录，直到今天依旧无人能破。”

既然如此，那他为何……或许是看穿了黛的心思，泽地继续说道：“不久，他就失控到了让三木律师再也无法容忍的地步。三年前发生的一件事，让他们两人彻底决裂了……三木律师将古美门律师扫地出门，让他再也无法在业界混下去。”

三年前发生的一件事？到底是什么事……尽管感觉有些疑惑，但泽地根本不给黛留开口询问的机会。

“尽管如此，时至今日，三木律师对古美门律师依旧恨之入骨。不过财经界的一些经营者对古美门老师宠爱有加，一直向他支付大笔的法律顾问费，所以，直到今天，他照样能够整日过着优哉游哉的生活。”

是夜。古美门在一家高级铁板烧店的吧台前会见了某大型企业的经营者森田。两人之间，坐着专务北村。

到这里来之前，古美门一直都和那位中国美女厮混在一起。度过了那段浓郁甜蜜的时光之后，酒水也似乎变得格外地美味。

“我听说社长希望和我两人单独对饮一番，所以才过来的。现在为什么会有这样一个外人在？”

北村瞥了古美门一眼，皱起了眉头。

“专务，先前贵社的社长曾经向我咨询过一些问题。听说最近贵社中有人打算叛变，似乎正在大肆收购贵社的股票。”古美门冲着北村说道。

“这事你管不着。”

看到北村的脸上露出了明显的不快表情，森田开口说道：“的确，我一直都是社里的一把手，所以花了不少任性的钱。这一点我自己也已经有所反省。但是，从业绩上看，似乎已经呈现出振兴的征兆了。”

“不管怎么说，对以一己之力便将公司经营到如此规模的劳苦功高者如此背叛，实在是有违义理啊。”

古美门一脸讽刺地看着北村，而北村也毫不畏惧地回瞪着古美门。

“这是为了公司。”

“是为了您自己的野心吧？我倒是觉得，您似乎并不配得到社长的职务呢。”

“社长，您所做的最大的任性花费，就是支付给他的巨额顾问费用。”

北村依旧一脸不快。

“专务，您的野心和家庭的稳定，您觉得哪头更重要呢？”

古美门慢条斯理地从包里拿出一叠照片，在桌上摊了开来。照片里拍下的，全是北村和那个中国美女一起到温泉旅馆开房的情景。正是为了弄到有关北村的情报，古美门才设法接近那个中国美女。

“你到底是从哪儿弄到的……”北村的脸色渐渐变得铁青。

“您现在应该愿意收手了吧？”

古美门得逞了。北村狼狈不堪地逃走，古美门和森田则举杯共庆胜利。

翌日清晨，古美门正身穿睡衣吃早饭的时候，黛突然冲进来，迈着她的罗圈腿走近桌旁，把一堆钞票扔到了桌上。

“这里是三千万，麻烦你核对一下。这是我垫付的，用我父亲老家的田地……做了抵押。”

“你这白痴还真是蠢到了家。”

古美门不假思索地说出了自己心里的真实想法。

“我答应过他，一定会救他出来……现如今，他只有我可以依靠了。现在我要去见坪仓裕一，你能跟我一起去了吧？律师，你先前曾经跟我说过，让我带上钱来找你。”

黛把手里的钞票拍到了古美门的脸颊上。

“只要给钱，你就会行动，是吧？你看，这里是三千万啊，三千万。你不是就想要这玩意吗？给你，给你！”

古美门实在受不了黛的步步紧逼，顺手抓起盘子里的蛋包饭塞进了黛的嘴里。黛毫不退缩，两眼瞪着古美门，缓缓地咀嚼了起来。

“……你的老板不是很讨厌我吗？”

“这事我没跟事务所里的人说，一切都是我自己擅自主张。我已经受够了那家事务所唯利是图的氛围了。”

嗯，的确如此，话虽这么说……

“西服已经熨好了。”

就在这绝妙的时刻，传来了服部的话语。古美门心不甘情不愿地站了起来。但说句实话，似乎也算不上很不情愿。其实，自打看到了眼前那三千万，他的心中便已经下定了决心。

“服部叔，你做的奶酪蛋包饭实在是好吃到爆啊。”

“不敢当不敢当。从前，鄙人曾在瑞士的宾馆里当过主厨。”

古美门对两人之间的对话充耳不闻，径自转身离开了饭厅。

换上一身笔挺的西装，古美门和黛一起来到了东京拘留所的会面室。此刻的两人正在与坪仓碰面。

“店长他经常会把我们这些员工叫到他家去开火锅派对，有时候我也会去帮帮忙……”

坪仓总给人一种无精打采的感觉……缺少自信。

“所以说，他们家的菜刀上有你的指纹，也是理所当然的事了？接受审讯时，你曾经被警察踢到过腿，是吧？”

黛询问的语气，就像是在和小孩说话。

“那家伙踢的是椅子的腿，不过他说他不是故意的……”

“案发当时，你在哪里？在做什么？”

古美门起身询问道。

“我在柏台公园里……”

坪仓嗫嚅地回答道。可惜，当时并没有任何人能够为他提供不在场证明。黛轻轻地叹了口气。

“当时你在公园里干吗？”

古美门再次开口询问。黛立刻回答道：

“他喜欢植物，当时他坐在公园里，一边喝咖啡，一边呆呆地观赏花草。”

“我问的是他。你当时买过咖啡？”

“因为不远处就有一家小卖部。”

“如果能够找到收据，那倒是一件挺有利的证据呢……”

没等黛说完，古美门就站起身来，大叫着：

“坪仓君，接下来，你就好好地享受一下所剩无几的拘留所生活吧！”

回到古美门律师事务所，黛从包里拿出了一叠又一叠的各种文件。

“这是警方的搜查资料。这是鉴定科的资料。还有，这是我收集来的以往案例……”

“一堆垃圾，看着就烦。”

古美门一把一把撕掉那些资料，扔到地上。立刻，服部拿着笤帚走了过来，扫起了地上的纸屑。

“这些玩意全都是垃圾！亏得你还去收集了这么一大堆垃圾！赶紧把它们塞回你那塑料包里去吧。”

古美门伸手指了指黛的皮包。黛一脸不服地把资料收了起来。

“照你说，那我该做些什么呢？麻烦你下令吧。”

“第一，你去给我收集对坪仓的赞美之辞。”古美门说道，“孝顺父母、节约粮食……什么都行。”

黛马上拜访了坪仓的老家。坪仓与父亲相依为命，尽管薪水少得可怜，但他总是尽可能地给父亲汇去生活费，而且似乎也曾给生病的亲戚寄送过药品。

其次……黛一边忙碌一边回想起了古美门说的话。

“第二，你去收集负责审问坪仓的刑警的丑闻。”

刚到达城西警署，黛便听到了屋里传出的怒吼声。

“放手啊，会痛啊！”

出声叫嚷的年轻人梳着金发鸡冠头，一眼望去就能看出那应该是个小混混。先前曾和黛打过照面的那位叫白井的警部正拧着年轻人的胳膊，把年轻人推到警署外。

“这次就放你一马，下次别再给我犯事了！”

白井一把推开鸡冠头。鸡冠头咂了咂舌，走下警署的楼梯。

“可以和你聊两句吗？”

黛出声叫住鸡冠头，打听对方对白井警部有何不满。

“第三，找记者来写一篇有关这两方面内容的文章，把舆论卷进来。法庭最怕的就是舆论。”

“加油站店长遇害事件大盘点——警方逼供？”

“彻底揭开警方的内部黑幕”。

第二周，各大杂志都浓墨重彩大幅报道了相似的探访。

甚至连电视也播出了对“接受审讯的佐佐木（化名）”的访谈节目，而节目里的那个“佐佐木”，正是黛发现的那个鸡冠头——加贺兰丸，尽管脸上打了马赛克，他的金色鸡冠头依旧很显眼。

“那刑警可过分了，他还会踢人呢！口口声声说他不是故意的，简直就是黑社会嘛！遇上他的话，就算自己没做过，也会被他逼迫说是自己干的啦。”

听完加贺兰丸的一番说辞，黛再次想起了古美门的指令。

“第四，向人权组织煽风点火。”

黛和兰丸站在法院门口，和手持“清除冤假错案！还坪仓君自由！坪仓君救援会”条幅的支持者们一起，组织起了签名运动。

“为坪仓裕一讨回公道！请大伙儿务必帮个忙！”

两人扯着嗓子高声叫嚷着。

最后，黛和古美门来到了柏台公园。古美门快步向小卖部走去，给店员斋藤看了看坪仓的照片。

“去年九月三日下午二时许，照片上的这人曾到你店里来买过咖啡吧？”

“之前我也说过……我记不清了。”斋藤一脸紧张地回答道。

“那么，你的店里应该保留有数据吧？”古美门步步紧逼。

“九月三日下午两点左右，确实曾经有客人在小店买过咖啡。那一天中，我这店里只卖出过一杯咖啡。”

“既然如此，那你应该会有些印象的吧？买过咖啡之后，那位客人一整天都坐在那边的长椅上。你应该也会留意到吧，斋藤博也先生？”

突然被古美门说中了自己的全名，斋藤不由得轻轻惊呼了一声。

“人类的大脑其实是一件很不可思议的东西。你以为你想不起来了，实际上当时的记忆却一直沉眠在你的脑海深处，就像被塞进抽屉里一样。有时候，这些记忆会因为一些契机而突然从抽屉里蹦出来。你应该知道这是一起备受世人关注的案件的吧？你的证词，关系到一位无辜的青年是否能够得救。这世上，只有你才能拯救他。拯救他人，有时其实就是在拯救自己。”

古美门一把搂住从店里走出的斋藤的肩膀，在附近的长椅上坐了下来。黛也赶忙在两人的身旁坐下。

“说不定，和你分居的妻子和女儿也会在法庭上旁听哦。”

听到古美门的话，斋藤的表情变得更加错愕了。黛也不由得为古美门的调查能力咂舌。

“站到证人席上之后，要是你能慷慨陈词，道明真相，揭发警方和检方的残暴行为，你的妻女又会怎样看待你呢？”

“这个……”

这么做是不是有点过火了？黛刚准备开口，古美门就制止了黛，开口说道：

“我这不过只是在帮助他打开记忆的大门罢了。斋藤先生，你回想起什么没有？”

“……其实……我也记得当时似乎确实有这样一位客人。先前我也曾经对警方说过这一点。”

哎？黛不由得惊叫了起来。

“但是，当时刑警是不是跟你说过‘一定是你记错了’之类的话？”

沐浴在古美门犀利的目光之下，斋藤重重地点了点头。

“搞定。”

古美门面带微笑地看了看黛。

“太好了！法院认定存在事实误认了！”

几天后，黛冲进了古美门法律事务所。

“这是高等法院的裁决。‘推翻原判，本案发回东京地方法院重审。'法院决定重新一审裁决了！"

黛一脸兴奋地让服部看了看文件。

"真是可喜可贺。不如一起庆祝吧？"

听了服部的建议，黛往饭厅里一看……只见古美门和兰丸正在饭厅里用餐。虽然发型已经改回了寻常的黑发，但毫无疑问，那人确实是兰丸。

"辛苦你了。"古美门把一只信封递给了兰丸。看样子，信封里装的应该是钱。

"感谢惠顾！下次再有什么事，记得叫我啊！"说完，兰丸便满面笑容地回去了。

"他怎么会在这里？"黛向古美门问道。

"这事你就不必管了。接下来，好戏就要开场了。"

"是。话说回来，这次的负责检察官，是那个号称青年新秀的杉浦检察官啊。"

"别搞笑了！在我看来那家伙完全就是菜鸟中的菜鸟。只要一听到我的名字，那家伙就会彻底蔫掉，再没有任何存在感可言。遇到那家伙，自动门都会闭门不开。听到即将和我再在法庭上一决雌雄的噩耗，估计那家伙现在正浑身发颤小便失禁哭天抢地叫娘吧。"

古美门趾高气扬地得瑟。

整个法庭里座无虚席，坐满了来自各个阶层的旁听者。为缓解自己的紧张情绪，黛在手心里画了个"人"字，塞进了嘴里。

"旁听者都是冲着我来的，你什么都不用做。你看，冤大头来了。"

听过古美门的话，黛抬头一看，只见检方人员正在进场，检察官杉浦已经走到了指定的位置上。

“幸好法庭的门不是自动门啊。”

发现古美门正气势汹汹地盯着自己，杉浦不由得低下了头。之后，陪审员和腰上拴着绳子的被告坪仓也入庭了。坪仓一脸不安地看了看黛。

“开庭。”

法官一声令下，第一次公审开始。首先，杉浦朗读了诉状，之后便轮到古美门发言。

“因为是不白之冤，而警方却对被告施行了严刑逼供，所以我方主张，被告其实是清白无辜的。”

古美门说完辩护陈词之后，杉浦开始了对坪仓的询问：

“蠢货、白痴、傻叉……平日里你经常会遭受到这类责骂，是吧？听到这些责骂之后，你心里有何感受？”

“这个嘛……我当然不希望听到这类责骂。”

“你应该承认，你心中曾经有过想要宰了店长的想法吧？”

“是的……”

坪仓的声音小得难以听清。眼见如此，古美门立刻展开了反击：

“先前，我听说中野区的大学生石崎玲奈小姐在与恋人争吵时嘴里反复地叫嚷着‘我要杀了你’这句话。个体户村和也先生在居酒屋中喝醉之后，与人发生争吵，也曾经说过‘老子要杀了你’。听到丈夫的无聊玩笑之后，家庭主妇大久保幸枝女士也说过‘你去死’……依照检方的见解，这些人似乎全都对对方心存杀机，但实际上，他们却并没有犯下过杀人的罪行。如果有人真的想要动手杀害他人，那么那个人是不会说出‘我要杀了你’之类的言辞的。”

墙上的屏幕中映现出各种各样的资料画面。古美门走到坪仓的身旁。

“坪仓先生，当时店长林田先生曾多次对你破口大骂，口口声声说要解雇你。但过不了几天，林田先生就会打电话给你，叫你赶紧去上班。对于林田先生，你心中抱持的究竟是怎样的感情呢？”

“……我很感谢他。”

“也就是说，你心中对他抱持的是感激、尊敬、信任的感情，却丝毫没有半点的杀机？”

“是的。”

“生前，林田先生曾多次邀约你到他的住所，与你一同用餐吧？那么，你是否曾在他的家中帮忙做过菜呢？”

“每次去他家吃饭，我都会帮忙做菜。”

“那么，你是否做过什么会让自己的指纹残留到他家菜刀上去的事呢？”

“当然做过。”

“要是没有过这类事，那才真是奇了怪了。表面不时会展现出严厉的一面实际却很疼爱后辈的前辈，和一个心中对前辈充满着敬爱之情的后辈……两人之间的关系，我想应该已经不言而喻了吧？”

古美门冲着杉浦，同时也冲着整个法庭微笑了一下。

第二次公审，白井警部站到了证人席上。

“坪仓先生说，你在审讯时曾经踢翻过他坐的椅子，让他跌倒在地，同时你还对他进行了言语上的恫吓。有这回事吧？”

古美门向白井询问道。

“完全是一派胡言。在审讯罪犯时，我们警署都要让审讯室的房门敞开着，一旦有人出声恫吓，那么整层楼的人都会听到。”

“我听坪仓先生说，审讯他的时候，审讯室的房门似乎是关着的？”

“那是他记错了吧。”

听到这话，一帮年轻刑警纷纷站到了证人席上。

“从我们所在的刑警课的房间里，随时都可以观察到审讯室里的情况。毫无疑问，审讯坪仓那天，审讯室的房门是敞开着的。”

“如果有人使用了暴力或者恫吓之类的手段，那么我们就会立刻觉察到的。”

“警部审讯罪犯时，从来不会有什么太大的响动，那天也不例外。”

年轻刑警们陈述完证词之后，杉浦走了出来。

“在警视厅搜查一课里，白井警部是被称为‘审讯高手’的名刑警。直到今天，他的审讯手段都从未出过任何问题。他的同事和后辈，也一直在学习和效仿他。”

杉浦一脸得意地说完之后，第二次公审就此休庭。

“杉浦这小子还真是不见棺材不掉泪啊。”

“马上就要开始终审了。”

夜里，古美门和黛两人坐在桌旁，胡吃海塞着服部为他们准备的豪华晚餐。公审结束后，两人的心情都很嗨。

“律师，您看这样行吗？”

服部拿起一张龙飞凤舞地用毛笔写着“无罪”字样的纸，让古美门和黛看了一下。

“写得真好啊……”

黛钦佩不已地夸奖道。

“从前，鄙人也曾稍稍学过一些书法。”

“到时候，你拿着这张纸，跑到采访团面前去展示一番吧！这任务就交给你了哦。”

古美门满脸喜悦地冲着黛说道。

第三次公审前，古美门在法庭的走廊上和斋藤商议了一番。

“这次来真格的哦，一定要给检方致命的一击。你的妻女呢？”

“来是来了，只是好像还没进场……”

“到时候，我会让她们好好见识一下你的飒爽英姿。走吧。”

古美门刚准备迈步，突然发现身边少了黛的身影。回头一看，只见黛正忙着在走廊的角落里练习展开那张“无罪”横幅的动作呢！

“练这玩意有什么用！”

古美门一脸不耐烦，快步向法庭走去。

“案件发生的去年九月三日下午二时许，在距离案发现场十五公里外的柏台公园，有人在你的小卖部里买下了一杯咖啡。你还记得这件事吧？”

古美门向斋藤询问道。

“记得，就是这个人。”

斋藤用手指了指被告席上的坪仓。旁听席上一片哗然。

“我要说的，已经说完了。”

其后，杉浦起身询问。

“斋藤先生，我记得你先前应该曾对警方说过，说是你不记得有这么回事了？你怎么突然推翻了自己先前的发言呢？”

“先前刑警说是我记错了，所以我就对自己的记忆失去了自信……但是，看过律师拿来的照片之后，我清楚地回想起来了。毫无疑问，当时在我店里买下咖啡的，就是这个人。”

“这可是很久之前的事了哦？你真的能想起顾客的长相来吗？”

“那一天，那位客人一直坐在公园里的长椅上观赏花草，直到太阳下山。而我当时也一直在观察他，所以这一点是绝对错不了的。”

“当时你一直都在观察这位客人吗？”杉浦冷冷地盘问了斋藤一句。

“有时候我也会和客人交谈几句，或者是观察一下公园里的各位游客，尝试想象一下他们的人生……这一点，也是我的生活乐趣之一。我对自己看人的目光是很有自信的。”

“原来如此……是这样啊？”杉浦乜眼看了看古美门，说道。

“法官大人，我方要求传唤新的证人。”

“事先你们没有申请过，所以法庭不能答应这样的要求。”古美门站起身来抗议道。

“是谁？”法官向杉浦问道。

“是一位与刚才辩方证人的证词有着密切关系的人。从很久以前起，我们就一直在寻找此人，而如今，我们刚刚找到此人。”

“检方证人，请入庭。”法官话音刚落，一名女学生走了进来。

“我叫岛村智子，在驹场艺术大学上学。”

“岛村小姐，去年九月三日的下午二时许，你人在哪里？在干什么？”杉浦问道。

“当时，我在柏台公园买了一杯咖啡，然后一直在公园里给植物画写生，直到太阳落山。”

哎？法庭里立刻炸开了锅。

“你当时的咖啡，是找他买的吗？”杉浦指了指斋藤。

“是的。”岛村一脸确信地点了点头。

“你为何会如此肯定呢？”

“我每天都会在博客上写日记。最近五年里，我从来没有哪天落下过。”

听到岛村的发言之后，杉浦扬了扬手里的打印纸。

“这是岛村小姐的去年九月三日的博客打印下来的内容。我来朗读以下其中的一个片段吧。‘今天，我到柏台公园里画了植物写生。这是学校留的课题。提起笔之后，我就彻底入迷了。光靠一杯咖啡，我就坚持了四个小时左右。看样子，今后还得多留意，别搞得中暑了。’毫无疑问，这篇博客确实是在九月三日留下的，并没有任何加工篡改的痕迹。有关这一点，我们可以从技术上加以证明。请允许我再向辩方证人斋藤先生询问几句。”

杉浦乘胜追击。

“辩方证人，请上前。”

听到法官的发言，斋藤站起了身来。这时候，他的目光中已经开始展现出恐惧。

“当时你的那杯咖啡，应该是卖给岛村智子小姐的吧？”

“……不对，那个……”

“你也不清楚吗？你刚才不是说过，当时你留下了很深的印象吗？他们两人的长相可谓天差地别，想来你应该不会认错人吧？你当时的那杯咖啡，到底卖给谁了！”

“我、我记得……”

看到斋藤一脸狼狈的模样，

“……她撒谎！”坪仓猛地站起了身来。

“是我！当时坐在长椅上的人是我啊！我说的是实话啊！”

法警立刻冲了过去，制止了不断高声叫嚷的坪仓。

“肃静！暂时休庭！”

法官下令暂且休庭。古美门呆呆地看了看杉浦。杉浦和旁听席上的三木低声交谈了两句，之后，三木微微一笑。

“……律师。”

听到黛和自己说话，古美门这才回过神来。

“……我竟然，输了？”

回到事务所里，古美门依旧吵闹不休。

“为什么！我怎么能输给杉浦那家伙！这一定是在做梦！这是个噩梦！这一切全赖你！”

古美门不断冲着挂在墙上的飞镖盘投掷飞镖，突然间，他手持飞镖地转过身来看着黛。

“你大概也是三木派来的间谍吧？”

“说、说什么呢！”

“不然的话，那就是你也被他利用了！从一开始，杉浦的手上就握有那个证人！三木其实早就知道这一切，然后故意把你塞到我这里来！他这么做的目的就是要把我引到法庭上让我当众出丑！他成功了！我的不败记录就因为这种无聊案子彻底报销了！干得漂亮啊！”

“我是……被安插来的……”黛呆立在了原地。

“像你这样既无能力又难应付的废物律师，如果不彻底扫地出门，那么也就只剩下这样的用途了！”古美门毫不留情地讽刺。

“你给我出去！你不走我走！”

古美门尖声叫嚷着，怒气冲冲地夺门而去。

“岛村智子的证词，该作何解释呢……”

黛已经彻底无计可施，她只能像是抓救命稻草一样，开口向服部问道。原本，服部早已经在家准备好了庆祝胜利的宴会，而此时，他开始动手收拾起餐桌上的各式菜肴。

“让我感到费解的是……”

“坪仓君和她……究竟是谁在撒谎？是这么回事吧……”

“在我看来，每天都在博客上留言，感觉似乎并非是一件轻松容易的事啊。换做是我的话，光是每天考虑做些什么菜，就已经够让我伤透脑筋了。”

嗯？黛突然灵机一动，打开了电脑。

古美门手里攥着威士忌酒瓶，脚步蹒跚地走进了城西警署的刑警课。然而，刑警们根本不把他当回事儿，把他赶了出去。就在古美门迈着一步三晃的醉步走出门外的时候，手机响了。是黛打来的。

“是你啊？干什么？你说你发现了什么？突破口？”

就在这时，古美门四处游荡的眼神，也突然定在了某一点上。

“……还真巧啊，我也发现了突破口呢。”

古美门面带微笑，目光出神地看着警署旁的一幢新建大楼。他一脸满意地看了看大楼的竣工纪念牌。

第四次公审的日子终于到来，旁听席上依旧人满为患。其中，甚至还混杂着三木和泽地的身影。黛深呼吸了一口气，目光如炬地看着证人席上的岛村智子。接下来，对岛村的询问就要开始了。

“岛村智子小姐，你确信，案发当天，你在柏台公园里。而你如此确信的根源，来源于你每天坚持记录的博客日记。到这里来之前，我也拜读了一下过去五年时间里你全部的日记。”

做事认真且毅力超人的黛，确实把证人五年间的日记全都看完了。

“你的朋友也时常会阅读那些日记，而我大致也能感受到日记大受欢迎的理由。其中的理由就在于：常人的日记里，或许也会存在一些没什么内容可写的日子，而你的日记却从来没有过这样的日子。”

听过黛轻描淡写的一番讲述，岛村冲着她笑了笑：

“其实，人生的每一天都是有内容的。再怎么琐碎的事，都是人生中无可取代的经验……我一直都在留意着这一点，所以才能动手写下那些日记。”

“很好。那么，我就来询问一些和你的博客内容相关的问题吧。二〇〇九年三月十二日星期四，你在博客上留下了这样一段文字：‘深夜，我去吃了一碗又次郎的脊肉拉面。有时总会有种莫名的冲动，就想跑去吃上一番。’这些文字是你留下的吧？”

“是的。”

“据我调查，这家又次郎拉面的定休日，就在星期四啊。”

听见黛的发言，整个法庭里一下子变得鸦雀无声。

“我曾找那家店里的人确认过，据店里的人说，当天他们确实休业了。这又是怎么一回事呢？”

“我反对。此事与本案毫无关系。”

杉浦立刻举起了手，但法官却宣布反对无效。

“二〇一〇年九月十一日，你曾看到附近的幼儿园正在举行运动会。但实际上，你所说的那所幼儿园的运动会，是在一周之前举行的。”黛接着列举。

“刚才你曾经说过，人生中根本就不存在毫无内容的日子，但实际上是有这样的日子吧？相反，有时候，一天里可能同时经历两三件难得一遇的事。如果把这些事全都在一天中写掉，感觉倒也有些可惜，所以人们有时会采取写下其中的两件事，然后暂时雪藏起剩下的一件事，留到没有内容可写的日子里来写。或许，你也曾经采用过这样的办法吧？”

“我反对！”

黛对杉浦的高声叫嚷充耳不闻，继续询问道：

“我说这话并非是在责备你。相反，我还觉得这是你为了保证每天都能留下有趣的日记所做的一种努力。但是，从日期方面来说，你的博客的可信度却很低。我再问一遍，你在公园里买咖啡画素描的那天，真的是去年的九月三日吗？实际上，会不会是前一天，抑或是一周前呢？”

“……我不知道。”岛村小声地回答道。

“我的话问完了。”黛行了一礼，转身返回了辩方席。

“接下来，辩方要求向证人进行询问。”

古美门让城西警署的刑警们再次站到了证人席上。

“审讯时，审讯室的房门是开着的，屋里也很安静。先前，众位都曾经如此作过证吧？而且众位当时还说，屋里根本没有传出过任何响动。”

听见古美门的询问，刑警们纷纷点头。确认完三名刑警的发言，古美门拿出了一张照片。

“你们应该都见过这栋大楼吧？这大楼就建在城西警署的旁边，它的竣工日期，就在今年的四月七日。我找到负责建造施工的狭山建筑公司，要来了他们的施工日程表。从这张表上看，从竣工日期追溯，四月七日的七个月前，也就是去年九月，当时狭山建筑派出了重型机械，正在对先前的建筑进行拆除作业。也就是说，在你们对坪仓先生进行审讯那天的一整天时间里，狭山建筑都在忙着拆除原先位于警署旁的大楼。但各位却说，那天你们什么声音都没听到。众所周知，去年夏天是‘节电之夏’，警署之类的政府机关都关闭了空调，打开窗户降温。所以说，当时你们必定会觉得旁边吵得不行才对！你们大伙儿是不是记错了啊？不！三个人都记错了？这样的巧合根本就不可能发生！这是再明白不过的伪证！”

古美门口若悬河地一气呵成。而证人席上的那些刑警们早被他打压得抬不起头来。

“我反对！”

杉浦高声叫嚷起来，但法官却再次宣布了反对无效。

“你们三个为何会统一口径，在法庭上撒谎呢？我要求再次向证人——白井警部提问！”

在古美门的指名下，白井警部再次站到了证人席上。

“白井警部，我听人说，先前你是为了提高效率较差的城西警署的办案率，所以才从警视厅搜查一课被调动到城西警署去的吧？”

“也可以算是调动的原因之一吧。”白井一脸平静地回答道。

“对辖区警署的那些年轻刑警们来说，先前曾在搜查一课里留下过辉煌业绩的你的到来，几乎就可以称得上天人下凡。所以，他们是根本不敢对你说半个不字的。那么，之前你是不是曾经对你的部下们下过命令，让他们到法庭来替你做伪证？”

“我没有。”

“嗯，你也不必下令。实际上，是他们自己心有灵犀，全都为你打了掩护？”

“我反对！”

“反对有效。”

听到杉浦和法官之间的对话之后，古美门说了一句“我换个问题”，改变了进攻的方向。

“你调到城西警署后，该警署的破案率是否有所提升呢？”

“有一定的成果。”白井一脸怃然地答道。

“以我看到的资料，结果恰巧相反，破案率反而更低了。自己辜负了身边众人的期待，无法拿出一个足以向众人有所交代的结果来，面对这样的现实，你是否曾感觉到过恐惧呢？”

“我不明白你想问什么。”

听见白井板着脸的回答，古美门继续紧逼：

“一种对自己正渐渐从传说中的名刑警向寻常老头儿转变的恐惧。”

“我反对！”杉浦焦躁地叫嚷道。

“你的心中是否有种焦躁的感觉？如果审讯过程需要向公众公开的话，那么自己就更难以取得成果了。先前被称为审讯名人、曾经取得过无数供词的你的那种手法，今后也许就再也不能使用了！所以，趁着还不必向公众公开的良机，无论如何，你都必须拿出些成果来。‘时代已经变了，那个人已经再无用武之地了。’面对周围众人的这类呼声，你希望能再次展现出自己的实力来。我还行！我可是审讯名人啊！而如今，被你的这种自尊最终牺牲的人，就是被告！”

听完古美门这番言辞犀利的话语之后，白井一脸艰涩地沉默不语。

“我反对！”对于杉浦的抗议，古美门早已经充耳不闻。

“你创造了密室，凭借着恫吓和暴力，强逼被告自首……”

“你懂什么？”突然间，白井开口说道，“什么公开审讯？什么权利？整天就知道讨论这些玩意儿，警方还怎么去抓捕罪犯？”

“白井警部！”杉浦的心中掠过了一丝惊恐。

“我有着很多年的办案经验。从一开始，我就能感知到。”

“所谓的‘刑警的直觉’？”古美门问道。

“对于那种家伙，你不稍微吓唬他们一下的话，根本就没法办案！”

“麻烦你闭嘴吧！”

杉浦已经彻底慌了神，不顾一切地叫嚷着。

“你是凭直觉来判定谁是罪犯，谁不是罪犯的。是这么回事吧？”古美门拔高了嗓门。

“那种像女人一样阴毒的家伙，如果不是他，还能是谁干的？”白井用手指着被告席上的坪仓，大声叫嚷道，“一眼就能看出来啊！”

听完白井的发言，杉浦无力地耷拉下了脑袋，而古美门则带着一脸的微笑，回到了自己的席位上。

这一刻终于到来了。就像先前练习过的那样，黛推开法院的大门，飞奔到了门外。就在面对电视台摄像机的追拍向着坪仓的声援团跑去的途中，黛的脚下打了个滑。爬起身来，黛忍着痛，向着坪仓的声援团展开了那张写着“无罪”字样的纸——但没想到，她却把纸给拿倒了。黛赶忙把纸倒转过来。其后的一瞬，闪光灯不断闪起，众人也发出了欢呼声。面对这令人百感交集的一幕，黛的眼眶里充满了泪水。

“她是晨间剧的女主角吗？就这么屁大点儿的事……”

古美门转身返回了法院。看到三木、泽地和杉浦三人正在走廊上交谈，古美门也凑了过去。

“杉浦君，真是辛苦你了啊？士别三日，当刮目相看。如今的你，感觉似乎再不是先前那个连自动门都不会为你开门的人了啊？”

古美门一脸愉快的笑容，伸手握住了杉浦的手。

“……自动门会替我开门的。”

“最近的传感器，灵敏度的确提高了不少。”

杉浦一脸愤恨地转过身去，快步走开。

“有空再来玩啊？”

古美门一脸坏笑地冲着丧家犬的背影高声叫嚷了一句。之后，他又转身看着三木，开口说道：

“你们似乎打错算盘，把一个不该抛弃的人抛弃掉了呢……我说的是黛真知子。”

“我们可没有抛弃她。今后，她仍是我们事务所里的宝贵律师。”

“常言道，子行千里母心系啊，老师。”

泽地冲着三木说道。

“顺从听话的秘书，泽地君江女士，三木律师之所以会对你评价如此之高，或许只是因为你屈体向前时展现出的乳沟吧？”

泽地骤然板起脸来，用手捂住了自己丰满的胸部。

“少他妈的给我得意忘形，迟早有一天，我一定要把你打入十八层地狱。”

三木强忍住向古美门竖中指的冲动，开口说道。说完，他便带着泽地转身离开。

“真的太感谢你们了。等安顿下来之后，我还会再次登门道谢的！”

法院后门，坪仓冲着黛深深地鞠了一躬。黛也微笑着致意了一下。笑起来的时候，这小伙感觉似乎还挺不错的呢。就在黛的心中刚刚涌起这样的想法时，坪仓的表情突然变得冷酷了起来。黛顺着坪仓的视线看去，只见白井警部正在远处看着两人。

“……什么意思嘛，那目光。等着瞧，迟早有一天我要宰了你。”

坪仓嘴里一边咕哝着，一边回瞪了白井一眼。虽然无法看到坪仓此刻的表情，但他这种骤变的态度，却让黛不由得起了一身鸡皮疙瘩。

“我开玩笑啦。”

转过身来之后，坪仓的脸上已恢复了笑容。他握起黛的手，和自己的手贴到了一起。和上次隔着玻璃时不同，这一次，两人彼此都能感觉到对方的温暖……

“后会有期啦！”

坪仓快步离开了现场……然而，黛的脑海里，却依旧残留着自己方才看到的坪仓的可怕背影。

“你的心里是不是有些害怕？觉得自己是不是把杀人犯放虎归山了？”

听到有人冲着自己说话，黛回头看了一眼。是古美门。

“……律师，你觉得真的是他杀的？”

“都无所谓了。人到底是不是他杀的，这些事与我无关，我也没兴趣知道。检方的证据不够充分。所以，他被无罪开释。这就是法律。”

说完，古美门迈步走了起来。

“可是……真是这样的话……那么真相到底……”黛一边追

赶古美门，一边开口问道。

“少在那里臭屁了。我们不是神，只是律师罢了。想知道真相？门儿都没有！”

古美门回头说道。

“照这么说……那我们到底该相信什么呢？”

“你自己去找答案吧！”

说完，古美门脚步匆匆地离开。

“不会吧？这怎么可能？”

古美门一脸错愕地咕哝道。官司胜诉后的第二天，森田造访了古美门法律事务所。据说，北村最终还是发动了叛变，而森田的社长职务也被解除。

“北村放出狠话，说如果你要把他们家搅得妻离子散，那也随你的便。那个属于我的时代，如今彻底终结了。所以说呢，我也只能对不住你了，古美门君。如此一来，你和我们公司，还有集团旗下所有公司的顾问合同，大概也就此终结了吧。”

一脸轻松地说完之后，森田离开了。就在古美门一脸呆滞地耷拉着脑袋的时候，黛走进了事务所。

“发生什么事了？”

古美门连回答黛的问话的力气都没有了。

“就在刚才，我们失去了本事务所最大的收入来源。”

服部一边给黛奉茶，一边代替古美门回答道。

“从今往后，他大概无法再继续悠闲度日了。为今之计，大概只能一次次地去打赢各种官司，走一步算一步吧。”

听到黛的这番风凉话，古美门瞪了她一眼，开口说道：“你来干什么？”

“先前受了你们不少的照顾，所以我想，或许该来和你们打个招呼……我可以到你们这里来上班吗？”

黛已经辞去了在三木律师事务所里的职务。

“我会去不断找活儿来做的！所以呢，事务所能不能帮我先担待一下我欠贵所的三千万债务呢？”

“痴人说梦！有多远给我滚多远！”

古美门连连嘘声，手上比划着赶野猫一样的动作。然而，黛丝毫不以为意，继续说道：

“要不，干脆每月从我的薪水中扣除一部分来偿还吧，怎么样？”

“你究竟有何企图？”

“我要找到答案！我到底该相信什么……就在这里寻找。”黛一脸认真地盯着古美门的脸，“薪水我只拿先前事务所的百分之八十，其中的百分之二十归事务所。简单算来，十九年零两个月，应该就可以彻底还完了。”

“给你百分之六十，其中的百分之四十归事务所。”

古美门在心里大致默算了一下。

“要不干脆折中一下，百分之七十、百分之三十五如何？如此算来，那么整个周期就缩短到十八年零五个月了。”

服部提出了一个折中的方案。

“至于我依靠自己个人的能力获取成功的酬劳，就需要另外计算了。如此一来，归还的周期就更短了。”

“你若是做出任何有损我个人或者事务所名声的事，我就当场解雇你！”

古美门一脸不情愿地说道。黛不甘示弱，回了一句："你若是擅自裁员，我可是会跟你战斗到底的。"

"你这是自找没趣吧？"

"既然如此，那么契约大致达成了。"

服部往三只酒杯里倒上了红酒。

"服部叔，你的计算速度真够快啊？"

"雕虫小技，不足挂齿……干杯！"

服部和黛满脸笑意，古美门却一脸郁闷。三人彼此碰杯，喝干了杯中的红酒。

"我今天就开始上班吧？"

"明天再来也行。总而言之，你给我赶紧走。还有，记得把你的罗圈腿矫正过来。"

古美门不怀好意地微笑说道。

"啊，有件事我忘了说了。"黛开口说道，"在电车上，老师你还是应该让座的。当时，老师你是从那名老者身上背着健身房的包看出他会在之后的一站下车的。但是，也不能就此排除他不下车的可能性。你认定他在下一站会下车，其实只是一种毫无根据的推测罢了。你当时还是应该问上一句再决定是否需要让座的。就算老人最后谢绝，这种流程也是很重要的。遵循约定俗成的规定，这样的先后顺序就是所谓的礼节。你有什么要反驳的吗？"

"没有。你合格了。只不过，你应该当时就说出来！"

看到古美门怒不可遏的表情，黛一脸满足地转身离开了。

"罗圈腿！"古美门的叫嚷声和黛摔上房门的声音同时在屋里回响着。

“简直糟透了！”古美门一边喝着服部沏的茶，一边喃喃自语着。

“简直糟透了！”一走出大门，黛也忍不住开口说了一句。她心中的愤恨化作了沉闷的脚步声。

第二章

版权诉讼也能赚钱?

打开电视的一瞬间，荒川博妮塔就感觉到一阵不快。她粗暴地关掉了电视，猛地打开拉门，连蹿脚带奔跑地冲下了楼梯。店里依旧充斥着一股大豆的气味。店里的电视机播放着和刚才她在二楼看到的相同节目。画面上，大大地标注着"新曲《那就是爱》销量突破两千万张！"字样，喇叭里则飘散出了实力派美女歌手柊静香的甜腻歌声：

"♪不知幸福是何滋味的我，让我明白一切的你……"

"嗯，真是首不错的歌啊。"

"是吧？就算不穿和服，柊静香给人的感觉也挺不错呢。"

博妮塔的父母——光男与和代正一脸陶醉地听着柊静香的新歌。啊，真是气人。博妮塔走出店外。就在她怒不可遏地随意走了几步之后，突然停下了脚步。店里的电视里依旧播放着柊静香的那首歌。博妮塔"嘁"了一声，咂了咂舌。

"……这是剽窃啊！"

一来到事务所上班，黛就感到古美门和服部两人之前的气氛似乎有些不大对头。

"发生什么事了？"

听到黛的提问，服部两眼看着存折和收支报告，一脸凝重地开口说道：

"如今，本事务所的财务状况已经变得很窘迫了。"

表面上，似乎是受到先前顾问合约遭到解约这件事的影响。但实际上，古美门在运动俱乐部报了名却从来不去，家里藏着高级进口车却根本就没驾照，明明讨厌大海却闲置着游艇……说到底，这家伙就是个彻头彻尾的败家子。黛提议，不如干脆把这些无谓的奢侈品花费给全都削减掉算了。

“我这是在以一己之力让日本经济顺利地运行起来啊！如今这样的经济状况下，我还雇佣了你这么个毫无用处的薪水小偷，你就知足吧！赶紧去给我找些能挣钱的官司回来！”

古美门站起身来，用手指着黛的眼皮子说道。

“请不要用你的手指头指人！”黛一掌掸开了古美门的手。

“什么样的官司才能挣到钱呢？”

“比方说版权侵害之类的。你知道那些个耗子游乐园[①]发了多少财吗？”

“要说这种事，那我倒也还真接到了这类官司呢。”

黛就像是早就等着古美门说这话一样，从包里拿出了记事本。来上班之前，黛顺道去了一趟律师协会，和众位同行们打了个招呼，说“古美门律师事务所现今已经彻底改换了先前的方针，不论怎样小的官司，也愿意承接”。听过黛的这番话之后，一名法律顾问告诉黛，先前他们遇到了这样一件案子——

两位委托人已经来到了事务所。其中那位女性一屁股坐到了沙发上。她穿着一件超花哨的T恤，套一件镶着图钉的红色皮夹克，眼眶周围涂得血红，额头上还写着个“爆”字。而另一位男委托人则坐在她的身旁，头发倒竖着染成红绿两色，身上也同样穿着一件镶着图钉的黑色皮夹克。

“啊，我是主唱荒川博妮塔。”

“我是吉他手Django Django，本名东久留米。我们两人搞了

---

① 耗子游乐园，这里是古美门故意在戏谑迪斯尼乐园。

个乐队，名字叫做‘自爆魂’。”

“而我所作的曲，被人剽窃了。”

博妮塔说，柊静香的《那就是爱》剽窃了他们的作品。

为了亲身体验一下“自爆魂”的音乐现场，古美门和黛来到了“自爆魂”演唱会现场的舞台。

“♪王八蛋！你丫的就一自我安慰的主儿，就一自导自演的路人乙！啊啊啊！”

博妮塔手里攥的并非麦克风，而是一只扩音器，嘴里不断地高唱……不，应该说是尖叫着。

古美门混在拥挤混乱的观众当中，被人左推右搡，嘴里不断叫嚷着好热好吵，感觉就像随时都会晕厥过去一样。好不容易，他才逃也似的钻回到大厅，坐到了沙发上。

“头都要炸了！这哪儿像了？你去跟他们说，他们这种玩意是没人会剽窃的。黛！黛？”

古美门回头看了看周围，却怎么也找不到黛的身影。过了一阵子，大厅的门被推开，黛走了进来。大概因为像其他观众一样不断甩头的缘故吧，她的头发乱蓬蓬的。

“这是不折不扣的剽窃啊！”

黛用拇指和食指比了个代表“耶！”的手势，大声地说道。

“♪那是性欲的，错觉，那种东西，才不是爱……”

翌日，在古美门的事务所里，Django Django 弹奏着吉他，博妮塔嘴里哼唱着曲子。听到博妮塔的歌……不对，应该说是怪叫，古美门赶忙用没有端红茶杯盘的另一只手捂住了耳朵。

“原来如此……写成曲谱的话，大概应该就是这样吧。”

服部把记录下来的“自爆魂”《不再回头》的原曲谱递给了黛。

“……您还能记录乐谱啊。”

黛一脸钦佩地这么一说。

“先前我也稍微玩过一段时间的民谣。给。”

服部用沉静的语调回道。

“因为博妮塔没有死板地按照曲谱上写的那样去唱，所以感觉似乎不大容易听出来，但只要拿来一对照，就会发现确实很相似。这官司干脆接了吧，律师！”

黛凑到古美门身旁，说道。

“你们能付多少钱？我可不是你们这种穷酸音乐人能够雇佣得起的律师哦。”

“三万日元怎么样？”

博妮塔竖起大拇指、食指和中指，睁大眼睛说道。

“这玩笑开得真是够有意思啊！”

古美门同样竖起三根手指，翻着丝毫不输给东久留米的白眼。

“老朽没记错的话，古美门律师您似乎是柊静香的粉丝吧？要是您能接下这案子，说不定会有机会见到柊静香女士呢……”

听到服部的话，古美门条件反射似的站起身来，一脸沉思地走到了博妮塔的面前。

“没办法。既然如此，那我就接了吧。相对地，拿到赔偿金之后，你们要拿出其中的一半来给我作为报酬。”

“这也拿的太多了吧！”

黛出言制止。

“行啊。那就拜托了！”

博妮塔大概还没有搞清楚状况，她一边嚼着饼干，一边点头答应道。

两人回去之后，黛立刻便开始动手填写起了各种文件。

“咦？葛西悟的顾问律师……”

黛皱着眉头，抬头看了看古美门。

“♪此刻只想立刻化身蝙蝠，彻底吸干你身上的每一滴血……”

眼下，作曲家葛西悟和天后唱片的冈部社长都聚集到了三木法律事务所里，聆听着那首《不再回头》，耳中充斥着博妮塔的嘶吼声。三木、泽地，在场的每一个人的脸上都露出了艰涩无比的表情。终于，三木再也忍受不下去，伸手关掉了播放器的电源。葛西和冈部社长一脸讥诮的笑容。

“对方恐怕只是想靠控告葛西先生来赢取世人的关注吧？典型的沽名钓誉啊。”

“像葛西老师这样的大人物，这类无理取闹的事，大概也是没完没了吧？”

井手和泽地两人轮流开口说道。

“本来我们也不想理会他们。”

葛西的脸上露出了冷笑。

“但没想到，居然会有律师接下了这起官司。”

听到冈部的话，三木点了点头，伸手拿起了对方寄给葛西的律师信。片刻之后……三木不由得怀疑起了自己的眼睛。原告代理人一栏中，竟然写着古美门研介的名字。

“确实，这世上的确存在着一些披着律师的外衣而实际上只是个小混混的人。”

三木撇了撇嘴，恨恨地说道。

翻查案例时，黛几次停下了手。

“怎么，你怕和先前的上司开战？”

古美门出现了。

“这一点对律师您来说，大概也是一样的吧？”

“我根本就没把他放在眼里。三木也不会亲自出马，他本就是个整天只会派些手下的小喽啰出来、自己却腆着个肚子坐山观虎斗的菜鸟罢了。”

“……你这话感觉像是早就彻底把他看穿了一样呢！就好像多年挚友一样。”

听到黛的话，古美门的眉头恨恨地动了动。

“有邮件来了，是三木律师事务所寄来的。”

服部把信封递给了古美门。古美门毫不关心地继续吃着蓝莓。黛伸手接过信封，剪开封口看了看信里的内容。看样子，这次古美门估计错误，三木似乎准备亲自出马，参与审判了……

在古美门的带领下，黛来到了某家高级俱乐部。顺着一直延伸到贵宾室的柔软地毯走到尽头，黛听到屋里传出三木等人的说话声。

“我听人说，对方雇佣的那名律师似乎挺难缠的？”葛西说道。

“只是个不懂礼数的小屁孩罢了。”三木笑着说道。

古美门一脸微笑地走进了屋里。

“你们几位果然在这里啊！我听人说，葛西老师几乎每天晚上都会到这里来喝一杯，所以我猜想，或许几位今晚也会到这里来。”

他是怎么能够发出如此刺激人神经的尖利声音来的？黛一边惊叹，一边弓着背藏在古美门身后进了房间。

“这位是……”葛西问道。

“没来得及自报姓名，抱歉了，我是荒川博妮塔的代理人古美门。”

“……我、我是黛。”

黛从古美门的身后探出头来，又立刻缩了回去。面对自己先前的上司三木，她似乎不想让对方看到自己如今已和古美门走到了一起。

“葛西先生，我们认为由你作词作曲的那首《那就是爱》，完全剽窃自荒川博妮塔作词作曲的《不再回头》。我们正式提出要求：除了立刻终止唱片出售、网络下载以及其他一切出版销售行为之外，还请你和大后唱片拿出该歌曲所得销售收入的百分之七十作为赔偿。总共折合多少来着？”

古美门看了看黛。

“……大约一亿三千万。”

黛用小得几乎听不到的声音说道。

“黛，你居然跟了这样一个人，真是让人遗憾啊。我真替你的将来担忧。”

发现三木瞪着自己，黛就像是被猫盯着的老鼠一样，吓得一动也不敢动。而在黛的身旁，古美门趾高气昂地慷慨陈词道：

“我倒是挺担心三木老师你呢。你最好还是别再插手这案子了吧。”

“闹了半天，你是来跟我说这个啊？得知你的对手是我之后，你大概被吓得坐立不安了吧？”

面对古美门，三木寸步不让。

“我这可是站在老师你的立场着想啊。”

“想来你也没法再以你的那什么不败纪录为荣了吧？”

“要是你最后竟然输给了一个小混混，那你也算是丢脸丢到家了。”

“设好陷阱让你来钻的人，是我三木长一郎。”

“到最后，你会把脸埋到泽地的胸前大哭一场哦。”

“你不如赶紧向我跪地求饶吧。”

就在两人间唇枪舌剑你来我往之时，服务生为三木端来了酒水。三木刚接过去，古美门便伸手从三木的手里夺过酒杯，一饮而尽。

“好了，法庭见。”

“……真是令人期待啊。”

古美门用手一擦嘴角，得意洋洋地扬长而去。

“你们之间到底发生过什么事，令你们两个如此憎恶对方啊？”

黛忍不住对着古美门的背影吼道。

第一次公审开始。

“首先，我不得不说，两首歌的世界观实在太过相似了。比方说，在《那就是爱》的一个小节当中，有这样一句歌词：‘可能的话，我愿化身飞鸟，常伴你左右。’相对的，在《不再回头》中也有一句：‘此刻只想立刻化身蝙蝠，彻底吸干你身上的每一滴血。’”

古美门不断地向旁听席和审判员列举着两首歌之间的相似点。

“在更为有名的副歌部分里，有一句‘蓦然回首，它便在灯火阑珊处。那就是爱。今日今时，已可断言。那就是爱。那就是爱’。而在我们的歌里，却有着这样一句：‘别回头！那不是爱！是性欲的错觉！那玩意才不是爱！不是爱！’这一切全都一模一样，只是彻底反过来了而已！不光只是歌词，两首歌的旋律也极为相似。”

黛把一块白板拖上了法庭。白板上，分别贴着《那就是爱》和《不再回头》的曲谱。

“如果将荒川博妮塔的《不再回头》的曲谱用最简单的方式表现出来，就是众位此刻看到的这样。把这首歌的曲谱拿来和《那就是爱》的曲谱一比较，大家就会发现，两首歌之间存在很多相似的地方。”

古美门一边说，一边用笔在两张曲谱上圈出了六处相似之处。

“能请你们唱来听听吗？”

一听到法官的要求，古美门便立刻点出黛的名字。

“哎？啊，是……那我就唱了。”

黛清了清嗓子，一边拍手打着节拍，一边开口唱了起来。

“不知、何谓、幸福的、我、让我、明白、这一点的……”

怎、怎么回事？古美门不由得睁大了眼睛。这简直就是前所未见的五音不全啊！还有，就连她手上的节拍也和歌曲的曲调完全合不上，整个旋律也完全跑了调……法官呆呆地张大了嘴，三木也不由得抱起了头，泽地也皱起了眉，就连坐在旁听席上的葛西、冈部和其他人也全都在强忍着笑意。然而，黛本人却丝毫没有觉察到，依旧继续往下唱着。单人独唱，已经彻底跑调了。一瞬间，众人全都陷入到了一种错觉当中，感觉就像是整个法庭都彻底扭曲歪斜了一样。非同凡响啊，黛。古美门一脸僵硬的表情，呆立在当场。

与古美门一方形成鲜明对比，三木的辩诉也开始了。

“这是从数学层面上对两首曲子的相似度进行分析后得出的函数图表。这张表中，我们以《那就是爱》为 X 轴，以《不再回头》为 Y 轴，将两首曲子的相似度画成了图表。”

三木用手指了指屏幕上的函数图。

“而如果将两者的相似度转化成百分比的话，那么最终得到的数字就是百分之三十三点八。两首曲子中，旋律上的相似部分，只有区区的三成左右。顺带一提，先前曾经被判定为剽窃的案例，两者之间的相似度都在五成或者五成以上。”

“我觉得他们的计算方式有待考察，就凭一张函数图……”

古美门猛地站起身来，法官立刻高声叫一句“肃静”。无奈之下，古美门只得老实坐下。

古美门和黛一同造访了博妮塔的家。那是一间与山内豆腐店二楼相互连通的房间，尽管红色沙发和红色窗帘打造出了些许的朋克氛围，但怀古风格的拉门和壁纸却根本无法融入。博妮塔顶着一头乱如鸡窝的头发，一身睡衣，素面朝天地出现在两人的面前。

“你这张脸还真是大众脸啊。”

看到素面朝天的博妮塔打了个大呵欠，古美门直接说出了自己的心里话。

“这叫反差，反差！好了，什么事，说吧。”

说完，博妮塔便立刻躺到了床上，吃起了零食。

“下次公审时，就要轮到博妮塔你出庭口头辩论了。请记得一定要穿正装出席！”黛冲博妮塔说道。

“博妮塔，这次我们要用根据性来压倒对方。”

“根据性？”

“作品是否存在侵权问题，其中的争议点往往存在于类似性和根据性这两点之上。所谓的根据性，就是能够说明对方的歌曲是依照你原先创作的歌曲改篡而来的根据。请你再仔细回想一下，之前你和葛西先生是否有过接触？”

听完黛的解释，博妮塔这才从床上爬起，在古美门的对面坐了下来。之后，她伸手把零食递给古美门和黛，说了句：“没有。”

“什么样的线索都可以。我们必须证明一点，那就是：葛西先生曾经听过你的那首歌。”

“嗯——这个嘛，大概他曾经偷偷地跑来听过我们的现场吧。”

“很遗憾，这种事是不大可能的。”

黛嘴里嚼着零食，当场否定道。

“啊！或者，他买过我们的唱片。”

“你们的唱片是自费制作的，总共就一百张左右。所有买下你们唱片的人，我们已经全都排查过了。”

黛再次当场推翻了博妮塔提出的假设。

“那么，因为我们曾经把现场录成视频，传到了网上，估计是他看过那些视频吧？”

“你们的那些视频，几乎没有什么点击率啊。”

“那么，我们就来做个假设吧！就假设是你爸偷偷地把你的唱片寄给葛西好了。他这么做，也是一份为儿女着想的心意啊！”

古美门一脸焦急地插嘴道。

“律师！”黛刚一开口就被制止，“开什么玩笑！我还想让这家伙趁早放弃音乐呢！”

拉门突然被人推开了。光男身上系着围裙，怒吼着走进屋里。

“爸，不是跟你说过很多次了吗？让你不要偷听我和别人说话。”

“别吵吵！你给我把这官司给撤了！人家柊静香怎么可能会剽窃你的歌！”

“我没说是柊静香剽窃的啊！你又不懂，就别来这里瞎搅和了！”

博妮塔连推带搡地把光男推出了房间。

第二次公审的日子终于来临。葛西站在证人席上，三木开始向其进行询问。

葛西声明自己既没有听说过这个名为“自爆魂”的乐队，也没有听过他们的曲子。

"你如何看待这次的事件?"

"虽然这话由我自己来说，感觉似乎有些大言不惭，但如今，《那就是爱》已是家喻户晓的名曲，即便说它是一首久违了的国民歌曲也不为过。如今它竟然被卷进了这样一件官司当中，这一点实在让我感到痛心。"

葛西一脸沉痛的表情，朗声说道。黛则在一旁不断地瞥眼看自己的手机。

"我也一样。我问完了。"

三木的质询就此结束。黛拿出手机来看了看，依旧没有任何消息。

"人还没到吗？你去看看。证人不到场的话，根本就不像话啊。"

古美门小声说道。

"原告代理人，如果你们不对证人展开询问，那么我们就要进入到下一个阶段了。"

法官开口说道。

"你去询问一番吧。争取一点时间。"

古美门的话音刚落，黛战战兢兢地刚举起手，旁听席边上的门被人推开了。

终于来了……哎？黛回头一看，不由得张大了嘴愣住了。姗姗来迟的博妮塔和 Django Django 一身演出服，脸上还画着浓浓的演出妆。博妮塔额头上的那个"爆"字依旧刺眼。他们的出现，为原本沉静的法庭里增添了一抹大红大绿的鲜艳色彩……不，或许说是一抹异样的氛围更加贴切。整个旁听席彻底沉寂了下来。法官和三木等人的目光全都聚集到了他们的身上。

“荒川博妮塔，朋克摇滚人！”

博妮塔站到证人席上，两手交叉，摆了个出场演出的姿势。

“请告知你的真实姓名。”

法官皱起眉头道。

“……我叫山内花江。”

博妮塔稍稍降低了语调回答道。

黛站起身来，开始对证人展开询问。

“听到那首《那就是爱》的时候，你心中有何感觉？”

“我一瞬间就意识到自己的曲子被人剽窃了。不管怎么说，那种先前只会写些脱掉制服、忘穿灯笼裤之类骗小孩风格歌曲的人，是决不可能突然间就能写出这样的歌来的！”

博妮塔自信满满地说道。

“别在那里信口雌黄！葛西先前创作过各种风格的曲子！”

看到冈部怒不可遏地站起身来，坐在冈部身旁的井手连忙拽住了他。

“请被告不要擅自发言。”

被法官警告过，冈部才坐了下来。

“请问，你听过六十年代美国歌手约翰尼·科尔曼创作的一首名为《昨日难再来》的歌曲吗？”

三木对博妮塔展开了询问。博妮塔摇了摇头，回答了一句：“没有。”

“这就是那首歌的歌词和曲谱。还有，这是法国歌手阿曼达·拉巴的《行道树》。这两首歌，主题都跟你和葛西先生所创作的歌曲一样。除此之外，我们还能找出无数相同主题的歌曲来，但是，这些歌曲却并没有出现过任何版权问题。”

三木在一脸怃然的博妮塔周围不断地绕行。

“葛西先生曾经说过，在他的记忆深处，沉淀着从摇篮曲到现今流行的横跨古今东西的各种名曲，而这些歌曲，总会在某一瞬间里喷薄而出……所谓的创作，不就是这样一种活动吗？或许，你先前也曾在什么地方听过这两首歌？”

“我的歌是原创的！是他剽窃了我的歌！”

博妮塔激动不已，一把推开三木，跑到葛西所在的被告席前，伸手重重地拍打被告的桌子。

“喂，你这臭贼！把我的歌还给我！喂，你这臭贼！听到没有？”

就在这时，暴走的博妮塔和胆战心惊的黛的耳畔突然响起了弹奏吉他的声音——

“♪身处法庭这虚构的牢笼中，面对法官这不辨是非的废物……”

Django Django一只脚踏在旁听席的扶手上，手中弹着吉他，开始唱了起来。

“你在干嘛！还不快停下！”

记录员连忙出声制止，但Django Django却毫不理会，继续铿锵有力地弹奏着吉他。

“♪不断摧残戏弄着，那年幼的小鸟……”

“你笑什么？古美门，还不快去制止他！”

听到三木的话，黛扭头看了看身旁，只见古美门正把背靠在椅背上，吃吃地笑着。

法警冲进了法庭，连拖带拽地把Django Django带出了法庭。

“♪听得到吗？你听得到吗？高声控诉着真相的小鸟的啼鸣……”

即便被拽到了走廊上，Django Django依旧不断地高唱着。第二次公审，就这样中断了。

“你到底在想些什么！居然跑到旁听席上自弹自唱，简直前所未见！”

是夜，黛不断地冲着博妮塔和Django Django说教。两人正襟危坐地坐在沙发上，静静地聆听着黛的说话。

“这不挺有意思的吗？真是难得一闻的神曲啊！”

古美门把法式面包蘸到杯中的汤汁里，动作优雅地吃着。

“什么有意思！先前我不是和你说过，博妮塔，要穿正装出席！”

“是我让他们穿上最华丽的衣装来的。”古美门说道。

“最华丽的衣装！”博妮塔和Django Django得意洋洋地掀起了自己身上皮夹克的衣襟。

“你为什么要让他们这么做？法官的思想是很保守的。尤其是这次审判的法官，更是如此。现在，博妮塔给他的印象已经彻底低到谷底了。”

“目前而言，确实如此。”

古美门微笑着说道。

三木等人举起酒杯，庆贺了一番今天在法庭上赢得的胜利。干杯！酒杯相互碰撞的声音，响彻了整个贵宾室。

“不愧是三木律师，这么快就要搞定了。”

葛西看起来兴致很高。

“一切都拜三木律师的魄力所赐。”

冈部也哈哈大笑着说道。整个房间里，只有三木一脸闷闷不乐。

“律师，您怎么了？”

泽地觉察到情形有些不对，开口询问道。

“葛西老师，我有件事想找你确认一下。请你老实回答我的问题。”

三木盯着葛西说道。

“《那就是爱》剽窃朋克乐队作品？”

翌日的电视节目上，大肆报道了有关法庭审判的新闻。

“事情竟然闹到了现在这步田地……我感觉挺对不住众位乐迷。关键还在于，这是一首歌颂爱的歌。我们现在只盼这件事最后能有一个公正的解决。”

柊静香一脸沉痛地应对着记者的采访。

“葛西先生，您的看法呢？”

“歌曲这种东西，若真要讨论它到底属于谁，我觉得它应该属于每一个乐迷。对方居然连这一点都不明白，还跑来找我们要钱，这样的行为简直就是对歌曲的亵渎……这样的事，实在让我感到无比遗憾。”

葛西叹了口气，淡淡地微笑着说道。

“……对方开始动手了啊。”

古美门盯着电视，嘴里喃喃念叨了一句。

或许是受到电视节目的影响，“自爆团”的表演现场几乎没有什么观众。回到家之后，博妮塔观看着先前上传到网上的视频，发现在他们所唱的歌下方，留下了诸如“这些家伙才是冒牌货”“太人渣了”“居然敢找葛西悟的茬儿，活得不耐烦了”之类数以百计的留言。

砰！听到楼下的豆腐店里传来的声响，博妮塔赶忙冲下楼。早已睡下的光男和和代也闻声而来。

“沽名钓誉”“你才是贼!”“有毒”“这里的豆腐是臭的”“千万别买啊”……有人用石头砸破了豆腐店的玻璃窗，窗子上也贴满了各种充满恶意的纸条。看到这一幕，博妮塔和她的父母都呆立在原地。

“……你要撤销起诉?”

豆腐店二楼，黛睁大了眼睛。怔怔地盯着坐在对面的博妮塔和 Django Django。博妮塔默默地点了点头，素面朝天坐着的她，看起来就像是个小孩子。

“这样一来就正中对方下怀了啊?”

古美门抱起了胳臂。

“……别人说我什么，我都无所谓。但我不想给爸妈添麻烦。”

房间里本来一片死寂，突然，有人重重地打开了拉门。众人全都吃了一惊，抬起头来，只见光男正双手叉腰地站在众人的面前。和代则在一旁一脸担心。

“对你来说，摇滚到底算什么？只因为那样的打击和恶言，你就退缩了？这就是你所谓的摇滚？这就是你所谓的朋克？店里的事不用你管!”

光男凑到博妮塔面前，把手放到了博妮塔的双肩上。

“我知道，先前你为了创作歌曲，连晚上都不睡觉。你这样做，对得起先前退团的那些同伴吗？你先前不是发过誓，说要连同别人的那一份一道努力下去的吗？”

光男拿起了架子上的相框。

“……原先我们这个乐队里是有五个人的，但要坚持把乐队搞下去不是一件轻松容易的事……另外的三个人都把梦想托付给了我们，离开了乐队……”

Django Django 向古美门和黛说道。

两人回到事务所，只见三木正坐在古美门的椅子上，泽地则坐在桌子上，用餐叉叉着盘子里的蛋糕往三木嘴里喂去。

“葛西先生说，要是你们甘愿谢罪，支付和解金，那么这事就这么算了。所谓的大人物，果然心胸宽广啊。”

三木开口说道。

“服部叔，送客。”

古美门冲着服部说道。

“是。”服部用低沉的嗓音回了一句。

“这样好吗？”

“要谢罪的是他们，最后赢的一定是我。”

古美门淡淡一笑，说道。

“……你小子还是一点儿都没变啊。”三木站起身来说道。

“迟早有一天，悲剧会再次在你身上上演。”

悲剧？黛并不明白他们到底在说些什么，但三木和古美门都没有再说下去。

三木等人回去之后，“站在三木的角度上来说，他似乎有些急于分出胜负。还有，下次没必要让他们那些家伙品尝你亲手做的料理。”

“那只是些冷冻食品罢了。尽管我弄得看起来就像是我亲手做的一样，但有些时候，我也会偶尔偷个懒。”

“你很聪明。”

古美门转身向二楼走去。走到一半，他突然回过头来，猛地用两手抓住睁大了双眼的黛的肩头。看样子，他似乎是想到了什么……

第三次公审——古美门再次向站在证人席上的葛西进行询问。

“感谢法官大人，允许我对葛西先生追加询问。因为我有些事，实在需要向葛西先生当面问清楚。请问，你是莫扎特吗？”

古美门把手拄在证人席上，气定神闲地说道。

“最近三年里，你前前后后总共创作了三百七十二首歌曲。如果简单计算一下，你平均三天就得创作一首以上的歌曲。这样的速度，实在让人不由得联想起莫扎特来啊。”

葛西什么都没说，默默地站着。

“说到底，这也只是些传闻罢了，请你不要在意。葛西先生担纲创作的作品，全部都是由葛西先生亲自创作的……这样的事，根本就是不可能的。”古美门微微一笑，翻起眼睛来看了看葛西。

“他采用了许多代笔人，用三块两块的价格买下他们的作品，再以自己的名义将那些作品公诸于世。如若不然，他又怎么可能在如此短的时期里创作出如此海量的作品？尽管这只是一些毫无根据的空穴来风，但在这样一场官司里，却是一个无法回避的问题！万一这传闻真是事实，那么就算对你盘问到底，也不可能查明真相。怎么样？”

古美门站到葛西的身旁，窥伺着他的表情。

“无稽之谈。所有的歌曲，都是由我一个人作词作曲。”

葛西一脸僵硬的表情如此说道。

“如此一来，我就放心了。那些所谓的天才，时常都会遭遇到来自世间的各种恶意传闻。这就是人世的常态。我的话说完了。”

之后，古美门便回到了自己的席位上。黛则在桌子下边竖起了大拇指，冲着他比了个“干得好”的手势。

“你当时应该干脆承认。你应该说，你有一帮助手，他们一直以团队的方式来协助你的工作。这种事，对于现代音乐人来说几乎是一项常识。如果你能承认这一点……”

当晚，三木在俱乐部里一口喝干了杯里的酒。

“全都是我创作的！这样大众才会买账！”

葛西一脸不快地说道。

“这就是所谓的品牌效应啊。为了让葛西悟的名头变成像如今这般响亮，先前他做过多少努力，你知道吗？”

“……又岂能让那些家伙肆意破坏？”

葛西和冈部你一言我一语地说道……但是，三木的心中却涌上一种复杂的感情。

生火腿沙拉、法式浓味蔬菜炖肉、米饭……兰丸一脸愉悦地把盘碟里的食物扫了个碗底朝天。

“业界确实有许多对葛西悟心怀不满的人，那些人跟我说了不少有关他的事。葛西自己已经很久没有创作了，据说这件事早就已经在业界传开。他们还说，尤其最近几年里，葛西推出的作品几乎全都是代笔创作的。”

“但葛西先生先前却证言说他从来没有用过代笔。”

黛说道。

“是有人让他这么说的。只要他承认存在过一个代笔，那么这件案子就会彻底翻盘。”

古美门一脸得意地说。

“真有人愿意站在我们这边就好了。”

黛依旧是一脸的不安。

“不，他们的防守很严密。葛西的团队里，成员都很团结。嗯，估计他们拿到了不少的好处吧。发生这次事件之后，想必封口令也会变得更严了。承蒙款待，服部叔。今天的味道也是棒极了！”

兰丸一口气喝光了杯中的酒，站起身来。

“你继续查探。”

古美门将一只信封递给了兰丸。兰丸确认了一下信封里装的东西，笑着回答了一声“好嘞”。

“他到底是何方神圣啊？”

黛总觉得，兰丸这人的存在实在让她感觉很不可思议。

“探子。”

古美门回答道。可他的回答等于没回答。这时候，黛的手机响了，是博妮塔打来的。

古美门和黛两人造访了博妮塔的家。

“我听了葛西悟推出的不少歌。其中，我在一个不记得叫啥名字的偶像团体的唱片里听到了一句歌词，那歌词的原文是：用草莓茶泡饭填饱肚子。”

Django Django 开口说道。

“我们创作的歌里，也有一处提到过‘草莓茶泡饭’。”

博妮塔嘟着嘴说。

“还有，另一个偶像歌手的歌词里，有一句‘想去看看 Tricerazaurus’的歌词。”

“我们的一首三年前的曲子里也曾出现过‘Tricerasaurus’，这是我们自创的词。”

Django Django 和博妮塔不断地向黛和古美门举证。

“也就是说，葛西悟或者他的代笔，从很早以前就一直在关注博妮塔你创作的曲子！”

古美门的断言掷地有声。

“啊，不，不是我，当年我们这个乐队里有五个人，那曲子是阿枝创作的。”

“夏洛特·松户。”

Django Django 指着相框里的一名女子说道。那女子红发黑唇，把舌头伸得老长，额头上写着个“自”字，跟和她搭着肩膀的博妮塔额头上的“爆”字合在一起，组成了“自爆”二字。

“退出乐队之后，她偶尔会跑来看我们的现场演出。”

听博妮塔这么一说，“她现在在做什么呢？”古美门立刻探身问道。

黛和古美门随后探访了一所钢琴教室，教室门口写着教师的名字，是“石冢小枝子”。隔着玻璃窗往屋里望去，只见里边有一名黑色长发、戴细框眼镜、脸上化着淡妆的清秀女子。令人难以置信，这名女子竟然就是那个“夏洛特·松户”。

“我先前似乎曾经见到过这人啊……啊，我想起来了。”

黛突然回想起来，小枝子似乎就在葛西等人聚会的那家高档俱乐部里任职，因为当时古美门一口气喝干了这女子端给三木的酒，所以黛记住了她的长相。

“你是葛西悟的代笔之一吧？”

音乐教室的课程结束后，在附近的咖啡厅里，古美门和小枝子面对面地坐下。

“退出乐队之后，你白天在钢琴教室教琴，晚上就到酒店打工。其后，一次偶然的机会，你遇到了葛西悟先生。遇到他之后，你心中那股无法割舍的音乐情缘再次熊熊燃烧，所以，你就把自己以前创作的那些曲子卖给了他。而葛西悟也采用了你的几首曲子里的一部分，并分给了你一定的创作费。你创作的那些无人问津的歌曲被冠以葛西悟的名头后，立刻摇身一变，成为轰动整个日本的名曲。看到这一幕，你的心中或许也曾经涌现过快感。但是，因为你希望他能多采用些你的曲目，于是你最终染指了那些由荒川博妮塔创作的曲子，而其中的一首，现在成为了《那就是爱》。我说的没错吧？”

古美门一边吃蛋糕，一边口若悬河地说道。黛也在一旁慢条斯理地吃着奶酪蛋糕，小枝子却低着头，一脸僵硬，连面前的咖啡也没有碰。

“博妮塔和你不是很要好的朋友吗？创作歌曲的辛劳，想必你应该深有体会的吧……你应该愿意出庭作证吧？”

听到黛的问话，“……嗯……我会出庭作证。”

小枝子点了点头，用小得几乎听不到的声音说道。

“谢谢。”

黛的脸上浮现出安心的笑容。古美门却把叉子含在嘴里，双眼一直盯着小枝子的脸。

当夜，两人再次造访了博妮塔的家，报告了去见小枝子时的情况。

“夏洛特她……真的假的？”

Django Django 当场失语，而博妮塔则一脸若有所思，迟迟没有开口说话。半晌，她突然站起身来，开门准备出去。

“你要去哪儿？”

黛连忙一把拽住了博妮塔的胳臂。博妮塔则默不作声地盯着黛。

“不可以贸然行事啊！”

黛冷静地说道。

“可是……”

“她已经知道自己错了……正因为如此，她才会答应我们出庭作证。”

黛用强硬的语调说道。

"为什么？"夜间的音乐教室课程结束后，博妮塔向坐在钢琴前的小枝子走去。教室里灯光昏暗，很难看清小枝子此时脸上的表情。"先前不就是阿枝你教会我如何作曲的吗？既然如此，为什么你还……"

"是你逼我放弃音乐的。"小枝子扭头不看博妮塔，开口说道。

"刚开始的时候，你只是在模仿我，但之后，你却渐渐超过了我，众人也都开始偏袒你……我要用自己的方式报复你。"

"所以，你就把我的曲子卖给了葛西悟？"

"……对。我为了抚慰自己内心的伤痛，把你的曲子卖给了他。到头来，我承认自己输了。我对不起你。到了法庭上，我会说出一切的。"

在钢琴旁的椅子上坐下来之后，小枝子这才抬起头来看了看博妮塔。

第四次公审，小枝子站到了证人席上。

"你是在打工的六本木一家名为'花'的俱乐部里，结识了葛西悟先生吧？"

黛率先开始了质询。古美门双手托腮，注视着两人。

"……是的。"

"之后，你就把你创作的歌曲卖给了葛西先生。是这么回事吧？"

听到黛的询问，整个法庭变得寂静无声。众人全都咽了口唾沫，静静地等待着小枝子的回答。

"……没有。"

这回答打破了法庭内的宁静。看到小枝子的态度和先前见面时完全不同，黛的心中不由得慌张起来。旁听席上发出一阵喧哗，唯有 Django Django 依旧一脸严肃。

“石冢小姐，我再问一遍。你是不是将自己创作的曲子卖给了葛西先生，成为了他的所谓代笔之一？”

黛起身离席，走到小枝子身旁，再次询问道。

“没有。”

小枝子斩钉截铁地答道。

说得好。听完小枝子的回答，三木不由得微微一笑。几天前，三木曾到那家俱乐部找过小枝子。

“你向葛西先生提供了剽窃的歌曲，领取了佣金。这样的行为，已经构成欺诈。我们随时都可以起诉你。但是，葛西先生却不希望我们这么做。他说，你是他团队里一名重要的成员。要是对方律师来找你接触的话，你就跟他们这么说吧——你先告诉他们，你愿意出庭作证。”

“在我心中，其实早就彻底放弃音乐了，所以，即便见到了葛西先生，也不会向他兜售自己那些拙劣的曲子。”

小枝子淡然回答的模样令三木又微微一笑。

“虽然两首曲子之间确实存在一定的相似，但我觉得，这其实只是一种偶然罢了。不管怎么说，只有葛西先生一个人才能创作得出《那就是爱》那样的曲子。”

“……好的。我的话问完了。”

黛转身回到了自己的座位上。

“辩方律师有什么要问的吗？”

“没有。”

三木一脸气定神闲地回答了法官的问题。这样一来，这场官司的输赢基本已定。

“法官，我方要求向当事人山内花江进行询问。”

古美门举起手。

“审判程序中无此预约。”

三木立刻开口反对。

“我这么做的目的，是为了弹劾刚才那位证人的证词，还望法官大人特别允可。”

古美门的语调之中，有一种不容分辩的威言。

房门打开，博妮塔走了进来。整个法庭再次沉寂了下来。

“这就叫反差。”

古美门低声对黛得瑟道。博妮塔今天穿了一件米色的正装，披肩的长发，再加上自然的淡妆，让法官不由得睁圆了眼睛。

“山内小姐，你听到刚才石冢小姐的那番证词了吗？”

古美门起身离席，走到博妮塔的身旁。博妮塔点点头，回答了一句：“听到了。”

“那么，此时的你又作何感想呢？”

“我觉得很难过。”

“为什么？”

“前两天，我曾经和阿枝……和石冢小姐见过面。她刚才的发言，和当时我见她时她所说的话完全不同。”

“原来如此……你说的当时与她之间的对话，是不是这些内容呢？”

古美门从西装里掏出一支录音笔，冲着麦克风摁下了播放键。突然间，三木脸上的笑容彻底消失了。

“刚开始的时候，你只是在模仿我，但之后，你却渐渐超过了我……”

小枝子的声音立刻传遍了整个法庭。旁听席上的小枝子则垂下了头。

——那天夜里，就在博妮塔准备冲出房间时，黛一把拽住了她。看到博妮塔一脸不明就里，古美门说了一句：“……她答应得太爽快了。”其实，古美门早就彻底看穿了小枝子，不，应该说是看穿了三木的伎俩。

“三木早就把她收买了。这是一个陷阱。博妮塔，你现在就去见一见夏洛特吧。只不过，去见她的时候，记得带上这东西。”

说完，古美门把一支录音笔递到了博妮塔的手里——

“所以，你就把我的曲子卖给了葛西悟？”

两人间的对话，依旧回荡在法庭里。

“……我为了抚慰自己内心的伤痛，把你的曲子卖给了他，到头来，我承认自己输了。我对不起你。到了法庭上，我会说出一切的。”

录音中的小枝子一说完，古美门立刻按下了停止键。

“没错，这就是当时我和石冢小姐之间的对话。”

博妮塔斩钉截铁地说道，尽管她的双眸一直盯着前方，却总感觉有些不大坚决。

“我反对！此证据并未经过公证！”

三木高举着手站起身来。他本想说些什么，法官却制止了他的发言。

“抱歉，法官大人。此证据我暂且收回，等经过公证之后再提交吧。”古美门说道，“同时，我还要恳请旁听席上的各位媒体同仁不要泄露，这样的证据，各位就当做从来没有听到过吧！”

冲着旁听席上媒体人员拜托之后，古美门再次转身面对博妮塔。

“山内小姐，这次的官司里，尽管你遭遇了各种诽谤中伤，却还是勇敢地战斗到了现在。此时此刻，请你说说你的感想吧。”

“……所谓歌曲，我觉得是用来治愈人们内心的伤痕，让人鼓起勇气打起精神的东西……说到底，它根本就不属于任何个人。但是，创作歌曲的过程，感觉就如同生孩子一样。我创作的那些歌，是我经历了各种痛苦之后，最后生下的孩子。不知何时，我自己的孩子竟然已经被人掳走，换了身衣服，之后又被带到世人面前……我的心里，实在感觉很伤心。”博妮塔上前一步，两眼直盯着法官。

“我想把自己的孩子要回来。”

随着博妮塔掷地有声的一句话，整个法庭陷入了沉寂。

当夜，某高级俱乐部的贵宾室里灯火通明。

“……如果现在和他们和解，估计得花多少钱？”

“说什么呢？怎么能在他们面前示弱？这官司还远远没有结束呢，我还有无数的办法来挽回局面。”

三木冲着泄气的葛西说道。

“彻底放弃石冢小枝子吧。承认那曲子是她创作的，这样一来，事实上犯下剽窃罪的人就是她。这种事情，怎能让葛西老师来出面承担责任呢?”

“这样一来，就等于让葛西老师承认找代笔了。”

冈部说道。

“从法律的角度来说，这根本没有任何问题。一切问题都出在她的身上。”

葛西在一旁默默地听着冈部和三木之间的对话。

“葛西老师，你是被害者啊!”

三木扭头对葛西说道。

“……《那就是爱》是我创作的歌曲。所有写着我名字的歌，都是我创作的。我根本就没有采用过任何代笔。”

“你为什么这么固执呢?别再拼死守护一文不值的自尊了。”

三木打算说服葛西。

“自尊?我才不是在守护自尊!如果我葛西悟的名头一落千丈，你知道会有多少工作人员没饭吃?我也是音乐商业这盘棋中的一颗棋子。我的任务，就是扮演一个天才音乐人。我必须要做这个当世的莫扎特……和解吧!”

葛西咬牙切齿地说道。

古美门和黛一道造访了山内豆腐店。

“对方出面提议和解了。实际上，这代表葛西悟已经举白旗了。”

黛一脸兴高采烈，古美门却丝毫没有半点和解的意思。相较于和解金而言，赔偿金的价码要高出许多。但是……

“……我答应和解。”

博妮塔一脸认真地说道。

“你说什么？不不不，没这必要。这官司能打赢。事情都已经到了今天这步田地，哪儿还能和解啊？”

古美门吃惊得下巴差点落到地上了。

“怎么说呢……这样搞下去，感觉那首歌也挺可怜的。”

博妮塔说，她什么要求都不打算提。虽然今天她也化着浓浓的演出妆，却给人一种谦虚温顺的感觉。

“不收取和解金的话，就谈不上和解了。”

黛说道。

“既然如此，就用那笔钱创立一个基金吧。”

Django Django 两眼放光地说道。

“嗯，这主意不错。干脆全额捐赠给那些不被上天眷顾的孩子吧。”

没错没错。两个一脸浓妆艳抹的人彼此面对面点了点头。

“慢着，你们是白痴啊？先前你们到底是为了什么起诉的？在我看来，这事起码能找他们要五千万！五千万啊五千万！”

Django Django 盯着古美门。

“你才白痴呢。”

博妮塔接下了话茬，两人碰了碰拳。

“……简直莫名其妙。”

古美门抱住了脑袋。这时候，拉门被人猛地拉开，光男和和代一脸笑容地走了进来。

“说得好！不愧是我的女儿！一点儿都没说错，这事可不是为了钱！”

“妈妈我也觉得花江你长大懂事了呢。”

“谢谢爸妈。”博妮塔笑着回答和代。

“老师你也一起来玩朋克吧！”博妮塔说道。

“别开玩笑了。再闹我就要去告你们了！”

古美门已经陷入崩溃的边缘，他已经完全搞不懂面前这些人到底都在说些什么。

“这是委托人的希望啊。”黛安慰古美门道。

“你给我闭嘴，你这五音不全的白痴！都是因为你，我才会陷入到苦战当中，白痴！”

古美门的表情，仿佛随时都可能会哭出来。

明亮的阳光射进地方法院走廊上方的彩色玻璃窗。双方的和解已然成立。除了古美门之外，所有人都一脸愉快地走在走廊上。

走在前头的泽地和三木回头看了看身后。

“这样的和解可谓皆大欢喜。葛西悟基金，想来葛西老师也会感到开心。”

“让你小子捡回了一条命。到最后，你也保住了你那劳什子的不败神话没被打破。要是这官司再继续打下去，最后我肯定会赢。”

古美门把手插在上衣口袋里，把脸凑到三木的面前：

“亏你有脸说得出口！心里暗自松了口气的人恐怕是你吧？你心里估计早就在担心会失去名誉和地位，已经被吓出了一身冷汗吧！”

“你小子还真是不见棺材不落泪啊。迟早有一天，我一定会亲手把你埋葬掉。”

三木也把脸凑到了古美门面前。两人只隔着几公分，近距离展开了口角。

“只要能把你弄死，什么地位名誉，我全都可以不要。就算拼个你死我活，我也要把你彻底拽进地狱里去……说到做到。这也是我的赎罪！”

说完，三木转身扬长而去。古美门脸上到底是怎样一副表情？站在黛的角度，根本无法看见。

古美门坐到椅子上，默然眺望着庭院。黛和服部在一旁看着他那惆怅感伤的背影。黛已经把自己先前听到的古美门和三木之间的那番对话告诉了服部。

“……赎罪？”

“他们两人之间，到底发生了过什么啊……”

“在下也是一无所知啊。只不过，老师他如此悲伤的模样，在下也是头一次看到……”

连服部也不清楚的过去……到底是怎么回事？黛发现，古美门放在桌子上的拳头正不住地颤抖着。

“……他的心里到底在想些什么？”

是否有一天，黛将会明白他内心的想法呢？古美门的拳头颤抖得越来越激烈，之后他突然叫出声来。

“到头来，我还是没能见到柊静香啊！”

就、就因为这种事？黛和服部彼此对视了一眼。

第三章

初恋？跟踪狂？号泣恸哭的恋爱官司？

我就是达斯汀·霍夫曼。

电影《毕业生》的旋律不断地在榎户信也的脑海中盘旋着。教堂的门被砰地一声打开，他一把拽起身穿婚纱的村濑美由希，手牵着手快步跑了起来。让美由希坐上等候在教堂外的出租车之后，榎户自己也坐上车，跟司机说了句“快点开车”。扭头一看倒车镜，只见新郎牧野和参加婚礼的亲朋好友们正在追来。但是，美由希是属于我的。榎户举起拳头，摆出胜利的姿势。

但是，几小时后，榎户却被警察带出了他和美由希逃回的公寓。从巡逻车的后挡风玻璃里向外望去，只见美由希一脸惊恐不已的表情，再次扑到了牧野的怀中。为什么？这不可能——榎户在心中不断地向美由希发问。

古美门两肘拄在桌上，把下巴放在交叉到一起的手上，一脸忧心忡忡。摄像机的镜头凑近到了他的面前。古美门参与了人气纪录片《热血！追梦人》的拍摄，一帮摄影人员全都聚集到了他的事务所。

“如今，您的心里到底都有些什么想法呢？”导演向古美门开口询问道。

“哎？啊，没什么……我在想，为何人世间总会存在邪恶呢……”

啊？黛一边工作，一边侧耳聆听着古美门的发言。听到古美门说出这种话，她不由得皱起了眉头。亏你说得出口！

“我们听说，您一直都向委托人收取高额辩护费？”

“这是根据不同的状况作出的调整。我们这些律师的使命，是永远陪伴人的心灵，不光只是为了发财。”

看到古美门这副与往常截然不同的面目，黛大吃一惊。

“好了，暂停。”导演的暂停拍摄指示刚说完，服部便立刻将一面手镜递到了古美门手里。

“啊，那个，摄像机能不能尽可能多拍一些我的侧脸啊？”

黛不再理会一脸得意的古美门，站起身来，动手收拾东西，准备出门。

“我接到了律师协会的邀请，要出门一趟。”

“你喜欢出去捡垃圾我也不管你，但你记得，别把你找来的那些不干不净的剩饭带到我的事务所里来！穷病是会传染的！”

摄像机已经停止了拍摄，古美门也回复了往日的毒舌。

“我可不敢劳您的大驾，你还是专心研究怎么在摄像机面前出风头吧。”

黛走出事务所，前往委托人被拘留的警署。

“你涉嫌绑架、监禁两项罪名。你从婚礼现场绑走了村濑美由希小姐，然后将她监禁在自己的公寓里。这些都是事实吧？”

隔着会面室的玻璃，黛与一身灰色运动服的榎户面对面地坐着。那是一个与黛年纪相仿，只是表情看起来有些阴暗的男子。

“从一年前起，你就一直在她的住处和公司等待，伏击，对她纠缠不休。其后，你因为触犯了跟踪狂制约法而受到警告，禁止你继续对村濑美由希小姐纠缠不休。你为何对禁令视若无睹？你是不是还曾威胁过美由希小姐的结婚对象牧野先生？”

黛翻阅着文件，不断发问。榎户却一直保持着沉默，一言不发。

“榎户先生？你不如干脆承认自己的罪行，请求法庭酌情减刑吧？”

榎户依旧没有说话，只是神经质地咬着自己的指甲盖。

“据说达斯汀·霍夫曼本人就是个跟踪狂啊。你这垃圾捡得真有意思啊。要不，你干脆专门处理这类变态案件吧？痴汉、偷窥、偷拍、还有内衣贼。你如果能专门替这些人辩护，作为‘变态女神’出道的话，估计也能赚到很多的人气呢。”

古美门一边让服部为自己重新化妆，一边用手指着黛说道。第二天，摄影的工作依旧持续着。

“我说过好几次了，叫你别用手指指人！谁是变态女神！”

“好了，今天要拍些什么呢？不如干脆拍我出浴的场景吧？”

古美门对导演说道。

“我们想拍摄些您在法庭上和人打官司时的情景。可能的话，还想拍些您与委托人接触时的情景。”

“眼下我似乎暂时没有这样的预约啊……”

“律师，正巧，刚才律师协会发来了这样的委托信。”

服部将一张便条递给了古美门。

几天后，黛正在地方法院的长椅上整理资料，只听有人叫了一声“黛小姐”。黛抬起头来，发现面前站着一个高个子男子。

“啊，相泽老师？”

“你毕业之后，就再没有见过呢。想当年，我还以为你会跑去做检察官呢。”

黛的面前，检察官相泽秀臣露出了一脸爽朗的笑容。

“我……”

“你很优秀。”相泽微笑着回了一句，“今天真是让人期待啊。尽管我只是客座讲师，但能和自己当年的学生在法庭上相见，这样的事，感觉还挺戏剧化的。久保检察官突然病了，我来救场。所以你今天的对手就是我。”

相泽老师是我的对手？不会吧……黛愣愣地抬头看着相泽的脸。

一名不寻常的委托人来到了古美门的面前。此人一身无比艳丽的衣装，套着职业棒球队“东京赢家”的队服。这位五十岁大婶名叫望月绿。

“这四十二年里，我把一切都献给了赢家队。每一次，我都风雨无阻地赶到体育场，和他们一起分享喜怒哀乐。可是，他们却说我喝彩的言辞太过粗俗……”

几天前，绿婶去观看了赢家队的比赛。当时，她趴在一垒旁的金属护网上，不断地咒骂着赢家队的球员，向他们喝了倒彩。于是保安一把拽住了她，要强行让她离开球场。绿婶拼命抵抗，要保安放开她，没想到绿婶却在扭打之中摔倒在地，重重地摔到了腰。

“……然后呢？”

古美门冷冷地问道。虽然听来感觉有些遗憾，但实际上，古美门对这件事根本毫不关心。

“我要告球队！索取抚慰金一千万！你要知道，直到今天，我不知在赢家队身上砸了多少钱！我提出这样的要求，根本理所当然！”

绿婶脱下队服，把脸凑到了摄像机镜头前。

“律师，我们这些小老百姓是拿不出多少律师费的，您愿意帮我吗？”

说完，绿婶便凑到了正优雅地喝着红茶的古美门面前。就在古美门不断犹豫自己该如何回答的时候，摄像机镜头缓缓凑到了他的面前。这种案子我才不想接呢！但是，现在正处在摄像机的拍摄之下。这样的委托，真想一口回绝！但如果真这么做，自己的真面目就会在全国人民面前曝光了……

“当然愿意！”

纠结了一番之后，古美门虚伪地冲着摄像机的镜头微微一笑。

榎户案的第一次公审开始。

“公诉事实，被告先前已经接到过东京都公共安全委员会的禁令，但他还是于平成二十四年四月二十二日下午一时许，于世田谷区内的婚礼现场中……”

黛呆呆地望着相泽念起诉书的模样。看着相泽，黛不禁回想起了法科大学院的教室。黛本来就性格较真，每次相泽出任客座讲师的课堂开始前，她都会努力预习相关的内容。每次相泽提问“有谁明白没有”时，黛都会高高地举起手。而每一次，相泽都会在讲台上冲着她微微一笑，说上一句“你可真够刻苦啊”。为了看到他的笑容，黛更加努力地学习。正因为如此，黛此时才会出现在法庭之中……

“被告，起诉书中所讲述的内容，是否属实？”

法官开口询问道。然而，榎户却双目无神，不作理会。

“被告不做任何发言吗？那么，就请辩方律师先发言吧……

辩方律师？”

听到法官叫到自己，黛猛然回过神来。

“起诉书里记载的公诉事实完全属实。只不过，我方认为此案有一定酌情轻判的……”

“我主张无罪释放！我是无辜的！”

榎户的突然发言，让法庭中萌生出一股异样的氛围。

“你这样自作主张，会造成麻烦的……既然你认为自己是无辜的，那么事先你为什么不跟我说呢？”

会面室里，黛不断地向榎户抗议。因为榎户的主张，法官决定暂时休庭，改日再审。

“你大概也觉得我是有罪的吧？我才不是什么跟踪狂。我和美由希一直都在交往。原本，我们是准备结婚的。我先前任职的工厂旁有一家银行储蓄所……”

榎户口若悬河地讲述了起来。两人是在美由希任职的银行储蓄所结识的。当时，榎户正因ATM取款机的操作流程感到困扰，美由希笑着向他问了一句：“您遇到什么麻烦了吗？”

“当时是她主动和我说话的。之后，我们两人时常会在公交车上碰面，慢慢地熟络之后，就开始了交谈。”

据榎户说，他先找美由希搭讪，说：“经常遇到你……”

“后来我发现，我和她住的其实挺近。那种感觉，就像是冥冥之中自有天意一样。之后，我开始到她上班的地方，等她下班之后一起回家；清晨，我也会到她住的公寓前等她，一起去上班。就这样，我们之间的爱不断地加深……最后，我向她求婚了。”

聆听着榎户的讲述，黛心中不由得感觉有些疑惑。

“据说，有个男的自打念大学的时候就一直对她纠缠不休……所以，我就去找那家伙谈判，希望他不要再纠缠美由希了。可是，那家伙却强硬地逼迫美由希和他结婚……所以，我只能采取那样的办法！”

说着，榎户的心中涌起了澎湃的感情，大声叫嚷起来。

“这种人，应该就是众人所说的跟踪狂了吧？”

回到事务所，黛把当时想对榎户说的话，一股脑地说给了服部听。服部一边冲红茶，一边犹豫地说：“这我就不大清楚了……”。

“就这种官司，还要让我给他设法争取无罪释放……”黛不由得抱住了脑袋。这时，古美门从二楼走了下来。

“你是想说你做不到吗？你不是号称‘变态女神’吗？”

古美门在黛的身旁坐下，啜饮起了红茶。

“麻烦你不要随便给人起外号……难道老师你能做到吗？”

“你这问题问得真够白痴的。我早就想到十七种帮这人打赢官司的办法了。但是，我一种都不会告诉你！”

“我才不稀罕！律师你还是多替自己操操心吧，现在你手上的那件案子也是一场相当胡闹的官司啊。”

“我不会输。你也给我去打赢你手上的官司。要是输了，我就解雇你！”

古美门冲着黛厉声说道。

同一时刻，三木啜饮着泽地冲泡的咖啡，井手凑到了三木的跟前。

“我明白，您其实一直都很器重我，一直都在栽培我。但是，从我个人的潜力来看，总是让我搞些整理资料之类的工作，似乎是事务所的损失啊？三木律师。”

听了井手的话，三木冷冷地说了一句：“既然你这么想试试，那你就试试看吧。”说罢，三木便把文件递给了井手。

“委托内容：原告在观看棒球比赛期间接到保安勒令退场的要求时，被保安扭打致伤。因此，原告要求被告赔偿一千万日元的抚慰金。”

看过文件上的内容，井手笑着说：“简直就是胡闹嘛。”

“对方可是古美门研介律师哦。如果你能赢过古美门律师，那么你的名声就彻底在司法界打响了。”

听了泽地说的话，井手的脸色一下子变了：

“……包在我身上！不管对手是谁这种官司，怎么可能会打输嘛？”

“要是打输了呢？”泽地问道。

“不如你干脆以死来谢罪吧？毕竟，打输这样的官司，就是在给我们事务所抹黑。”

听了三木的话，泽地的嘴角稍稍一扬，微微笑了笑。看到泽地脸上的笑容，井手也表情僵硬地笑了笑。

第二次公审，由黛向榎户发起主询问。美由希的丈夫牧野也出现在了旁听席上。

“你所说的交往，具体都发生过些怎样的事呢？”

“早上一起上班，下班一起回家。因为我和她的休息日错开了……上下班的公交车，就是我们约会的场所。”

看起来稍稍有些驼背的榎户在证人席上说道。

“在上下班的公交车上，你对美由希小姐的感情越来越深，同时，你也感觉到了美由希小姐对你的好意。是这么回事吧？”

“是的。所以我才会向她求婚。”

“当时美由希小姐是怎么回答你的呢？”

“她说她很开心，但是她有个大学同学一直纠缠着她，怎么甩都甩不掉……所以我就想，为了她，干脆直接和那个人见一面好了。”

听到榎户的话，牧野不由得皱起了眉头，露出一脸不快。

“那么，美由希小姐又为何要报警呢？”

“美由希不想那么做，是那家伙逼她报警的。那家伙害怕我从他手上抢走美由希，就故意诬陷我是跟踪狂！”

“……我问完了。”

黛的主询问就此结束。

黛在法庭上苦战之时，古美门和绿婶也在另一间法庭上战斗。

“望月女士，你有没有听说，球队为什么要强制性地把你赶出体育场呢？”

古美门的询问开始了。

“听说了。他们说，是因为我喝倒彩时的言语太过粗鄙。”

“那么，你喝倒彩时都说了些什么？你记得多少就说多少好了。”

古美门话音刚落，绿婶便立刻扯着嗓门喊了起来：

“你往哪儿扔呢，傻鸟！不想打的话赶紧滚丫的！到六本木去挥你胯下的那根小棍去吧！你还不如就拿你那根小棍去打！你喜欢的是不是受虐施虐游戏啊？你是不是跟女人玩多了，连胯都在抖啊？”

“够了。”古美门抬起右手，制止了绿婶的发言，“谢谢。你觉得，这些话足以让球队强行勒令你离开球场吗？”

“打得好就夸奖一番，打得臭就喝倒彩。这是理所当然的。我并不觉得这样的倒彩足以让他们强行把我带出球场。”

“望月女士，球队已经答应赔偿你球票钱了吧？除此之外，你还要求一千五百万的赔偿金。你难道不觉得你提出来的这个数目很离谱吗？”

看到法官开口向绿婶提问，古美门说了句“这一点就由我来解释吧”，接过了话茬。

“在保安将望月女士强行带出球场的过程中，望月女士重重地摔到了腰部，留下了严重的后遗症。一千五百万中的五百万，是相关的治疗费用。”

“不就是一点扭伤吗？”法官一脸惊讶的表情。古美门却毫不理会，继续说道：

“此外，望月女士心中，其实有一个很大的梦想。”

说着，古美门扭头看了看绿婶。

“我想出一本书，一本名为《望月绿倒彩语录》的书。”绿婶回答道。

“先前，她打算把自己四十年来献给心爱的赢家队的那些倒彩汇集成书，拿去出版。要是这本书能出版，估计能卖出去多少呢？”

“我估计，全国十万左右的赢家队粉丝们都会掏钱购买的。”

“那么，单本的定价是多少呢？”

“我估计大概会卖一千六百日元左右。”

绿婶镇定自若地回答道。

“你觉得，这本书今后还能完成吗？”

“……现在我扭伤了腰，痛得连大声说话都做不到……更重要的是，自从发生了那次的事件，我就害怕得再也不敢到球场去了。”

绿婶用手捂住了自己的腰。

“现如今，她已经无法再到球场去喝倒彩了！原本能挣得的版税收入，大致约合一千六百万日元。考虑到因其他情况而无法出版的可能性，所以暂且将损失金额假定为一千万。与伤病后遗症的赔偿金额加到一起，我方提出球队共计赔偿一千五百万日元。我的话说完了。”

古美门步履轻盈地回到了自己的座位上。

“……被告代理人，请发言。”

已经彻底晕头转向的法官对井手说道。然而，面对这样的对手，井手难以立刻采取任何行动。

另一边，在榎户一案的公审中，检察官相泽向榎户发起了询问。

“既然你和美由希小姐彼此相爱，那么她又为何会和牧野先生结婚呢？”

“大概是被洗脑了吧？她性格内向，大概是受到了暴力威胁，所以害怕得不敢反抗吧。只有由我出面，强行把她抢走。我才不是什么跟踪狂，真正的跟踪狂是他！”

榎户抬高了嗓门。黛不由得有些头痛。这样的做法，只会让法官对他的印象变得更差罢了。

“正如你所说，美由希小姐确实性格内向温顺。正因为如此，那么是否存在这样的可能呢？其实她心里很怕你，每天在公寓外和储蓄所外看到你的时候，只能默默地跟你走。”

“她当时的样子看起来很开心！”

“如今，你已经二十六岁了，你是否有过和女性交往的经验呢？”

“……这种事用不着你管。”

“那么，你是什么时候搬到现在这处住处的？”

“……去年二月前后。”

“当时，你大概刚结识美由希小姐不久吧？你为什么要搬家呢？比起先前的公寓，你现在的住处似乎更狭小吧？而房租却比原先的要高。那么，你选择现在居住的公寓的理由是什么呢？”

“……一种感觉吧？可以说……”

榎户心慌意乱地说着暧昧不明的话。

“难道说，你是在跟踪美由希小姐，然后找到了你现在的住处，才搬到她家附近的吗？”

“不是……只是巧合罢了。”

站在证人席上，榎户啃起了指甲。看着眼前的榎户，黛不由得回想起数年前的自己。

——站在法科大学院门口的柱子背后，黛已经不知看了多少次手表。不久，发现相泽已经从大门里走出，黛走出了柱子后的阴影，装出一副偶遇的样子。于是，相泽开口邀请黛一起去喝茶。当时，黛感觉仿佛进了天堂一样幸福。坐在咖啡厅里，黛一边啜饮着热茶，一边满心喜悦地向相泽说出了自己想要做一名律师的梦想——

休庭后，相泽在走廊上叫住了黛。

“这官司你打算打到什么时候？”相泽问道，“或许，主张无罪只是你的一种战术，但说句实话，其实起到了反作用。你应该尽快转入酌情减刑的辩护当中去。关于古美门老师，我也早已有所耳闻。大概这就是他给你带来的负面影响吧。我觉得，除了他那里，应该还有更适合你任职的事务所。”

说完，相泽便转身离开了。

回到事务所，黛看到古美门正邀请导演在事务所里吃晚饭。此时的古美门滔滔不绝、一脸得意地说着：

“摄像机不能进入法庭，这一点还真是令人遗憾呢。要不干脆雇个画家，到法庭里去画些插画之类的吧！井上雄彦[①]怎么样？我觉得他的《浪客行》的风格感觉似乎和我的气质很一致呢。”

就在黛独自一人坐在沙发上默默想心事的时候，突然间，摄像机凑近了她。

“干什么？”

黛从沙发上站起身来，背转过身，开始阅读诉讼记录。

“我们想请黛律师你也来说上两句。黛律师，你为何要留在

---

① 著名漫画家，作品《灌篮高手》等广为人知。

古美门律师身边呢？”

“顺水推舟罢了。”

“你最尊敬他哪一点呢？”

“我一点儿都不尊敬他。”

“不论怎样都好，就说一句你对古美门律师的个人评价吧。”

这可是你说的啊？既然如此……黛正面看向了摄像机。

其后的公审开始了。古美门闭上双眼，聆听着井手的发言。

“前年，在大阪交响乐团的古典音乐会上，就有喝倒彩的观众被强行带出了场外。此外，二〇〇三年，花样滑冰的大赛中，一名出言不逊的观众也同样被驱逐出了场外。这些判决中，都认定强制驱逐出场的行为是适当的。也就是说，此次球队做出的判断，也完全是妥当的。我的话说完了。”

“井手律师似乎根本就没有搞清楚这次案件的本质！”古美门起身说道，“你怎么能把需要安静聆听的音乐会和职业棒球赛混为一谈？太鼓、喇叭、助威的歌声，还有每一位观众的喝彩和倒彩，这所有的一切全部融汇到一起，才能称之为职棒！照理说，观众其实也可以算得上是演员之一，是自我展现者之一！使用暴力来制止言论自由？不管是谁，都不能做出这样的事！球队丝毫不顾及这一点，其行为违反了宪法二十一条的‘言论自由’。球队的行为，已经彻底违反了宪法！这是对日本国宪法的践踏！”

今日的古美门，依旧滔滔不绝，无人可挡。

榎户案的公审法庭中，美由希当年的挚友高原惠里站到了证人席上。

“自从念大学的时候起，我就跟美由希、牧野两人很熟。自那时起，他们两个就是众人眼中最适合的一对。他们两个人都很认真，大家都时常戏谑他们，说他们是一对‘老情人’……牧野未来将会继承他父亲的公司，所以我想他们之间的交往，从一开始就是以结婚为目的的。估计美由希当时也有这种打算吧。”

“榎户先生主张，美由希小姐心里其实喜欢的是他。有关这一点，你是怎样看的呢？”

相泽向惠里询问道。

“说起来虽然有些无情，但从常理来说，我想这种事应该是不可能的。”

其后，相泽又对站到证人席上的榎户开口询问：

“你觉得，美由希小姐对你抱有好感。你为什么会有这样的想法呢？”

“和她在一起的时候，她让我有这样的感觉。说不上什么道理。”

“不会是你一厢情愿吧？”

“我曾经送过她一张肖像画。那是我亲手画的美由希的肖像画……当时她很开心，还说会好好珍藏。还有，她曾经说过，只要和我在一起，她就感觉自己会放松下来，心里也不再紧张。”

“美由希小姐说，她从来没有说过这样的话。此外，你说的那张肖像画，虽然先前她收下了，但之后她感觉太恶心，顺手扔掉了。我的话说完了。”

看着向着检方席走去的相泽，黛回想起自己在法科大学院中度过的那个情人节。

——坐在咖啡厅里，黛战战兢兢地把一盒巧克力递向了桌对面的相泽。

“今天是情人节。”

“给我的？真是开心啊。味道不错。有种黛小姐你特有的味道呢。怎么说呢，让人感觉彻底放松。”

看到相泽当着自己的面品尝了自己亲手制作的巧克力，黛的心怦怦直跳——

“那么，下一次将对被害者进行质询。暂且休庭。”

听到法官的发言，黛这才回过神来，开始动手收拾自己的东西……古美门坐在已经走得稀稀落落的旁听席上。

“……你是来嘲笑我的吗？”

“我也来这边进行公审。因为结束得比较早，所以过来打发一下时间。你这场空费唇舌的战斗实在拖得太久了。”古美门坐在椅子上回答道，“你的注意力一直都在对面的检察官身上。你展现自我的对象，应该是法官。你和那个检察官之间是不是曾经发生过些什么？”

“……没什么。”

被人看穿心事，黛的心中涌起了无限懊悔。说完，她一扭头离开了法庭。

走出法院，黛转念一想，决定下次也去旁听一下古美门负责的那场官司。黛在公审中途走进法庭，此时井手的最终陈词已即将结束。

“……在与本案相似的案件中，从来没有围绕宪法第二十一条的‘言论自由’展开过争议，此外，因大部分的倒彩都存在社会争议性，所以即便存在对言论自由的保护，我方也认为，原告该当接受强制离场的处理。我的话说完了。”

“这些都丝毫不是问题。”古美门啪地一拍桌子，猛地站起了身。

“说到底，望月女士的倒彩是否真的令他人感到不快或者阻碍了比赛的顺利进行，这一点其实才是问题的关键所在。赢家队拥趸冢本裕一曾证言说：‘望月女士的倒彩虽然过激下流，但它确实让比赛的气氛变得更热烈了。’町田满先生也说过：‘听不到望月女士喝倒彩的声音，感觉还真让人有些寂寥。’长谷川里美女士说：‘球场上少了望月女士，感觉就像是迪斯尼乐园里少了米奇一样。’千叶卓也先生说：‘球票钱的一半，感觉似乎都是为了来看望月女士而支出的。’加藤顺子女士说：‘现如今，已经再没有吸引我去看球赛的理由了。’……”

古美门一边飞快地说着，一边挑衅般地向井手走去。

“简直胡闹！这根本就是莫名其妙！”

面对滔滔不绝的古美门，井手乱了分寸，连法官也出言提醒他，让他稍微冷静一些。

“法官大人，井手律师还很年轻。请您高抬贵手，手下留情，千万不要让这些年轻的希望就此被葬送掉。”

看到古美门伸手揽住了井手的肩头，黛忍不住小声地嘟哝了一句：“还不是你在葬送人家啊……”

“下次开庭，美由希小姐自己走上证人席之后，这官司大致就有定论了。”

会面室里，黛和榎户彼此对视着。

“……大概真的是我的一厢情愿吧。像我这样从来没有过半点女人缘的派遣社员，正常而言，和银行里的美女业务员，是根本不可能会产生半点情爱的。我……我真是恶心啊……”

看到榎户垂头丧气地耷拉着脑袋，黛的心中，再次回想起了自己的过去。

——情人节过去数天后，黛跑到研究室去找相泽。从门外往里边一看，只见当时相泽正和一位女子待在一起。那女子绝对不是学生，而是一名成熟美丽的女性。

“这是什么？巧克力？”

女子伸手拿起了黛送给相泽的那盒巧克力。

“嗯，我都忘记吃了。是学生送我的。”

“什么样的学生啊？”

“挺不错的一个学生。”

相泽一边想方设法地不去刺激那女子，一边轻描淡写地说着。看到这样的相泽，黛不禁大受打击，双脚再也迈不开——

离开会面室之后，黛顺道去了一趟美由希居住的公寓。黛心里很明白，事情走到今天这一步，自己再去造访，已经没有任何意义了。就在她转身准备离去的时候，却遇到了刚刚购物回来的美由希和牧野。黛感觉有些尴尬，踌躇之间，只听美由希向牧野问了一句：“这人是谁？”

“对方的律师。”牧野说道。

“你找我的妻子有什么事吗？”

“没什么。只不过，那个……我只是在想，这事当真值得大家闹到法庭上去吗……”

“你说什么？”

“我在想，这恐怕只是一点点小误会罢了……”

黛看了看牧野身后的美由希。

“你的意思是，要让我们撤诉？”牧野似乎有些不大愉快，“你们是打算用钱来解决问题吗？你回去吧。我妻子现在正忙着新居和搬家这些事，没工夫陪你闲扯。”说完，牧野便拉着美由希的手，转身走进了公寓里。

迈着缓慢沉重的脚步回到事务所里，黛发现兰丸正对着服部亲手烹制的各种美味大快朵颐。被兰丸吃空的蒸笼，已经成堆了。

“真知子，你回来了。”

听到兰丸和自己打招呼，黛苦笑了一下。就在这时——

“这次你的调查能力也发挥得不错啊，兰丸！这样一来，我已经赢得胜利了。”

古美门两眼盯着报告书，开口说道。

“我说，你也让我上一回电视嘛。就说，我是你古美门研介引以为豪的忍者之类的。”

“上了电视，你就再也不是忍者了。还有，上电视这种事烦着呢，酬金也低得吓人。”像往常一样，古美门把一只信封递给了兰丸。

“那你干嘛要上电视？”

“宫本亚门那次相当不错，除了有些操之过急。”

嗯。兰丸点了点头，站起身来。

“服部叔，承蒙款待！啊，真知子你也是，要是你有什么事需要调查的话，别客气，尽管说吧。只要有酬金，我啥都可以做。”

兰丸把一张名片递给了黛，之后便转身回去了。名片上的内容很简单，只写了名字和电话。

“……我不打算使用那些卑鄙下流的手段。”说着，黛收起了名片。

“就是因为你整天说这种话，才会输。”古美门一边啜饮着中国茶，一边说。

“我还没输呢。”

“你会输的，因为你根本就没有那种为了打赢官司而拼上性命的觉悟。”

“没……”

“没这回事吗？”

听到古美门步步紧逼的话语，

“……我只是……无法相信他真的是无辜的。”黛说道，“自作多情地喜欢上对方，然后还一厢情愿地觉得对方也喜欢自己，但实际上对对方来说，自己只会带来困扰……这种事是常有的。”

“你要到什么时候才会长出手脚和四肢来？大蝌蚪！就算榎户他真的是个不折不扣的变态跟踪狂，你也给我用上一切手段，让他最后无罪开释。这就是你的工作！”

“……我倒不这么觉得。说到底，我们的工作就只是让法庭做出最为适当的判决罢了。”

“你就永远做你的大蝌蚪，彻底从这世界消失掉吧！记得还钱！要是你准备到风月场去上班，我可以替你介绍一下。”

说完，古美门便转身冲上二楼去。就在黛被气得眼中泛泪之时——

“如今这些女高中生的短信，实在是让人无法解读啊。”服部两眼盯着手机的画面说道。

“……怎么突然说起这些事来？”

“最近一段时间，我都是坐公交车来上班。我发现，只要每天早上在固定的时间上车，车上的乘客就全都是些固定的面孔。甚至连坐的座位和站的位置也几乎都是固定的。之后，我就自然而然地和一个女高中生结识，成为短信朋友了。”

“我怎么感觉最后一句话的跳跃幅度有点大啊……”

刚一说出口，黛突然想到了些什么。

“文字画的新用法，实在让人感觉学到了不少东西啊！但话说回来，这个心形……”

尽管服部还在喋喋不休地东扯西拉，但黛已经充耳不闻。

翌日清晨，黛坐到公交车上。那趟车，就是先前榎户和美由希时常坐的车。

“从后数起的第三排，靠右……”

黛坐到了榎户先前说起过的座位上，隔着通道，向坐在对面的老妇人询问起来。

“不好意思，您认识这两个人吗？”黛让老妇看了一下榎户和美由希的照片。

“嗯，他们俩平常都坐在你现在坐的位置上呢。”老妇立刻回答道。

“……在您看来，他们俩到底是什么关系呢？”

“关系很好的小情侣吧。”

“那，您对这位女子的印象呢？”

“她总喜欢听这男的说话，常常笑，看起来似乎很开心呢。”

“那，您觉得这位女子是不是在做戏，而实际上心里却很怕这名男子呢？”

“……这个嘛，我就不大清楚了。”

老妇一脸惊异的表情，把照片还给了黛。就当黛在心中反省，觉得自己的问话或许有些不大合适的时候——

“不过啊，那一次，男子送肖像画给女子的时候，女子看起来似乎真的很开心呢。”

“那，感觉这女子会不会转身就把那肖像画扔掉呢？”

“……当时她不是小心翼翼地把那肖像画放进包里了吗？”

“谢谢您。”

黛笑着道了声谢，从包里掏出了兰丸的名片。

几天后，绿婶一案的公审日到了。

“三十号。”

“川村健悟。右投左击，内野手。和歌山商业出身。喜欢的类型是平山绫。”

“十三号。”

“小泉学。右投右击，投手。常磐大出身。博客标题是‘直至燃烧殆尽’。”

“五十二号。”

“沼田靖司。接球手教练。绰号‘老爹’。最自傲的事是能背诵出圆周率小数点后三十位。”

愣愣地听了半天绿婶和古美门之间的滔滔不绝的问答之后，井手举起了手。

“我不明白对方律师提这些问题的意图究竟何在。”

“我只是希望你能明白，在她的心中，到底有多爱那些球员们！喝倒彩也是一种爱啊！恨铁不成钢！这就是她表现心中的爱的形式啊！”

古美门拿起一本写着“法官田中滋调查书”字样的资料，打开了话匣子。那是兰丸弄来的机密资料，里边记录着本庭法官的生平事迹，连最近发生的小事也毫无遗漏地被记录了下来。

“望月女士说过，看到这些球员，她的心中就会涌起一股如同母亲看到孩子般的感情。在这个母亲总爱溺爱孩子的年代里，她对孩子却是严加管教。在孩子做错事时，她总会厉声呵斥。这样的人，不正是我们常说的‘昭和时代的豪胆母亲’吗？面对这样的母亲，孩子们确实有时也会觉得厌烦。好好学习，好好学习，好好学习……听到这样的严厉管教，或许孩子心中也会产生抗拒和反感之心。但是，等到孩子长大成人，在社会上获得成功之后，他们就会觉得，要不是多亏了当年的母亲，又何来今日的自己呢？”

法官的眼中，已经闪现出泪光。没错。机密资料里已写明，最近的他，刚刚与自己那位“昭和时代的豪胆母亲”经历了生死别离。

“实际上，很多球员都对望月女士抱有着这样的感情。球队做出了错误的判断，把她赶出了球场。这样的行为，不光剥夺了她对自己的孩子的爱，也等于从球员们身边夺去了母亲！”

绿婶低着头抽泣了起来，而法官则拼命忍着随时可能夺眶而出的泪水。古美门把一条手绢递到了绿婶的手里。

“我的心中一直都在期盼着，希望有一天，她内心的伤痕能够愈合，再次走进球场，面对那些她深爱的孩子们，叫出她心中那些既严厉又温馨的谩骂和倒彩来。我希望，东京赢家队也能协助一下……我只愿这样的一天能够早日到来。”

古美门刚坐回座位，绿婶和法官就同时用手帕擤起了鼻涕。

古美门和绿婶喜形于色地走出地方法院。他们已经精彩地打赢了这场官司。

“辛苦两位了。不知结果如何？”

等候已久的编导开口问道。

“一千万啊！一千万！活该啊！我稍微哭了下鼻子，一千万就手到擒来了。是吧？”

绿婶得意洋洋地说道。

“剪掉剪掉。”古美门赶忙用公文包挡住了摄像机的镜头。

“望月女士，你这话说得不合适。重新来，从我们走出法院的时候拍起吧。”

“你的借口说完没有，井手？这可是历史性的败诉啊！好了，咱们就按之前约好的办吧。”

听完井手的报告，三木开口说道。

泽地哼着歌站起身，从抽屉里拿出了手枪。她往弹夹里塞了一颗子弹，熟练地让转轮飞转了数圈——那是一支俄式左轮枪。泽地用枪口指着井手，慢慢走近，然后突然把想要转身逃走的井手摁到沙发上，将枪口抵到了井手的脑门上。

“只有一发子弹，中弹而死的概率只有六分之一。”

说完，三木用手堵住了自己的耳朵。

“好了，我开枪了。”

看到泽地解除掉安全装置，井手使劲儿推开她，连哭带喊地逃了出去。

“玩得开心吗？”

听到泽地的问话，三木摇了摇头，说了句：“不大开心。”这次又让古美门打赢了官司，三木的压力又加重了。

“律师他代替我说出了我心中的话。我的心意，他全都明白！”

古美门法律事务所里，绿婶与古美门两人正执手相看。

“打赢官司的人不是我，是你。”

绿婶连连向着一脸微笑的古美门低头致谢，转身准备回去。

“您忘记东西了。”

服部拿起那件东京赢家队的队服，帮绿婶穿到了身上。

“绿婶，五十五号！①”

绿婶和服部齐声呐喊了一句。她一边不断低头致谢，一边离开了事务所。

“邪恶永远不会彻底消失……但是，如果能像这样，让其他人的内心稍微找回一点平静，或许我们的工作也就变得有意

① 望月绿的名字“绿”在日语中的发音为 midori，而五十五在日语中的发音则与英文的“Go！Go！”很相近。

义了……”

古美门话音刚落——

“好了，很好。今天就到此为止吧。”

编导切掉了摄影。刚才的那一幕全都被拍到了摄像机里。

送走电视台的人之后，古美门瞥了一眼坐在桌旁忙着为公审做准备的黛。黛一边瞥眼看着手旁一张皱巴巴的纸，一边填写着公诉文件。

“加贺兰丸的雇佣费用，我会从你的工资里扣除。”

古美门一副兴高采烈的模样，转身上二楼去了。

宣判日，美由希站到了证人席上。相泽结束主询问之后，黛开始了辩方询问。

“我想听你说……只是你内心的真正感受。仅此而已。”黛说道，“婚礼当天，在你被榎户先生带出婚礼现场时，你应该有能力反抗吧？”

“当时榎户突然出现，强行拽住我的胳臂往外跑，而我也彻底慌了神……当时我想，我大概就只能顺从他的意思吧。”

榎户坐在被告席上，静静地聆听着美由希的回答。

“请你说说榎户送你那张肖像画时的情况吧。”

“我记得那应该是去年夏天的事。当时，榎户在公交车上突然把那张肖像画递给了我。”

“榎户先生说，当时你很开心地收下了那幅画。除此之外，当时和你们乘坐同一辆车的乘客也说，那时候的你看起来似乎很开心。”

黛转述了先前那名老妇人说的话。

“不，不是这样的。”

“那么，你有没有说过，和榎户先生在一起，你会感觉到放松、安心之类的话呢？”

“我没说过。”

“那他为什么要这么说呢？”

“估计是他的一厢情愿吧。”

“那副肖像画后来去了哪儿呢？”

黛拿出了被压在资料下的那张皱巴巴的肖像画，怔怔地盯着它。这张画，是数天前兰丸假扮成搬家公司的人，从美由希搬家时扔掉的垃圾中找到的。

“当时我觉得很恶心，立刻扔掉了。”

“……立刻？准确来说，应该是在什么时候呢？”

“收到那张画的当天。”

“实际上，直到最近，你都一直珍藏着那张画吧？后来你觉得或许那张画会在这次的审理中造成麻烦，所以最近才扔掉。是这样吧？”

“不是的。我当天就扔掉了。”

美由希低着头，面无表情地回答道。

听到这番回答，黛不禁回想起了当年她在相泽的研究室外听到的那番对话。

——当时，相泽告诉恋人，送巧克力给他的黛是个“朴素的好孩子”。

“怎么，你还想冒充食草男不成？”相泽的恋人噗地一声笑了出来。

“也许吧，和比自己有出息的女人交往很累的，我也想偶尔松口气啊！”

“你既然无心，却故意挑逗别人，那孩子也真够可怜。”

听恋人这么一说，相泽便立刻顺手把黛送他的那盒巧克力推到了一边——

“美由希小姐……你真的觉得榎户先生只是给你造成了麻烦吗？”

“是的。”

“你对他真的一点好感都没有吗？”

“是的。”

美由希点点头，淡淡地说道。黛任由榎户画的那张肖像画盖在资料上，不知自己该在何时把它拿出来。

“当着牧野先生的面，你只能这样说，是吗？其实，在与家底殷实的牧野先生交往时，你心中也曾感到过苦闷，于是，你就把与牧野先生截然不同的榎户一同乘坐公交车的那段时光当成了一种放松……是这样吧？”

听到黛这句发自心底的问话，美由希沉默了。

“榎户向你求婚时，你不是还说过牧野先生让你觉得很困扰吗？”

“……我没说过。”

“榎户先生的种种行为，实际上不都是你一手造成的吗？”

“不是的！”

“……你真的对他一点儿好感都没有吗？”

“没有。”

“……在你的心底深处……哪怕只是一丁点……一丁点儿的好感……”

黛哽咽着说道。

“没有，我只觉得他会给我造成麻烦。”

美由希的态度依旧不变。

“那么，这个……”

就在黛伸手拿起桌上的肖像画准备给美由希看时——

“住手！够了……”

榎户突然叫嚷起来。

“不行……美由希小姐，你为了保证自己的婚姻幸福，把榎户先生……”

“住口！”

榎户站起身来，转身看着黛。

“被告请不要擅自发言。”

听到法官的警告，榎户坐下来。

“可这……”

榎户制止了准备拿出肖像画来的黛，开口说道：

“够了……律师，够了……我承认我是跟踪狂。出于我个人的一厢情愿，我跟踪纠缠了美由希小姐，最后还绑架了她……我是跟踪狂。真对不起。”

黛的泪水夺眶而出。她在心里不断地玩味着榎户的话。

黛拖着脚步走出了法庭。古美门在法庭外等着她。

“输得可真够惨的。你到底是为谁辩护啊？下个星期天你去趟府中赛马场，让那些并排在门里等候的十几头三岁赛马轮流踢你的脑袋吧！这样一来，说不定你会被踢开窍。”

“……大不了被解雇嘛。”

黛低着头，迈出了脚步。

“这是委托人自己请求的有罪判决。所以，这次的败诉，我就不找你追究责任了。”

就在这时，相泽走到了两人的面前。

“做得不错。最后的那番逼问，确实很有魄力。果然，你更适合当检察官啊。今后也要多努力哦。”

相泽一脸爽朗地说完，转身回去了。

“迟早有一天，我会把他打翻在地。”

在一旁听着两人对话的古美门走到黛的身旁，比了个战斗到底的姿势。

“不必了。”

黛无精打采地说道。

“你想吃什么？”

古美门难得关照黛一次。

“……冬阴功！”

黛大声地回答，感觉就像想要把憋在心里的一切委屈全都宣泄出来一样。今夜的她，就想吃那种辣得让人泪眼婆娑的东西。

当夜，事务所的餐桌上摆满了服部亲手烹制的豪华泰式料理。

“好吃到要命……您还会做泰式菜啊！”

黛忍不住高声叫嚷了起来。

“稍稍会做一些。在下也曾在曼谷街头摆过小吃摊。”

听着服部的回答，黛吸了吸鼻子。之前忍住的泪水，再次夺眶而出。

“服部叔，这菜也太辣了吧。”

古美门瞥了一眼黛，说道。服部耸了耸肩，说了声抱歉。

“……好好吃。”

黛一边呜咽着，一边继续啜饮着冬阴功汤。

回到客厅，黛冲着古美门吼了一句：“开始了啊！”

电视里，《热血！追梦人》的节目已经开播了。

“古美门研介，律师。自出道至今，从未有过败诉。人称，胜诉承包商。”

“上了电视，人看起来确实要胖一些啊。”

听到古美门这么说——

“哪儿有啦？你本来就胖。”

黛当场否定了古美门的抗议。此时，画面已经转到黛坐在沙发上被拍摄的一幕。

“看起来是有点胖啊。”

“你本来就胖嘛。”

古美门不依不饶地回击。

“黛律师，你为何要留在古美门律师身边呢？”

“顺水推舟罢了。”

“你最尊敬他哪一点呢？”

“我一点儿都不尊敬他。”

编导和黛之间的那番对话，全都在电视机里播放出来了。

“不论怎样都好，就说一句你对古美门律师的个人评价吧。”

电视里的黛站起身来，冲着摄像机竖起了中指。她的中指上，被打上了马赛克。

"这位律师性格腼腆。或许，这就是敬爱之念的反噬吧。"

电视里补充了一句旁白。

"这就是我的心里话啊！别随便篡改好不好？别给我打马赛克上去啊！"黛两眼盯着画面说道。

之后，整个节目跟踪报道了绿婶那件官司的整个流程，说完那句"还不赖……"之后，古美门在摄像机面前来了个面部特写，就到了片尾阶段。

"不是拍了那么多的内容吗？这就结束了？"

尽管嘴上说着意犹未尽，但古美门的脸上已全是满足的表情。最后，画面打出了"所谓律师……"的字幕。

"这个嘛……由在下来说的话，虽然有些僭越，不过我感觉，所谓律师，其实就是一位守护着法律女神的骑士。而说到底，在下就是一名为骑士牵马的马夫……哈哈哈。"

节目在服部爽朗的笑声中结束了。

"……为什么最后的定格画面会是服部叔？"

"是在下擅作主张了。"

服部一脸惶恐地低下了头。

"我不是在责怪服部叔……我给编导打个电话问问吧！我实在搞不明白他们这种编排究竟用意何在！"

古美门拿起手机，高声说道。

"大概是因为服部叔的发言很有感召力吧。"

黛解释了一句，古美门却依旧怒不可遏。

"那也不必放到最后啊！这样一来，我的戏份不是全被服部叔抢了吗？"

"实在万分抱歉！"

服部叔把高大的身躯蜷缩起来，不断地向古美门道歉。

"我不是在责怪服部叔你啊！"

古美门泪眼婆娑地指着服部说道。

第四章

还我阳光！公寓官司：无仁义之战

晴朗的午后，预定的秋千已经送到。洒满阳光的庭院草坪上，荡起一架白色的秋千。这便是桑田久美子梦中的景色。

“我大概也太心急了吧。”送走快递公司的人之后，久美子用手抚摸着自己那即将迎来预产期的大肚子。虽然面积不大，但也算是在郊外的住宅区里买下了属于自己的家。几个月后，大概就能和小宝宝一起荡秋千了吧……就在久美子不断地玩味着幸福滋味时，一阵地鸣般的声音响了起来。几辆大型卡车和大型重机从桑田家门外开了过去。

怎么回事？离开家，跟着那些车辆走了一阵，久美子来到了一处建筑工地。各种建工机械都驶入了这处围着蓝色围栏的工地上，推土机正在挖掘着泥土。工地周围竖着不少写着“反对建设公寓”字样的牌子和标语旗。

“怎么可以这样啊？”“这事不是还在商讨中吗？”

各种噪音的间隙中传来了高亢的抗议之声。邻家的主妇和美与带着孩子去幼儿园的千绘正在向保安盘问。

“你们问我，我哪儿知道啊？”保安也是一脸茫然的模样。

“什么叫你哪儿知道啊！”千绘依旧不依不饶。

久美子一溜小跑，跑到了几人的身旁。

“桑田女士！这些家伙，竟然擅作主张，自顾自地开始施工了！”和美一把拽起站在她身后聆听对话的久美子的胳臂，怒容满面地说道。

“既然如此，那就去找律师！找律师！”

“十五层的公寓啊？”

经由律师协会的介绍，黛和那些家庭主妇们一起到建筑工地上实地勘察了一番。

“这样一来，我们的家就变得终日看不到阳光了啊！”

“所以居民会议上才说要跟居住在低层的人多商量讨论啊？”

“建筑公司的人也说过他们会再考虑商讨的啊……”

和美、千绘，还有联系了黛的久美子七嘴八舌地说道。

“也就是说，他们强行施工，是吧？”

黛用笔记录下了牌子上写的“岛津地产”的施工公司名。

“能不能制止建筑施工呢？”

久美子一脸不安地看着黛。

“如果建筑方的新公寓明显侵害到众位的日照权，那么我们会要求他们更改设计方案！”

看到黛比了个战斗的姿势。主妇们全都开心地欢呼了起来。

回到事务所，黛发现古美门正躺在晒台的长椅上，一脸愉快地午睡着。

“我接了个案子。”黛报告道。

“别给我随意捡些垃圾回来。否则你就被解雇了。”

“这可是一件值得去做的工作啊。”黛毫不示弱地接道。

“工作的价值，是由报酬的金额来决定的。”

“这可不是什么钱不钱的问题。”

“建筑领域的官司，根本就不适合你这种白痴女。”

古美门看着抱着的建筑相关的资料的黛说道。

“女人才不像男人那么白痴呢！而且建筑领域可是我擅长的领域呢。”

“哦？怎么我看不出来呢？”

古美门从黛抱着的那些资料里抽出了一本，用手指了指封腰上写的“从基础学起 建筑基准法”的字样。就在黛瞪着古美门伸手夺回那本书的时候，她的手机响了。是久美子打来的。

“真是抱歉，町内居委会似乎已经选定了打官司的律师人选了。所以说，律师您……”久美子在电话里充满歉意地说道。

“我知道了。加油啊。”

久美子取消了对黛的委托。

“能有其他捡垃圾的来把垃圾捡走，真是再好不过了！”

为了让黛听到，古美门故意大声说道。

久美子等町内会的成员，全都参加了在本池台地区公民馆中召开的集会。以町内会长田中为中心，二十多位居民聚集到了一起。

“我来晚了。我是律师大贯善三。”

或许是因为一路走着来的缘故，大贯不光气喘吁吁地，还满身大汗。一身朴素西装的大贯刚把肩上的背包一放下，便立刻向众人开始了热情洋溢的演说。

“虽然我们再次向岛津地产提出了召开说明会的要求，但对方却丝毫不予理会。他们的这种做法，完全就是恶霸企业的行径，就像是在强调‘等房子盖起来就由不得你们了’一样。令人遗憾的是，如今这世道，他们这样的企业可谓随处可见。到头来，最后打掉牙齿往肚子里咽的人却是大伙儿。但是，我大贯是不会容许这样的事发生的！我们把每一个小小的呼声聚集到一起，让它们化作一股不可忽视的巨大呼声吧。众位的生活，明天也好，后天也好，都将会继续下去！”

听到大贯这番真诚的话语，久美子、和美和千绘都不由得点头称是。出席会议的众人全都打心底里为大贯的这番发言鼓掌，而大贯也用充满热情的目光看着众人。

挣大钱的工作上门了——听见古美门的这番话，跟着一同去到目的地之后，黛猛然发现自己已经来到岛津地产的门口。尽管黛一脸不快地皱起了眉头，但因为是工作，所以也没办法。

“对方给我们寄来了这个东西。”

跟着向导来到会议室之后，部长坂口便将一张写着“作为违法建筑物，我们要求贵公司施工中的‘本池台公寓（暂名）’立刻停止施工，并要求更改贵公司低层公寓的设计”、要求停止施工的呼吁信。

“简直无法无天。不就是晒不到太阳嘛，值得这么闹吗？”

社长岛津大咧咧地说道。黛一脸不快地看了看岛津。

“请让我看看贵公司的建设确认申请书。”

听过古美门的话，坂口将文件递给了他。

“那个，贵公司一方面与当地居民商议相关事宜，而另一方面却强行展开了施工。关于这一点，贵公司到底是怎么想的呢？”黛开口问道。

“真去聆听他们提出的要求的话，那就没完没了了。我们自己的土地上，要盖什么，是我们的自由。”岛津回答道。

“您这话说得有点蛮不讲理啊，感觉就跟那些拿钱来让穷人们闭嘴的黑社会一样啊。”一直在看文件的古美门抬起头说道。

“说的没错！现如今，考虑到是否会影响到周边居民的环境权，这可是承建方的义务之一啊……”黛也趁机说道。

“但是，贵公司这次的做法却一点儿问题都没有。不管是建筑基准法还是区里的条例，贵公司都丝毫没有违背。他们根本没理由要求贵公司停止施工。”古美门突然改口说道。

“说的没错！他们的这种做法，无异于为了日照权而要求社会改变法律。”岛津一脸满足地点了点头。

“问题只有一点。对方的辩护律师，就是那个大贯善三。”坂口一脸为难地开口道。

“谁？”黛向古美门问道。

“是一个专门处理这类官司的律师。此人曾多次致使建筑方停止施工，赢得过大量的赔偿金。所谓的人权派律师。”

“在我们这一行里，此人是建筑公司的天敌……”坂口忧心忡忡地说。

“这样一来，我就放心了……”黛不假思索地说出了自己的心里话。人权派律师，这样的人，正是黛对自己的理想和期盼。但是，反应过来自己似乎不该当着建筑方说这样的话，黛又赶忙说了一句“啊，没什么”，闭上了嘴。

“我也听过一些有关你的传闻。你似乎很擅长处理这类纠纷？”岛津对古美门说道。

“传闻有误。我擅长处理所有类型的纠纷。”

“我希望你能出面，让那些家伙全都闭嘴。只不过，不要闹到法庭上去。以协商的方式解决问题吧。”

岛津刚说完，坂口便把一只手提箱放到了桌上，打开箱子。看到箱子里塞满了一沓沓的万元大钞，黛不由得倒吸一口气。

“这里有两千万。至于怎么用，那就是你的自由了。”

岛津的话音刚落，古美门便立刻合上了手提箱的盖子，把箱子拉到自己身旁。

“请放心。我会按照贵公司的意愿，让那些人连句梦话都不敢多说。”

说完，古美门便紧紧地抱住了那只手提箱，满面笑容地离开了岛津地产。

“你这人简直钻进钱眼里出不来了！你这恶魔的爪牙！你肯定会不得好死！”

一走出大楼，黛便开始喋喋不休地谴责起来。但古美门根本充耳不闻。

数日后，岛津地产主持召开了一场名为“公寓建设居民说明会”的会议。站在贴满写着“守护日照权！”“反对公寓建设！”“未征得居民同意不可擅自展开施工”之类标语的大楼门口，黛一边高声喊着“这是对各位提出的问题的回答。拜托了”，一边向与会居民发放着资料。看到黛的身影，久美子停下了脚步。

“我们接受了建筑方的委托……”

“是吗……”

“真抱歉，没想到事情竟然会变成这副样子。”黛低下了头，“其实啊，我的心一直站在大伙儿这一边。”之后，黛一把拉住久美子，低声说道。

说明会开始了。古美门坐在中央，两边分别坐着黛和坂口，与大贯率领的山田町内会长等人组成的“反对建设居民会”一方彼此面对面地坐着。对面约莫四五十人，每个人的头上都系着“反对建设”的头带，面色冷峻地盯着古美门一方。

“我是岛津地产的代理古美门。感谢众位，能配合这样一次会谈。”古美门低头致礼。

“古美门律师，这类繁文缛节就免了。我们要问的事情只有一件。你们到底准不准备暂停施工并变更设计方案？”大贯用沉稳的嗓音说道。

“就目前而言，中断施工、变更设计方案是很困难的。”

“说什么梦话呢！”

听到山田开了头炮，居民们也跟着叫嚷着“就是就是”，掀起了声讨的浪潮。

“我们准备了一定金额的现金，打算作为安抚费分给大家。”古美门提议道。

“你这是想用钱让我们妥协吗？”

“别他妈的小看人了！”

“我们才不稀罕你们的臭钱呢！”

居民们大声叫嚷了起来。

“古美门律师。”大贯沉稳的嗓音响起。立刻，整个会场再次变得鸦雀无声。

“我们又不是黑社会。在场的众位所期盼的，只是平静的生活罢了。他们要的，是那种辛勤劳作、平静安闲的生活。”

大贯的一句话，让黛感动得连连点头称道。

“清晨起来，拉开窗帘，射进窗户里的是明媚温暖的阳光；把晾干的衣物收回家里，能够闻到阳光的阵阵清香；孩子们背上书包，走在洒满阳光的小路上……这，就是他们悉心建设起来的这个小町里平静而安详的每一天。我们要的，就是请你们把这一切都还来！”

“就是就是！”

混在那群热情洋溢的居民当中，黛也在古美门的耳边小声地跟着喊起了口号。突然，古美门站起身来，连连鼓掌。

“好极了！不愧是百姓的盟友，人权派律师大贯老师！这样的演说真是令人感动，让人作呕啊！”

古美门一边挑衅般地说着，一边走到了大贯的面前。

“……古美门研介律师。有关阁下的传闻，在下也早有耳闻。听人说，阁下是拜金主义的大骗子？”大贯也站起了身来。与古美门高亢的嗓音截然不同，大贯的嗓音不紧不慢、沉稳有力。

“只要你们能够赚钱发财，居民权利之类的东西就全都无所谓，是吧？”

“此言差矣。本大楼的建筑行为完全合法，而且建筑确认书也已经下达。原本，我们根本就不必支付什么安抚金。”

“你们侵害了大家的日照权。”

“施工计划地点已经被划入商业用地，住宅用地的阴影规制和楼高限制在此案中均不适用。”古美门平静地回答道。

“如果出现较为严重的受害情况，则不在此例。即便是商业用地，也是有人居住和生活的。”

“要是承认这一点，那么所谓的区划用地标准也没有任何意义了。”

“要不，咱们就法庭上见真章吧？”

“我和人打官司，还从来没输过。”

“而我在这一行也可谓是独一无二。我先前的战绩，想必阁下应该有所耳闻。”

两人针锋对麦芒，彼此瞪视的距离越来越近。黛和其他居民在一旁看着，不由得感到一阵紧张。

“那就法庭上见吧！”

古美门开口打破沉默，面带笑容地走出了房间。黛慌忙站起身来，冲着居民们举拳比了个“加油”的手势，赶忙追着古美门而去。

“大贯律师真不错啊，这才算是真正的律师。”

吃着服部亲手在温室里栽种出来的蔬菜，黛一脸如梦似幻的表情，喃喃说道。

“你要真这么想，就改去投奔他好了。搬到他那处建造年限超过四十年、墙上有缝、满地跳蚤的事务所去，一边啃着用团炉烤的鱿鱼干，一边陪那些穷鬼们闲唠嗑去吧！如此一来，你还清欠我钱的那天，就可以从三十七年延长到六十年左右了。”

“但是，能在法庭上分清楚是非黑白，这可真是太好了！我是真心盼着你的招牌彻底砸掉呢。不好意思啊！”

“你真是傻得让人惊叹啊！这种事根本不可能闹到法庭上去。他的那些委托人就是希望找我们谈判。”

“对方干劲十足哦！根本一点和你谈判的意思都没有。”

黛一脸认真地回嘴道。

“你要真这么想，那么你的脑袋连蟹黄都不如。”

说完，古美门张大嘴，一口吞下了一块哈密瓜。

此刻，大贯和山田正在山田家里喝着小酒。

“……找他们谈判的话，到底能够弄到多少呢？”山田嘴里嚼着鱿鱼干，扭头看了看大贯。

“山田先生，像对方那种大型企业，非得一口气把他们彻底干翻才行。别为了一些蝇头小利就坐下来和他们谈判。当然了，我的雇主是你。你要是愿意坐下来跟他们谈，我自然有办法对他们敲骨吸髓，搞到他们求生不得，求死不能。”大贯一脸厌恶地撕下了一片鱿鱼干。

就在泽地为三木揉肩的时候，井手带来了相关的报告。

“大贯对古美门啊？这下有意思了。”听过报告之后，泽地开口说道。

“大贯真的会愿意调停和解吗？”井手问道。

“根本就不存在什么愿意不愿意的问题。从一开始，这就是他们双方的真正目的。”三木回答道。

“和解交涉，是大贯善三最擅长的手段。虽然没有公开报道过，但他曾经不止一次地搞得那些大企业差点儿吐血。他真正厉害的地方，就在于此。”

“所谓的人权派律师，感觉就跟嚷着要打倒权力、执着倔强的活动家似的。”

“不是感觉像，根本就是。大贯对古美门，判定胜负的关键就在于，最终的和解金额到底更接近哪一方的期望值。这是他们两人之间的庭外斗争啊，一场好戏即将上演了。”

泽地瞥眼瞄了瞄天真无邪的井手，呵呵一笑。

数日后，大贯突然造访了古美门的事务所，说是甘愿答应和解谈判。

“这是我们考虑了委托人的利益之后得出的结论。”

看到大贯一脸苦涩的表情——

“众人的利益所在，其实就是要让施工公司更改设计方案！怎么可以答应和解谈判呢？”

黛拼命反对。

“我还真是搞不懂，你到底站在哪一边啊？”

看到大贯一脸莫名其妙的表情，黛摇了摇头，回应了一句“其实我自己也搞不大明白”。此时古美门正一脸悠然，慢条斯理地啜饮着红茶。

“当然了，最终是否能够和解，还得看你们开出的条件。”

“我觉得，我们开出来的条件，应该能够让你们感到满意。”古美门终于开口说道。

“那么，我就来说一说我们这边希望的金额好了。每户人家五百万。参与反对建设居民会的总共有五十家，所以一共是二亿五千万。如果你们能准备这样一笔金额，想必他们应该会点头答应。”

“我方能准备的金额，是每户人家五千日元，共计二十五万日元。”

听到古美门的回答，黛不由得惊异地“啊”了一声。相对地，大贯哈哈大笑了起来。他两眼看着古美门，问了一句：“你是在开玩笑吗？”他的双眼中根本没有半点笑意。

“如今这世道，五千日元能干什么？”

“可以吃十三碗牛肉盖浇饭，然后再加个蛋。”

“别把人都小瞧了，小鬼。”

“要是不乐意，就去告我们啊？”

“这事要是闹上法庭，吃不了兜着走的是你们！”

“吃不了兜着走的人，其实是没钱可拿的大贯老师您吧？”

“好，那就法庭见吧。你就等着受死吧，小子。”

大贯愤愤不平地起身回去了。

“……嗯，嗯嗯，打官司打官司！”黛忙着转换心情。

“别每句话都当真。这不过是一种交涉罢了。哪怕是一分钱，对方都会想方设法地去争取。说到底，他们过来交涉，目的就在于此。”古美门一脸不屑地说道。

“你这人，为什么总要把人往坏处想呢？他们的目的，只是想要寻回先前那种充满阳光的生活罢了。”

“你真这么以为？你们以为他们甘愿不要钱，要那劳什子的太阳？你这家伙还真是跟晨间剧的主人公一个德性呢！你不如干脆到乌干达的丛林里去找个山地大猩猩玩相扑去吧！让大猩猩多扇你几巴掌，估计你的脑袋还能被扇灵光点儿！”

口若悬河地骂过一通，古美门再次啜起了红茶。

“那个即将出生的孩子还真是可怜呢。桑田久美子两年前买下了新家，如今她腹中的孩子就要出生了。但是，等到孩子生下来，他们家就再也晒不到太阳了。这件事你又怎么看呢？”

“那个即将出生的孩子确实挺可怜的。那孩子可怜的原因，在于有这么一个在没有日照权保障的地方买了房子之后还跑去要求日照权的白痴母亲！”

“……你说什么？”

“对方很快就会采取行动。我们也不能听之任之。你去给我挨个儿调查那些反对建楼的居民。我要睡觉去了。”说完，古美门把反对居民的名册递给黛，转身上楼。

“……我才不干呢，这种事！”黛咬牙切齿地说道。

聚集到公民馆反对的居民的人数日渐增多。

“对方居然提出了五千日元这种扯淡的安抚金额，这就是他们的手段。大家不必在意。不想把事情闹到法庭上的是他们，所以我们静静地等着他们提高金额就行了。”对着所有的居民，大贯一字一句地说道。

“大贯老师已经跟我说过了！至少三百万！每户人家，至少要拿到三百万日元的安抚金才行！”听到山田的叫嚷声，居民们全都鼓起了干劲。

“好，大家一起来吧！加油啊！”

就在众人团结一心的时候，唯有久美子偏起了脑袋，感觉事情似乎有些不大对劲。

黛一脸愤愤地嚼着煎饼。服部则忙着在温室里采摘蔬菜。

“服部叔，也亏得你能在他那种人手底下做事呢。你听到刚才他说的那番话了吗？他那人，根本就没有半点替他人着想的心思。”

“是吗？我倒是觉得，他这么做，似乎是另有深意啊。”服部平静地回答道，“不如这样。您就当做是被人骗了，按照老师说的办法去做吧。就算您在这里往死里嚼煎饼，事情也不会有半点好转的迹象……如果您觉得是我多嘴，那我甘愿向您道歉。”

听过服部的一席话，黛放下手中的煎饼，沉思起来。

以山田为中心，久美子等人开始在町内分发写着“请务必前来参与反对建造高层公寓的集会”字样的传单。

“这是町内会全体的问题。”“不能就这么听之任之！权利就在我们自己的手中！”“团结起来！为了每一个在町里长大的孩子！”

耳边聆听着居民们的呼声，黛挨家挨户地前往反对建设居民家中打听情况。从久美子家那种新建的住宅小区到破旧不堪的小巷里的住宅密集区，到处都贴着传单，整个町里看起来似乎已经抱成团。

回到事务所，只见古美门双手戴着白手套，正在擦拭着他那副水晶制作的国际象棋棋子。

“反对建设居民已经增加到七十八户。如果每户人家都支付五百万的和解金的话……”

“三亿九千万。”服部说道。

“如果两千万之外的金额要由律师自己来负担的话……”

“三亿七千万。”

“……的赤字。这样真的没问题吗？”

“完全没问题。”古美门根本不当回事。

“反对的居民还会增加哦。其实你心里也挺着急吧。”

“烦死了！你给我做你自己的事去！”说完，古美门扭过头冲着服部说了一句，“服部叔，好久没下棋了。不如咱俩来较量一局吧。”

“如果您能遵守规矩，那么我甘愿奉陪。”

听到服部的这番话，古美门撇了撇下唇。

居民们依然不断地散发传单。有一天，久美子突然找山田问了一个她早就憋在心里的问题。

“山田先生，那个……对方还会不会变更设计方案啊？我其实，只是希望他们能改建成低层公寓罢了……”

“桑田女士，现在我们一定要团结起来，协同作战。千万不可以说些损害大家和气的话，一切只要交给大贯老师去办就行了。反正你一个人也没法发起诉讼，是吧？”

说完，山田把周围的居民都叫到一起，向一处出租房走去。

“抱歉打搅了，我们是町内会的人。”山田刚冲屋里打过招呼，便听屋内传出“来了”的回话声。不一会儿，一名纤瘦高挑的青年打开了房门。

“您是今天才搬来的吧？请您也加入到我们町内会来好吗？虽然不是强制性的，不过依照原则，还是要请您加入。如今，我们正在搞一场反对建造公寓的运动，要不，您也来参加一下我们的集会吧？总而言之，我们不会亏待您的。”

山田压低嗓门，脸上露出了讨好的笑容。

古美门的手机接到了一通短信：好了，动手。

古美门扭头叫了一声“服部叔”，而服部手里早已攥着电话，此时立刻回答了一句“已经准备好了”。随后，服部冲着话筒郑重地开了口。

“这里是古美门律师事务所，请问大贯律师在吗？请转告大贯老师，古美门律师表示愿意和大贯老师和解谈判……”

“对方主动提议，愿意提高和解的金额。这些企业，全都经不住企业形象受损啊。”

大贯来到山田家向山田报告，桌子上依旧放着杯装酒和烤鱿鱼干。

“正如律师您说的，对方的律师看来也没什么了不起嘛。”

“说到底，毛头小子就是毛头小子。”大贯开心地笑了起来，啜了一口杯里的酒。

第二次居民调解会的日子到了。聚集到出租会议厅里的居民人数已经增加到了八十人左右，每一位居民的头上都缠着头巾，两眼恶狠狠地等着黛等人。

“大贯律师提出，每户人家都该分到五百万日元的赔偿金。如今，反对建造高层公寓的居民数量是八十五户，共计四亿二千五百万。”

古美门指着白板开始了说明。

“我们并不觉得这样的金额就足够了。不管给多少钱，我们先前的生活都无法再回来了。”

“正如您所说，只不过，和其他类似案例相比，这样的金额感觉似乎有些过高了。”

听到山田的吼声，古美门回了一句。

“我们并非一点儿道理都不讲，只不过，你们至少要给出一个能让我们信服的金额来才行。”

大贯戴上眼镜，眯着眼睛看了看文件。

“我们所能做出的最大努力，是每户人家五万日元。共计四百二十五万日元。”

听到古美门的说明，居民一齐喊起了口号，大声叫嚷着：“滚回去！”黛一脸歉意地看了看久美子，而久美子此时也正在看着她。

“古美门律师，当着这么多受害者的面，也亏你说得出这样的话来啊。太过失礼了吧？”大贯说道。

“没错！你知道我们现在的生活有多痛苦吗！”坐在大贯身旁的德山大声叫嚷了起来。

“有多痛苦？我还真希望能够洗耳恭听一番呢。”听古美门这么一问，德山并没有立刻搭腔，反而沉默了下来。

“您应该是德山义则先生吧？就我们的调查来看，高层公寓建成后，就您家那边的情况来看，一天当中，您家里最多有5%的区域会被遮挡。我还真不明白这样的情况到底会给您带来怎样的痛苦呢！要不，您就当面来指点我一下吧？”

被古美门抢白了一番，德山大吃一惊，一时间不知该说些什么才好。这时候，大贯代替德山开了口。

“我们的计算结果和你们计算的完全不同。我们是从整体环境方面来看的，比方说景观之类的。”

“对，没错！你们这样一搞，我家的景观就彻底废掉了。原本，我家是可以看到美丽的日落的！”

“从德山先生您家的方位来看，我们的公寓应该是建在您家的东南方向的，太阳在东边落下，这样的景观只会在《天才傻瓜》① 中出现，所以说，请您继续回家观赏您的落日去吧！”

古美门当场驳斥了对方的抗议。此时的德山，已经一句话都说不出来了。

“加贺先生。请问加贺兰丸先生在吗？”

听到古美门叫到自己，戴着眼镜、一身朴素衣装的兰丸举起

① 漫画家赤塚不二夫作品，描述了拯救世界的傻瓜全家，他们的最大武器就是愚蠢。

手，说了一句“我就是”。

“您似乎是最近才加入到反对建设的居民集会中的吧？就您的情况而言，我们建造起公寓之后，您家会受到怎样的损害呢？”

“日照会受损……”

“您所居住的房间，现在是见不到阳光的。从一开始就是这样的情况。那么，您到底是为了什么，要参加这个反对公寓建设的集会呢？是不是先前有人曾经怂恿过您，说只要您能加入这个集会，就能够拿到一笔钱呢？”

“你怎么能说出这么不中听的话来？”山田在两人身后站起身来嚷道。古美门却根本不予理会，他把脸凑近到兰丸的面前，继续问道：“是不是啊？加贺先生？”

“……有人跟我说，只要我参加了这个集会，就能拿到三百万日元……”

听了兰丸的话，古美门转身回到自己的座位，从黛的手里接过了一张诉状。

“这是我们起诉您的诉状。实际上，您根本就没有因为这事而遭受到任何损害，但您却和集会里的其他人一道，四处散播诽谤中伤岛津地产的传单。您的行为，已经构成了欺诈和妨碍营业的行为。德山先生，我们还会顺带向您发起诉讼，要求赔偿。”

古美门把手里的诉状递给了兰丸。

起诉事宜

起诉手续费一百八十万日元

贴用印纸额[①]一万四千日元

看到以上字样，兰丸夸张地睁大了眼睛。德山也浑身颤抖，露出一脸惊恐的表情。

“对于其余的各位集会会员，我们目前正在着手详细调查受害状况。一旦查明各位其实并没有受到什么严重的危害，却跑来参加了这一集会的话，我们就会挨个儿对各位发起诉讼。再过不久，想必法院就会把传单寄到各位的手上去。”

听完古美门的发言，居民们的脸色全都变得铁青。

“对、对不起！这事我再不参与了！”说完，兰丸便飞也似的逃出了会议厅。

“不用担心，他们根本做不到！”大贯大声说道。

“我们提出的和解方案是：每户人家赔偿五万日元。有这五万日元的话，大家可以吃上一百三十一碗牛肉盖浇饭，还附带松肉汤[②]！请各位好好考虑一下吧。”

隔着大贯的肩头，古美门向众人说道。说完，他还吐了吐舌头。看到古美门面带得意的微笑走出门，黛也赶忙追了上去。

这一天之后，反对的居民人数骤减到了二十八户。现在看你大贯还有什么招？看到古美门一脸阴笑的模样，黛打心底里看不起他。

---

① 在日本，交给法院的诉讼费需要购买印纸，贴在诉讼申请书上。相当于我国的印花税票。

② 用姜末、牛蒡、芋头、萝卜、豆腐等熬煮而成适合冬天食用的汤。

"听人说，您现在陷入到苦战中，大贯律师？"

三木联系了大贯，把大贯请到自己的事务所里。

"你就开门见山吧。一坐到你这样的事务所里，我就感觉浑身不自在。"

坐在高级皮革沙发上，大贯一脸不自在的表情。这时，泽地把一只白色的信封递到了大贯手里，说了一句"请您拿去用吧"。三木比了个手势，示意大贯看看信封里装的东西。

"超一流律师事务所的三木律师……先前我一直觉得，你我之间势同水火。你的好意，我心领了。这东西，还是还给你吧。"说着，大贯从他那只破旧不堪的背包里拿出了一份相同的文件，"不过，请你也别太小看我了。我只是在寻找时机，看什么时候拿出来比较合适罢了。"

"不愧是大贯律师，这事是我造次了。无论如何，还请您务必把古美门彻底打入到十八层地狱去。"说完，三木露出了冷酷的笑容。

古美门和黛被叫到了岛津地产。

"这是大贯律师寄来的资料。"

坂口把一份文件放到了古美门和黛的面前，卷头上写着"社内机密"的字样。看样子，这资料大概是从见不得人的渠道泄露出去的。

"这是……新公寓的建设计划？"

黛伸手拿起那份写着"(暂称)本池台地区二期开发企划案"的资料，翻阅起来。

"也就是说，三年后，如今的施工地的南边，还将新建起另一座高层公寓，是吧？这份文件要是外传出去，眼下正在兴建的这栋公寓的价值，就会一落千丈了啊。”

古美门淡淡地说道。黛则露出一脸难以置信的表情，睁圆了眼睛。

“他们到底是从哪儿弄到的？”

岛津也是一脸的既震惊又无奈。

“你们早就做好了这样的计划，却什么都不说，把现在正在兴建的这栋公寓建好，高价卖掉吗？”

黛向坂口询问道。如此一来，几年之后，正在兴建的这栋公寓，也将失去日照。

“这一计划目前尚未决定，只是几种企划方案当中的一种罢了。眼下就连是否能够买下那块地皮都是未知数呢。”

“但是，其负面效果却是完全相同的。这下可真难办了。”

古美门啪地一下，把手里的资料扔回到了桌上。

“你就答应他们提出的要求吧。要钱的话，我们给就是了。反正，从一开始，我们就不觉得两千万能够解决这事。”岛津对古美门说道，“我们已经输了。赶紧做个了结。不然的话，我们就解除与你之间的合约。”

回到事务所，只见带着报告书来到事务所的兰丸又坐在桌边大快朵颐。

“抱歉啊，律师。因为潜入时间实在是太短，所以没法调查到更详细的内部情报。”

“不，你的工作做得很棒。”

古美门一边浏览着兰丸带来的报告，一边说道。

“搬家的费用我也算在里边了。”

从古美门手里接过那只比往常更厚的信封之后，兰丸一脸满足地回去了。

“好了，出发。”古美门也站起了身。

“动手去扒掉町内会身上的那身羊皮，把他们彻底搅散！”

黛刚在咖啡厅里坐下品尝布丁冰淇淋，和美战战兢兢地走了进来。

“……他们跟我说过，让我不要和你们交谈。”

和美一坐下身，古美门便立刻端着布丁冰淇淋坐到了她的身旁。和美虽然吃惊地睁大了眼睛，古美门却挡住了她的去路，令她无法逃走。

“是否已经适应夜间的生活？”

古美门问道。

“啊？”

“您丈夫是做夜间保安工作的吧？啊，不过你们什么也没说，让周围的人都以为您丈夫至今还在外资证券公司里工作，是吧？怪我，这些事其实我不该插嘴。不过话又说回来，尽管当着周围邻居的面，一直硬着头皮，整天到有机食品超市里去购物，想必不是一件轻松事啊。现如今，您家对偿还贷款这事已经痛苦不堪了吧。”古美门对和美步步紧逼。

“我只对你挑明。其实我们早就准备好了慰问金，每人支付二十万。但考虑到情况特殊，所以我们准备给您两倍的金额。前提条件是，您要说服您的朋友。如果您不干，那么恐怕就连别人都能拿到的那二十万都分不到了。站在我的立场上，其实并不希望看到事情变成那样。”

把对方逼入死地之后，古美门突然动手开始吃起布丁。

离开咖啡厅，古美门在公园里找到了正在散步的德山，追了上去。

“真巧啊。”

“别跟着我！”

“我听人说，您那个在上大学的儿子又把人打残了？要赔偿的医药费似乎还不少呢。我知道，您现在很需要钱。原本，我们准备给各位每人支付二十万的赔偿金，但惟有对德山先生您，我们打算加倍支付赔偿金。这事可要千万保密哦。”

夜里，两人又走进了一家名为“角屋”的小餐馆。

“这儿还在营业吗？”

看到店里的老板娘小宫正准备动手收拾起门帘，打烊休息，古美门刻不容发地冲着对方开口说道。就在小宫伸手在古美门后背上不断推搡，想要把他赶出门去的时候——

“我听人说，您丈夫跑到外边去和其他女人鬼混，根本原因就在于您自己有着赌博的嗜好？”

小宫立刻脸色铁青地沉默了。

“现在您还欠别人多少钱？跟您说句掏心窝子的话吧，其实呢，我们准备向每人支付二十万的赔偿金，但考虑到具体情况具体处理，所以我们打算多给小宫女士您一些。这事您可千万不要对任何人说起啊。这种特殊待遇，只针对您一个人罢了。”

古美门伸手半搂着小宫的肩头，一边连推带搡地把小宫推回店里，一边在她耳边低声说道：

“我记得您似乎在町内会里做了个干事吧？有些东西，我想请您借我看一下。”

“好了，将军！”

古美门伸手摁响了山田家的门铃。这户略显破旧的日式住宅的周围，到处围着写有“反对建造高层公寓”“你们无权夺走我们的太阳”字样的横幅。

“哪位啊？”

山田打开玻璃窗，伸头往外看了看。一看到门外的古美门和黛，便立刻把头缩了回去，关上了窗户。古美门丝毫不为所动，把手里的纸贴到了玻璃窗上。

“这是町内会经费的出纳账。”

山田哆哆嗦嗦地打开了房门。他抢过古美门高举着的那张“本池台地区自治会费用出纳账”，把那张纸撕得粉碎。

“只是一份复印件而已。”

黛立刻从包里拿出另一张一模一样的文件。山田一脸不情愿地让两人进了屋。

“你以为凭这东西能拿我怎么样吗？”

山田把出纳账的复印件扔到了起居室的桌子上。

“正月里的年糕大会。作为嘉宾，你们请来了一位落语家[①]，虽然您对外宣称当时支付了二十万的出场费，但实际上只支付了十五万给对方。还有，盂兰盆大会里请来的盂兰盆舞友会，

① 类似中国的相声家。

您对外宣称当时的出场费是十万，实际上对方根本分文未收。另外……”

听到古美门滔滔不绝地说起这些事，山田大嚷一声“够了”，制止了古美门。

“町内会的运作经费，都是众位会员支付的会费吧？”

“……这些多出来的钱，我全都以町内会的名义，存到银行里去了。”

“既然如此，那就请您把银行存折拿出来给我们看一下吧。”

“你又不是町内会的人，我凭什么给你看？”

“我这里有加贺兰丸写下的代理委任书。虽然他已经脱离了反对建设的居民集会，但不管怎么说，他仍是町内会的成员之一，拥有查核账目的权利。而您，有义务响应他提出的这个要求。”

说着，古美门拿出了《町内会运作费用核查申请委任书》给山田看了看。上边写的收件人姓名是“古美门法律事务所”，委托人的名字则是“加贺兰丸”。

“您的爱好是旅游啊？这兴趣可真不错。北海道、京都……这大概是汤布院吧？町内会会长这样一个是非缠身的职务，任谁都不会愿意主动承担，而您却一干就是十年，自不必说这其中是稍微有些小甜头的。我倒也不觉得这有什么不可。您涉足町内的各种纠纷争执，又和人权派律师相互勾结，口口声声说是为了町内，实际上却在给自己挣零花钱。毫无疑问，您这会长当得还真是够专业呢。完全没话说！您这次的零花钱，是四十万。”

古美门轻轻拍了拍山田的肩头。

“我出门旅行的时候，都会随身带着我死去的老婆的遗像……因为，她生前，我没有带她出门旅行过一次。”

山田嘴里嘟嘟哝哝地述说着，古美门的脸上露出了胜利的笑容。

“你这么做，根本就没有什么意义吧？你心里想的，大概就只有如何打赢官司，如何把对方彻底置之死地吧……而你的目的，就只是为了钱。真没想到，我居然会蠢到相信服部叔的那些鬼话，相信了你。”

黛对古美门的所作所为再也看不下去了，造访了久美子家。久美子带着黛来到后花园，让黛坐到了花园里的长椅上。庭院当中，摆放着一架崭新的白色秋千。

“您大概也觉得有些怪怪的吧？说起来，我也确实太过性急了一些。其实这是我长久来的一个梦想，希望有朝一日，能够住进一户带有庭院的家宅，推着白色的秋千，带着孩子一同玩耍……”

“……最终必然会以和解收场。”黛开口说道，“所以，这取决于久美子女士您。只要您能脱离反对公寓建造的居民集会，不接受和解金，那么您就还能以个人名义向建筑公司发起诉讼，闹到法庭上去，那么，或许还有希望迫使建筑公司更改他们的设计方案。”

黛向对方提议道……然而，久美子却露出一脸复杂的表情。“请您再好好考虑一下吧。”丢下这样一句话，黛离开了久美子家。刚走出门，便发现古美门抱着两手，正站在门外瞪视着自己。

“……我向对方提出了一些会给委托人造成不利状况的建议。

我知道，我的这种做法与委托人的利益相冲突。”黛主动开口说道。

“你为什么要这么做？”

“为了正义。我是为了维护正义才走上律师这条路的！”

“零分。”古美门一脸坏笑地说道。

“你的所作所为到底算什么？故意揭人伤疤，让别人看不愿意去看的东西……你这样做，到底有谁会得到救赎？”

“跟我来。”古美门背转过身，向前迈步走去。走了一阵，两人来到一家小工务店的门口，招牌上写着“（有）寺田工务店”的字样。

远远望去，只见店里有一名五十岁模样的女子，正在接听着电话。

“自打很久以前，就在这个小町里开了这家名为寺田工务店的老店的寺田朋子，她的丈夫，工作时遭遇到事故，因公殉职了。如今，朋子带着还在念中学的孩子。尽管只是一介弱质女流，但为了保护这家店和店里的员工，她一直都在努力拼命。可是，她的这家店，如今依旧还是随时面临着倒闭的危险。她之所以能勉强维持下去，是因为她手上还承包有岛津地产交托给她的工作。这一切，也是因为当年岛津社长曾和她的丈夫一同打拼过，所以出于情面，一直在照顾她……照岛津社长的话来说，这个国家的支柱，正是这类小町里的工务店。如果岛津地产也陷入到困苦的境地中去，那么或许她也就只能上吊自杀了。而你的所作所为，就是在逼她自杀。”

听了古美门的这一番话，黛抬头看了看朋子。此时，朋子正一边不断低头致意，一边挂断了电话。

一股与先前的感觉截然不同的感情，突然涌上了黛的心头。就在这时……

“唉，今儿个可真是累死我了！”一名中年作业员骑着自行车回来了。

“老公，你回来了。”朋子一脸开心地走出了店外。

“唉？老公？这人是谁啊？”黛不由得感觉有些纳闷。

“应该是她丈夫吧。”古美门丝毫不为所动地说道。

“你刚才不是说，她丈夫已经过世……”

“那些都是我编的故事，刚才随口编的。这种小店，鬼才知道到底是什么情况呢！”

“这到底是怎么一回事啊！”

“听过刚才我给你讲的故事之后，你心里作何感想？你有没有想过要设法去救救岛津地产呢？”

“……是，是有想过。但你刚才说的不都是假的吗？”

“但是，在我们所不知道的地方，或许真的存在刚才我说的那种寺田工务店。难道不是吗？”

听到古美门的问话，黛竟然无言反驳。

“你口口声声的所谓‘正义’，不过只是一种自己站在高处对他人施舍的一点同情罢了。每一次，你都只是在可怜身边的人罢了。”

“可是，既然如此……如果否定了这一点，那么到底哪里还有正义可言啊？”

“你我又不是神，怎么可能会知道！所谓的正义，只存在于英雄救世的电影大片和热血漫画之中。为了自己的委托人全力奋战，我们这些律师所能做的事仅止于此，更不该去做超越这一界限的事。听懂了没有，晨间剧女猪脚？”

古美门唰地一声抬起手来，用手指着黛说道。尽管黛并不想被他这样指着，却连一句话也说不出来。

“如果桑田久美子真的照你建议的那样做了，先前我的一切努力全都化为泡影了的话，那么就把你的律师徽章给我扯下来扔掉吧。”说完，古美门背转过身去，快步走开。

几天后，公民馆会议室里再次召开了居民调解会。居民一方的人数，已经减少到了二十八个人。

“我们与岛津地产商议之后，最终得出了将赔偿金提高到每户人家二十万的金额。这也是我们最后能够拿出的数额了。”

“浪费时间。我们回去吧！”

就在大贯满面怒容地起身欲离开之时，和美战战兢兢地举起了手。

“那个……我觉得……和先前提议的五万日元相比，如今的赔偿金额，还算是公道吧……”

“大伙可千万别上当啊。他们从一开始就打算只拿出二十万来给大家的。你们要明白，其实他们还能拿出来更多！”

“只不过……这样旷日持久地搞下去，对彼此双方都有害无利啊！”

“德山先生？”

面对居民们态度的变化，大贯难以掩饰内心的惊讶之情。

“的确，站在我们这些做生意的人的角度，这样搞下去，会影响到我们每天的工作……我觉得，这事最好能尽早处理掉……”小宫也战战兢兢地举起了手。

“他们到底都给你们灌输了些什么？大伙都听好了，他们是一群把大家深爱的这片小町搞得一团糟的人啊！现在，他们又打算拿些蝇头小利来贿赂大家！这就是那些大企业的惯用手段！町内会长，你倒是说句话啊！”

“……从小町的整体发展来看，如果能建成新的公寓楼，吸引一些新的居民来入住，这倒也不是什么坏事。怎么样，众位？虽然和我们预想的结果存在一定的差距，但从现实角度来考虑，或许这也是个比较合适的解决办法。”山田转过脸去，不愿再看大贯的眼睛。

“你说什么？”面对居民们这种突然转变的态度，大贯似乎难以相信。

“古美门！你去给我转告岛津，说我会把先前的那份文件公之于众的！”

“别闹了，够了！我同意他们提出的这金额！”山田出言制止了大贯。

“不行，我们能赢的啊！你们准备这样就对无良企业投降了吗？这个国家的万恶之源就在于政治家和地产公司！这次一定要让他们大出血才行！这才是社会的正义啊！”

大贯不断用言语煽动着众人，众人却全都低下了头。

“就算我们这么做了，最终又能怎么样呢？你不过是在满足自己罢了！雇佣你的人是我们。大伙儿，对对方提出的条件感到满意的人，请举手。”

听到山田的话，小宫第一个把手举了起来。之后是德山、和美，然后是千绘，几乎所有的居民都举起了手。

“……简直胡闹。”

大贯气得全身发颤。这时候，众人的目光全都聚集到了坐在第一排的久美子身上。唯一一个没有举手的她，也终于缓缓地举起了手。

“既然大家都同意了，那么就请在协议书上签字吧。”

古美门一脸喜色地说道。

古美门和黛站在门外，目送居民们一一回家。最后一个离开会议室的人，是大贯。

“我向您道歉。”古美门冲着大贯低下了头，“先前，我曾说您做这事的目的是为了事成之后的酬金。这句话，是我太过失礼了。”

“我跟你想象的不一样，我过的日子永远都是清贫的。这件官司，你赚了多少？”

“您尽可以去猜。”

“你觉得很满足吗？赚到一大笔钱，你心里觉得很满足吗？”

“……是的。”

古美门目不转睛地盯着大贯，点了点头。

“……那就好。加油吧。”

古美门和黛共同目送着背着背包的大贯的身影渐行渐远。

翌日，黛再次拜访了久美子。两人在院子里喝茶闲聊。

“你觉得很失望吧？到头来，我也希望能够拿到钱。”

久美子笑着说道。

“在那种场合下，你又怎么能独自一人坚持呢……而且，您今后还要一直在这里生活下去。”

“待会儿我还要和和美、千绘一起去吃午餐，宾馆的自助餐。花的就是最近这几天的临时收入，那笔钱。其实大家都已经感到满意了。而我自己，也觉得这样其实挺好的。”

看到久美子脸上的笑容，黛站起身来，说了声“告辞”。

三木在事务所的房间里观看着窗外的夜景。

“我本以为大贯律师能多坚持一阵子呢。”

泽地端着兑水威士忌走了过来。

“他已经做得很好了。”

“看样子，除了三木律师您之外，大概没人能够扳倒古美门了。”

“……我又多了几根白头发啊。”

三木对着映在窗户玻璃上的自己的影子，喃喃说道。

回到事务所，黛穿上围裙，动手和服部一起采摘蔬菜。

“西葫芦、花椰菜，小松菜、小白菜，扁豆、羊角豆、毛豆，全都长得不错啊。”

“这么小的空间里，服部叔你竟然能栽种出这么多的蔬菜来，真是了不起！”

“雕虫小技，不值一提。”

服部呵呵一笑。黛扭头一看，只见古美门正坐在长椅上翻看着画册。

走出温室，黛冲着古美门说道：“经过这次的事之后，我终于明白自己想要做些什么了。”

“别给我来什么爱的告白啊。”古美门啪地一声合上画册，抬头说道。

“我才不会呢！我终于明白自己到你这里来的目的了。”

“你不是来还欠我的钱吗？”

“不是。我是为了打倒你而来的，迟早有一天，我一定要亲手打倒你。”黛一脸严肃地说道。

“你真是个充满幽默感的人。”就在古美门脸上露出得意洋洋的笑容的时候，突然传来了一阵轰鸣的响声。

“啊，怎么有人在那地方施工啊？”服部伸手指着南边的起重臂，开口说道。

“施工？”

“大概是在建造什么大楼吧？”

古美门和黛抬起头，向着服部所指的方向望去。一架大型起重臂，正在吊起建筑材料。

“大概要建高层公寓吧。”

“这样一来，我们的阳光不就全都被挡住了？”

听到服部和黛的对话，古美门赶忙站起身。

“准备诉状！我一定要告到他们停止施工！”

第五章

七天为限！要钱要命？保卫无耻政客

二〇一〇年夏——钟上的秒针指向了黎明即将到来的时刻。公寓里的空调吹出习习凉风，浅井信司的额头上却冒出了豆大的汗珠。浅井接连不断地把写着“收支报告 政治活动费”之类字样的文件塞进碎纸机里。

“警方已经对你下达了逮捕令。”

当天傍晚，坐在副驾驶座上的江藤前辈低声说道。

“检察院这次是动真格的……他们似乎想要把这件事查个水落石出。估计他们不会再对你客气了。但是，向井和西川都在努力。你也别松口。无论如何，都要保住老师，不能让检察院的人碰老师半根汗毛。”

坐在驾驶席上，浅井浑身发颤。紧握着方向盘的双手也在不住地微微颤抖。他瞥眼看了看车内镜，国会议员富樫逸雄面无表情地端坐在后排座位上。

“……听到没有？”

江藤再度叮嘱了一句。尽管感觉喉咙里有些哽咽，浅井还是勉强点了点头。

自那时起，浅井的颤抖与汗水便再也停不下来。为了毁掉那些文件，他一直忙到清晨。最后，他从抽屉里拿出了一张照片。浅井在心里向照片上那位微笑着的女子道了声别，之后便把那照片也塞进了碎纸机里。所有一切都处理完毕之后，浅井静静地解开了脖子上的领带，爬到椅子上，把领带挂到天花板下的横梁上。然后，他把头钻进领带系成的圈，踢开了脚下的椅子……

“还真是一出精彩的壮士断腕啊！”

三木一边在理发店里让人刮着胡子，一边冲着身旁的男子说道。看到那篇题为“富樫议员秘书畏罪自杀　被埋葬于黑暗之中的真相”的报道之后，男子不由得全身僵硬。这名男子名叫辰巳史郎。

“这样一来，就没法碰他们背后的黑手——富樫逸雄了啊。作为东京地方检察院的王牌，对此，想必一定愤恨不已吧？不不，毕竟对方是辰巳史郎，估计不会就这么轻易放弃。没错，有时候，那些有力的情报，往往会出现在一些出人意料的场合。比方说，在这样一家理发店里。”说着，三木意味深长地扭头看了看辰巳。

二〇一二年五月——媒体记者团团围住了富樫逸雄的宅邸。看到地检特搜部的搜查员和富樫逸雄一道走了出来，照相机的闪光灯同时闪了起来。走在富樫前头的人正是辰巳。

“有动静了。富樫议员出来了。他出来了！此刻，他已经坐进了车里。众议院议员富樫逸雄似乎因收受贿赂的嫌疑被检察院带走了。不知是否能够看到此刻他脸上的表情呢……他脸上的表情极为冷峻啊。”

新闻记者的声音不断地回响着，而一群扛着摄像机的人也追赶到了检察院的车子后边。富樫板着脸，一言不发地坐到了车子的后排座位上。

“莲舫。”

听到古美门的话语，站在桌前的黛立刻将额发分开，摆出一脸艰涩的表情。

“不做第一……就不行吗？”

“田中真纪子。”

黛稍稍思忖了片刻。

“……外务省根本就是牛鬼蛇神的老窝。”

黛尝试着捏起鼻子说话，没想到的是，还挺成功的。

“希拉里·克林顿。”

“……我学不来。”

“昂山素季。”①

“那更学不来了。话说回来，你到底在玩什么把戏啊？”

“下次你干脆跑去参加竞选，做国会议员吧。”古美门起身走到沙发旁坐下，开口说道。

“啊？为什么？”

“有几条法案我早就看不顺眼了。你到国会去，想办法把那几条法案给我修改掉吧。如此一来，我的工作就能更加得心应手了。你这样的人，只要塞上一笔钱到富樫逸雄之类的人手里，再让他摸摸你的屁股，估计立刻就能当选。下次有机会，你就在点心盒的夹层里塞上几沓钞票，带着点心去跟他打个招呼吧。”

“我才不要去从什么政呢！那种世界脏得很。”黛斩钉截铁地说道。

“眼下，富樫逸雄正在接受审判呢。”服部一边冲红茶，一边说道。

“哦，是吗？”

古美门拿起遥控器，打开了电视。此刻本该是他一直追看的动画片的播出时间。

---

① 此处模仿的四个人物均为女性政治家。

“审判那种人？肯定最后又会找出个什么借口把他放掉吧。”

黛的话音刚落，只见电视上播出一条字幕新闻。

“众议院议员富樫逸雄因受贿罪被判处有期徒刑两年零五个月。”

“有期徒刑……”黛惊叫了一声，而古美门则“哦”了一声，若有所思地点了点头。

翌日清晨。古美门和黛漫步在世田谷区的娴静住宅区里。古美门一脸兴高采烈的模样，连蹦带跳地走过别墅宅邸林立的宽阔大路，在宅邸中那座最气派、门口站着警卫的宅邸门前按下了门铃。

“我是古美门研介，是一名律师。”古美门把双手反背到身后，正色说道。

“请稍等片刻。”一名女子在屋内应对道。

黛看了看两旁的警卫，凑到古美门的身旁。豪华的门牌上，写着“富樫”两个字。

“富樫……不，不要，我真的不想当什么候选人啊！我可不会让他摸我屁股！”

就在黛捂着屁股往后倒退的时候，大门自动打开了。

“我是来接受辩护委托的，白痴！白痴白痴白痴！”

古美门反背着双手，连蹦带跳地走进了那座宅子。尽管心里带着一丝疑惑，黛还是跟在他的身后进去了。在宅中帮忙做事的吉冈惠女士说了句“请进”，为两人带了路。

沿着长长的走廊往宅子深处走去，一路上，几名衣着体面的文员都朝古美门两人低头致意。走进会客室，只见里边同样有几位工作人员正忙着擦拭窗户和椅子。

“别替富樫辩护了，这事你最好还是别再掺和了！”黛拽了拽古美门的衣角说道。古美门却毫不理会，在吉冈的带领下，走到了庭院里。在这如同公园一般宽敞的庭院里，一名戴着金丝眼镜、穿一身笔挺西装的男子正在等候两人。

“抱歉，有劳两位远道而来。我就是先前给您两位打去电话的秘书江藤。”

或许是胃不大好，一脸严肃的江藤走在前头，率先迈开了脚步。走了一段路之后，前方出现一个小池塘。身穿和服的富樫正站在池边喂着池塘里的锦鲤。

“来了。”听到富樫沉厚的嗓门，古美门微笑致意，黛也一脸僵硬的表情，低头打了个招呼。

古美门和黛被带到了宅邸深处的一间日式房间里。从这间拉门大开的房间，可以看到屋外的整个庭院，不时，庭院里还会传来添水竹筒敲击石头的声音。屋里的桌子上，放着一份今天的早报。报上大字登载着“政界黑幕的周末”“有期徒刑两年”“金权政治终于落幕”的字样。

“报纸新闻的标题真够夸大其词。”江藤一边轻声叹气，一边说道。

“甚至还有‘幕后将军的临死哀嚎’之类的标题呢。”古美门一脸平静，像往常说话一样地回答道。

“简直疯了。”江藤说道。

“你看过判决书了吗？作何感想呢？”富樫坐在两人对面，开口向古美门问道。

"我觉得这样的判决很公正。"古美门轻描淡写地说道。

"您应该已经当场提出上诉了吧？"黛开口问道。

"这个嘛……还没有。"江藤低头说道。

"既然没有提出上诉，为何又会被保释呢？"黛语调郑重地追问道。

"大概是法院已经料到肯定会提出上诉，所以干脆直接放人吧。这可谓是仅对大政治家才有的特殊待遇。富樫议员，您引以为豪的那帮国内最强律师团呢？"

"已经被解雇了。"江藤回答道。

"解雇了？全部吗？"黛睁圆眼睛问道。

"被检察院找茬提出了起诉，最后还被判有罪，难道不该这么做吗？还要一直给他们支付着高额的费用？"

"有罪无罪，可不是靠砸钱来决定的啊！"

听到黛这样一说，富樫骤然间皱起眉头，瞥了黛一眼。被富樫这么一瞪，黛立刻起了一身鸡皮疙瘩。

"当时我跟他们说，让他们当场上诉，结果他们却告诉我，即便提出上诉，这官司也未必能打赢。"富樫开口说道。

"既然打不赢官司，那么这事就不能交给他们去处理了。"古美门一边啜饮着茶水，一边说道。

"你叫古美门吧？有关你的传闻，我已经听说了。"富樫使了个眼色，江藤立刻从桌子下边拿出了一只紫色包袱。江藤动手打开包袱布，只见里边包的是一沓沓多得让人倒吸一口凉气的崭新钞票。大致看来，那些一百万一沓的钞票，至少有五十沓左右。

"我就开门见山了。你帮我一把，让我免受牢狱之苦吧。"富樫说这话的同时，江藤把那些钞票推到了古美门的面前。正在吃蛋糕的古美门放下了手中的餐叉，正了正身姿，又把那些钞票推了回去，盖上了包袱布。

“我的信条只有两条。其一，我接的案子，其报酬必须与案子的大小相匹配；其二，一旦决定接案，无论如何都要把官司打赢。”

“也就是说，你觉得没法打赢的案子，就不会接受。是吗？”

“对方是检察院，甚至可以说是整个日本政府官厅所在的霞关[①]。判决书上的内容，已经把可能成为上诉理由的突破口全都封死了。检察院和法院，都在向议员您传达一个意思：你完蛋了，死心吧。这么一说，也难怪您那号称最强的律师团会望而却步。身上沾满巨额肮脏金钱的政客被绳之以法，这完全可以说是您自作自受。”

听了古美门的话，黛重重地点了点头，就像在说“说得好”一样。

富樫把江藤叫到身旁，让江藤拿出一本支票册和一支高级圆珠笔来。之后，富樫对古美门说道：“想要多少，你自己往上边填吧。”

“这不是钱不钱的问题，不管您拿出多少钱来……”

黛的话还没有说完，古美门便已经拿起了圆珠笔，动手从个位数上不断地填写“0”字。眼见此状，黛赶忙伸手按住古美门的手。直到这时，古美门才突然回过神来，不大情愿地放下了手中的笔。

---

① 东京千代田区南端，从樱田门到虎之门，是日本政府机关集中地。

“……请问，能给我一些时间，让我好好考虑一下吗？”古美门说道，“我希望能前后仔细考虑一番，再决定是否接受这个案子。现在距离上诉的最终时限，应该还有一个星期。”

房间里寂静无声。耳边响起的，只有添水竹筒敲击石头和富樫啜饮茶水的声音。

“好吧。不打没把握的仗，这一点其实也很重要。我等你。”

听了富樫的话，古美门微微地笑了笑……然而，黛却皱起了眉头，抬头看了看天花板。

“这老头儿，感觉倒也挺明白事儿啊。”古美门兴高采烈地吃着午饭。

“那可未必。被他瞪那一眼的时候，我一直感觉背心发凉呢。”黛说道。

“我记得，富樫逸雄议员的受贿案，是自二〇〇五年购入目黑区一栋大楼时来路不明的两亿五千万开始爆出来的吧？”服部询问道。

“对。检察院认定，那笔钱是花林工业对富樫逸雄行贿，便对他展开搜查，找到了相关文件。”黛回想起了自己看过的那段辰巳率领东京地检特搜部的人对富樫事务所展开搜索的新闻，回答道。

“在此过程中，一名分管财务的秘书自杀了。舆论还以为之后这事就会不了了之呢。”听过服部的话，古美门开始说明这次案件的核心。

“其后检方却从那名秘书的房间里搜出一件重要的证物。那证物就是一张疑似与花林工业行贿一事有关的纸条。”

当时，辰巳等检察官发现了一张罗列着“Mi2Sk32y”“Ka3ST36y”等字母和数字的纸条。

“看到检方拿到了那张纸条之后，先前一直矢口否认的那些秘书们接连招供了。”

“既有证据又有证词，肯定有罪。律师你让他们给你点时间考虑，莫非你心里已经有主意了？”黛开口问道。

“这不明摆着吗？你不觉得这事太凑巧了吗？”

“怎么个凑巧法儿？”

“检方一直千方百计地想要扳倒富樫逸雄，却始终都没能成功。其中自然是因为富樫做事滴水不漏，一点马脚都没漏。而这一次，证据却这么轻易地出现了，而那些秘书也接连招供了。”

“……这话到底什么意思？”

“你觉得是什么意思？干脆直接去问问看好了，找那个号称特搜部王牌、满头发油的辰巳史郎本人问问吧！”说完，古美门咬下了一大块牛排。

距上诉时限还有六天——辰巳坐在高级理发店的理发椅上，脸上敷着一块蒸过的毛巾，已然睡着。

“客人，要是切到了您的动脉，那可真是对不住了。”听到古美门这么一说，辰巳立刻惊醒过来。他的眼里充满了害怕和恐惧。

“干得真是漂亮啊，辰巳检察官？”

“你、你干吗呢？”理发店深处的剃头师傅慌忙跑了过来。

“刀我已经给你磨好了，能麻烦你也来帮我刮个胡子吗？”古美门在辰巳的身旁坐了下来。

“我叫古美门，是一名律师。隔两天就来一趟美容室，您这剃头的频率也太频繁了吧？”

“我喜欢这家店的师傅的手艺。让他刮个胡子，感觉整个人都会精神许多。”

辰巳不动声色地转移了两人交谈的话题——

“你说什么事我干得漂亮来着？”

“霞关的那些大人物，想必心里一定很痛快吧？毕竟，富樫是那种不听官僚指挥、稀世罕见的政客。万一让他成了首相，那么眼下自己手上的这点儿既得利益，还能不被他折腾得一塌糊涂？还是趁早找些御用媒体来给他写些恶评，先让国民对他有个先入为主的负面印象吧！之后，再让正义的检察官挺身而出，给他这样的无良政客判个刑。这一手棋下得真是漂亮啊！”古美门连讽带刺地拍了拍手。

“一个明白自己大限已到的秘书，动手销毁了所有的东西，结果却偏偏忘了把那张重要的纸条销毁掉。关于这件事，辰巳检察官你是怎么看的呢？这件事莫不是有些蹊跷，其中另有隐情呢？”

“你的意思是说，那纸条是我伪造的？你说这话有什么证据吗？”

“我知道这是怎么回事，因为，我和你，其实是一丘之貉。”古美门挑衅地说道。辰巳扭头看着古美门，两人的目光交织到了一起。

“我一定会揭开这件事的真相。你们准备好应诉吧。”

古美门和黛一同来到了浓飞仓库。作业员们正忙着往大型卡车的货架上搬运货物。这时候，古美门叫住了正用台车搬运硬纸箱的向井义孝。此人曾担任富樫的秘书。

“我们想向您仔细询问一下检方当时的审讯过程。”说着，古美门向对方递上了名片。

“别来烦我。我已经和政治彻底划清了界限。”向井瞥了一眼名片，伸手挡了回去。之后，他转过身去，继续拉动台车。

“你为何要招供呢？”古美门故意扯着嗓门说道。

“你和另外一位被捕的秘书西川都曾经受住检方的追查，一直没有开口泄露过一个字。但是，后来你却招供了。其后，西川秘书也崩溃了。”

听到这话，一直默默地拖着台车的向井停下脚步，回过头。

“你有没有被人逮捕过？有没有被检察院的人审讯过？每一天，他们都不停地审讯……一旦到了拘留期限，他们就以另外的罪名再次逮捕你。我的女儿在学校里整天被人欺负，我的家庭也走到了濒临崩溃的地步。不管是谁，心里恐怕都会有想法吧……即便如此，我还是努力坚持着……但是，有一天，他们给我看了那东西。”

辰巳给他看了那张检方从已死去的浅井屋里搜到的纸条。

“是那张纸条吧？”古美门确认道。

“听检方的人说，只要我俯首认罪，那么或许还能考虑让我缓期行刑，所以我当时就屈服了……”

“你就没想过，那纸条或许是检方伪造的？”

“……从纸条上的字迹来看，确实出自浅井之手。”

“字迹是可以模仿的。”

“日期、金额，还有表示交易对方的记号……上边写的一切全都属实！除了浅井是不可能知道这些事的！”向井大声嚷了起来，“那纸条真是浅井留下的！”

“……就算这样，你应该也有办法开脱吧？如果你当时没有招供，那么那纸条就只是废纸一张。”古美门凑到向井身前说道。

“你干吗非跟我过不去？富樫收了别人的钱，事实就是如此！”

“你说的完全没错。律师，别再逼人家了。我倒是觉得，那是向井先生鼓起勇气之后的自白啊。”黛赶忙冲到古美门身旁。

“……比起富樫来，我更珍视自己的妻子和女儿。”向井扭头继续工作。

“看样子，你似乎算错了？”走出浓飞仓库，黛开口对古美门说道。

大概早就猜到会是这结局的缘故，听到黛的询问，古美门呵呵一笑。这时，他的手机响了。从衣兜里掏出手机来一看，古美门的脸色立刻变了。黛凑到旁边看了一眼……打来电话的人，是江藤秘书。

赶到富樫家，富樫用高档帝王蟹招待了两人。

“您是否准备接受委托呢？”江藤开口问道。

“有关这一点，目前还难以下定结论。”古美门一边用剪刀剪断蟹腿，一边说道。

“别再问了。我已经说过我会等。现在还有六天时间，你就让他好好地考虑一下吧。只不过，古美门律师，要是你让我一直这么等下去，到头来你却说这案子你接不了，那可就不是一句‘对不起’能完事的哦。”

听到富樫的这句话，古美门忙着掰蟹腿的双手立刻停了下来。寂静无声的屋里，响起了添水竹筒敲击石头的声音。

“我已经把上诉前的时间全都交给你了。我也认识不少只要有钱拿就什么都愿意做的人。”

富樫一脸严肃地说道。之后，他啪地一声使劲掰下一只蟹腿，大口地吃了起来。

“……哈哈，哈哈哈哈哈哈！”此时的古美门只剩下干笑的份儿。

“这下真是麻烦大了！那可是有名的富樫逸雄的恫吓啊！之前我还在心底里抱有过一丝期望，盼着他其实是个好人呢！可实际上，他真的像风评中说的那样，是个真正的幕后老大啊！老师，这下子怎么办啊？先前你还得意忘形，开口说了不少的大话！我真的不管了！”

黛的神经已近崩溃，她一边用手不断地挠乱自己的头发，一边惊慌失措地在起居室里来回踱步。与彻底慌了神的黛相比，古美门则安静地坐在沙发上，优雅地喝着红茶……可是他的手也不住地颤抖起来，把端在手里的红茶全都洒到了自己的裤子上……

“从一开始，我心里就感觉这事似乎有些不妙！当时我也劝过你，让你别去招惹他！”

“劝阻我的时候，你干吗不再坚决些啊！你干吗不再坚决坚决坚决一些啊！你这白痴，根本一点儿用都没有！”

白痴！古美门像小学生一样大声叫嚷着冲上了二楼。

“……我想这次我还是辞职好了。”黛低声喃喃道。

“别这么说，不如就当是被人骗了一遭，再跟着古美门律师坚持一下吧。”正在忙着准备饭菜的服部走到黛的身旁，低声说道。

“又是这句话啊？我已经不想再受骗了。”

“但我觉得，这对黛律师你来说是很有必要的，如果你真心想要打倒古美门律师的话。”

听了服部的话，黛静心思考了起来。

“要是遇到什么事，我会保护你的。虽然只有一点雕虫小技，不过，以前我也曾经学过一些武艺。”说着，服部沉下腰板，舞动双手，在黛的面前扎了个马步。

“空手道？拳击？柔道？”黛不明就里地睁大了眼睛。

“蒙古摔跤。”

服部的回答，完全出乎黛的意料。

办公室里，三木正在让泽地给他锉指甲。

“刚才伊势老师打来了电话。看样子，这次他似乎很满意呢，还说下次有机会准备约着一块去吃河豚呢。”

“那倒挺不错。”

“泽地，我还得感谢你一番。”

“能对律师您有所帮助，我已经感到无比荣幸了。”泽地握起三木放在膝上的手，轻轻地在指甲上吹了口气。

“你再给我吹一次……”就在三木色眯眯地说出这话的时候，井手敲了下门径自打开了房门，嘴里一边说着“打搅了”一边冲了进来。

“喂，你至少听见我说‘进来’后再进来吧！你这样做，敲门还有什么意义！”

“对、对不起……我打听到情报，富樫议员去找古美门律师了。”

“哦？名震天下的富樫抛弃了长年和他并肩奋战的律师团，最后抓住的救命稻草居然会是那个小混混……富樫逸雄，你也真是老了。”

三木冲着泽地微微地笑了笑。

距离上诉时限还有四天——古美门和黛一同来到富樫邸，拜访了江藤。

“成为证物的那张纸条上，准确地记录了收受金钱的内容。能够写下那张纸条的人，到底都有谁呢？”

“首先，我第一个能想到的就是浅井本人。然后是向井、西川，还有当时还和我们在一起的伊东、和田……大概就这些人。”

“这些人当中，有谁可能会背叛议员，转投检方呢？”

“我们这里不可能会有这样的人！你们没毛病吧？”江藤扯着嗓门嚷了起来，但之后他立刻想起富樫也在场，更压低了嗓门，“这话我只在这里和你们说。要是议员他老人家能够挺过眼下这个难关，那么下次选举的时候，他老人家就能出马参加大选。从年龄上来说，这也是他老人家坐上首相宝座的最后机会。而这一切，就全得靠你们了。好好干吧。”

听了江藤的一席话，古美门和黛同时挠了挠头。在宅邸内来回乱走的两人，突然听到厨房里传出有人交谈的声音。凑头一看，原来是家里的保姆们正在拉家常。

“那家的太太不是出轨了吗？对方是前外务大臣田山的秘书的……”身材肥胖的善子边切菜边说。

“大岛！？简直难以置信！？”正忙着尝味的惠开口回应道。

看到两人交谈正欢，古美门使劲儿拽了一把黛的胳臂。

“他们俩人闲聊的内容简直就是宝库！你去和她们套套近乎，设法打听些有关秘书们的传闻。”

说完，古美门便径自转身走了。黛走进厨房，说了声“我来帮忙吧”，动手洗起了菜。闲聊之间，善子和惠越聊越起劲，还说晚上准备到烤鸡店里大吃一顿。这可是绝好的机会——

“我也挺喜欢吃烤鸡串呢，要是不嫌弃，我也想参与一下你们女孩们聊的闺蜜话呢——”

……就这样，三个自称“女孩”的人，便决定夜里一起去烤鸡店。

“古美门找到这里来了？”

三木与辰巳并肩在理发店里刮着胡子。

“他说，他和我是一丘之貉。”

“啊？这话可真是不知天高地厚。他跟先生您可完全是两个世界的人。而且，那家伙说话语速太快，根本听不清楚在说些什么。也亏您能听懂。”

“这次的事，多亏了三木律师你呢。我得好好感谢你一番。”

“您的谢意，我已经心领了。还有，说句实话，把这情报带给我的人，其实是我的秘书。”

“能有这样优秀的部下，实在让人羡慕。”

听到辰巳这么一说，负责给三木刮脸的理发师微微一笑。

“你笑个什么劲儿啊？新来的！”

理发店里的大师傅一巴掌拍到了新人理发师的头上……而这个新人，正是加贺兰丸。

三人之间的闺蜜话说个不停，黛却已经醉得不行了。可是惠和善子还准备继续换一家接着喝。

准备起身结账的时候，惠一不留神，把自己钱包里的各种卡片弄了一地。真是的。善子帮忙拾起了卡片。虽然黛也动手帮忙捡了几张，却因为蹲着身子的缘故，立刻感觉到一阵恶心。耳边听着善子劝惠一起去吃排骨拉面的话，黛赶忙冲进了厕所里。

咔、咔、咔……高跟鞋的脚步声回响在夜晚的街道上。兰丸正追踪着下班回家路上的泽地。一走出店铺林立的街道，来到隧道里，泽地便不见了人影。兰丸赶忙冲过隧道，却到处都找不到泽地。兰丸刚咂了咂嘴，就被人从身后给来了个双臂倒绑。实际上，兰丸对自己的身手颇有自信，但抵抗了一番之后，他还是被对方死死地摁倒在了地上。泽地拧住了他的胳臂，而迷你裙下的修长双腿，则重重地压在了他的脖颈上。

“好痛，抱歉。放开我……真是的。我不是痴汉，也不是跟踪狂。我……”

“古美门研介的密探，加贺兰丸。”泽地摘下太阳镜，替兰丸说完之后的话。

“……我投降。要杀要剐，悉听尊便。”兰丸一屁股坐到地上，说道。

“今晚还没人陪我喝酒呢。”泽地捡起地上的包，撩动了一下长发。

几分钟后，两人来到一家法国餐馆，面对面地坐了下来。店里既整洁又安静，味道也挺不错。兰丸一口气扫平了服务生端来的套餐料理。

“你的本职工作是什么？”泽地一边啜饮葡萄酒，一边问道。

“跑龙套的三流演员。”

“为什么要替古美门做事？”

“先前我捅了篓子，被条子抓去的时候，是古美门律师把我救出来的。当时他没找我要律师费，而是让我做他的探子，这就是他出面救我的条件。好了，我已经全招了，现在该你了。你都向检方泄露了些什么情报啊？”

“就凭你这种无聊的自白，我才不会告诉你呢。”

“哪有这样的？哪怕只是小提示也好啊！”说着，兰丸探出了身子。

“这家店的味道不错吧？小情侣也挺多呢。”

一边说，泽地一边咬下了一块法式面包。

兰丸来到古美门法律事务所里，向古美门报告了当时的情况。

“之后呢？”古美门一边用餐，一边向兰丸询问道。

“之后就被她赶走了……那个安吉丽娜·朱莉真的很难对付。”

“可话说回来，三木律师又为何要向检方提供情报呢？”

服部给兰丸已经空了的酒杯里倒上了葡萄酒。

“他说，谢礼他已经心领了。”兰丸向服部转述他在理发店里听到的话。

“你听说过众议院里有个名叫伊势庄三郎的议员吗？”

“是如今的干事长吧？”听到古美门开口，兰丸立刻回了一句。

“同时，他也是反富樫派的头头。”服部补充道。

“他也曾经被怀疑收受贿赂。”

“的确如此。但是，不久之后，这件事却不了了之了。”服部一脸纳闷地偏起了脑袋。

“如今，谜团已经真相大白。因为他是三木的客户。三木捅出了富樫，所以检方停止了对伊势的攻势。”

“水真是够深的。”兰丸话音刚落，就听门口传来了一阵呜呜呜的呻吟声。黛喝得烂醉如泥，刚一进门，便啪地倒到了沙发上。

“咱们这儿有这样一头不知是人是兽的生物吗？看样子，她这边的打探似乎也失败了。”

古美门泄了气，重重地坐到了单人沙发上。

“失败？你他妈的是在小看姐，古美门？”黛已变身为一头醉虎，态度已经拽到了直接叫古美门名字的地步——

“姐今天打听到了不少事。姐全明白了。你小子，想知道到底是谁出卖了富樫不？喂，小美美。姐在问你到底想不想知道！”黛抓起抱枕，使劲儿扔向了古美门。

“嗯，那你就说吧。”古美门咬牙切齿地说道。

“你这是求人的态度吗？要说‘求您告诉我吧’。”

听完黛的话，古美门脸上青筋暴起。耳边，兰丸还在“快说吧快说吧”地起哄。

“……求您告诉我吧。”古美门强忍着屈辱，开口说道。

“你要说，‘黛律师，求您了，请您告诉我这个无知的人吧！’”醉得不成样子的黛蹬鼻子上脸，再次命令古美门重新开口恳求。

“你有完没完？蠢货！”古美门再也忍不住，跳起身来准备一拳揍过去。

“律师，她喝醉了。”服部赶忙制止了古美门。

“快说嘛，快说嘛。”兰丸一脸幸灾乐祸，不断地怂恿。

“……黛律师，求您了，请您告诉我这个无知的人吧。”

古美门一脸不屑、咬牙切齿地说了出来……而此时，黛却打着呼噜睡着了。古美门一言不发地站起身，抄起了高尔夫球杆。

“●＝■★▼▲～～～～～～～～～！”

古美门一边咒骂着，一边高高举起了球杆。服部和兰丸两人好不容易才劝住了他。

“你先前说，你听到了什么啊？”烤鸡店里——还没有喝醉之前——黛开口问道。

“我听到那人躲在后门口用手机悄悄地和人打电话呢。当时他说，‘伊势议员，我甘愿为您献出性命’呢。”善子回答道。

“伊势？是那个干事长伊势庄三郎？”黛问了一句，惠也在专心致志地听善子说话。

“也就是说，他背叛了咱家议员，投敌叛变了？简直难以置信！”

“呃……你们到底在说谁啊？”黛已经开始跟不上两人的谈话节奏了。

“还用说吗？不就是江藤嘛！”善子说，她曾经在后门口无意撞见江藤偷偷用手机打电话的一幕。

距离最终上诉时限，只剩下最后的三十九小时。清晨，古美门和黛脚步匆匆地冲进了城中的一家咖啡厅里。

“皇室奶茶加奥泽卷。”与服务生擦肩而过时，古美门语速飞快地点了单。“啊，我也一样！”黛也赶忙学着古美门说了一句，之后便跟着古美门往店内深处走去。店内深处的座位上，坐着一边用笔记本电脑工作一边吃早餐套餐的江藤。

“服侍了自己二十多年的心腹，政策秘书江藤，居然出卖了自己。这样的事，想必连富樫本人都想不到！”一在江藤的对面坐下，古美门便开口道——

“是你向检方泄密吧？”古美门故意加重了“泄密”两个字的发音。

江藤先是一愣，之后，他的脸上露出了惨白的笑容，说道：“你真是太抬举我了。我只是资格比较老罢了，而那些有关金钱方面的重要情报，议员他从来都不会让我沾手。我这里，根本没有任何值得向检方泄露的情报。”

“我们打听到线报，说你和伊势庄三郎议员暗中勾结。”

黛探出身子说道。

“……对，没错，有时我是会往伊势议员那边跑。而这件事，富樫议员也是知道的。”江藤抬头看了看窗外的天空。

“我的梦想，是成为国会议员……为此，二十年来，我一直任劳任怨地服侍着富樫……可是，到头来，富樫却始终不愿让我做候选人。我也曾经问过他，到底是为什么……当时，议员他老人家是这么回答我的：‘你没有这份才干，要是你不想再干秘书，那就滚吧。’二十年里，我把自己的一切都献给了他老人家……到头来，我的年收入买不起他养在池塘里的那些锦鲤。我这辈子，算是白活了。”

听完江藤的一席话，发现自己找错了人的古美门咬下了一大口奥泽卷。

之后，古美门和黛一路直奔富樫邸。此时，富樫正在池塘边喂着他那些江藤拿出整年收入也买不起的锦鲤。

“那家伙只是个庸才。所以我连让他背叛我的能力都没给过他。”

“您对自己人似乎也很冷漠。”听到黛这么一说——

“别说了，黛。”古美门立刻出言制止了黛。然而，富樫似乎已经听到了这话，他抬起头来，两眼盯着黛看了一阵。富樫的目光是如此犀利，黛不由得全身发毛。

“没事。你说吧。”

“……说句实话，我实在不希望议员您这样的人成为首相。更不希望您继续做政客。您就这么想要发财吗？收受贿赂，饲养锦鲤，每到紧要关头您就到处撒钱，设法让事端平息下去。甚至对自己的手下，您也丝毫不留情面……有您这样的人在，政局怎么可能会好得了？”

黛毅然决然地说道。

“请您见谅。就像您看到的那样，这家伙就是个白痴。”古美门赶忙用手摁住黛的后颈，自己也低下了头。然而，富樫却一脸平静地说道：

“……人世间，有几种职业会被他人称呼为‘老师’？教师、医生，你们这些律师，还有政客。你觉得，人们为什么要称呼我们做‘老师’呢？”

听到富樫的提问，黛不知道该如何作答。

“一旦遇到那些希望对方能够出手帮一帮自己的人，世人就会低下头，恭恭敬敬地叫上一声‘老师’。”

“遇到教师，世人希望他们能教授自己些什么。遇到医生，世人希望他们能解救自己身上的病痛。遇到律师，世人则希望他们能够把自己从麻烦困扰中拯救出来……”

古美门答道。

“没错。那么，世人又希望政客为自己做些什么呢？”

黛无法回答。

“世人希望政客们帮帮自己，让自己有钱可挣。我之所以连自己身边的人都不信任，原因就在于此。我身边的所有人，都是为了我的钱财和权力才聚集到一起的。”

说完，富樫转过身喂起了锦鲤，再不理会古美门和黛。他的背影，让人感觉是那样地孤独落寞。

“了解得越深，就越是让人觉得可恨啊！老实说，我还真希望他别再上诉，就这么老老实实地去坐牢呢！”回到事务所里，黛一边大发雷霆地说着，一边咚地一下坐到了沙发上。

“你这家伙还真不是一般的蠢啊。下次下暴雨的时候，你干脆把所有的金属物品都披挂到身上，找个高一点的梯子爬上去做个双手头顶合十的姿势好了。让雷劈两下，或许你的脑袋还会灵光一些。”

古美门坐在沙发上，一边翻阅资料，一边搭腔道。

“我难道说错了？”

“你说的一点儿都没错！”古美门站起身来，把手里的资料全都砸到了桌面上——

“毫无疑问，富樫就是一个违法聚集钱财、手里紧攥权力的政客。但是，你的脑袋里装的当真就只有一堆稻草！”说着，古美门又伸手指着黛。

“别用手指我！”黛用手里的资料掸开了古美门的手。

“金钱和权力，根本就是同一个事物的正反两面。越能弄到钱的人，就越有能力。你知道这是为什么吗？”古美门拿起遥控器，打开了电视。

“因为，人就是爱往有钱的地方凑！但是，在这个国家里却总有一种挥之不去的仇富心理，越是有钱的人，就越被人当成恶棍看待。”

电视里正在播出一档街头采访，内容正是讨论富樫被判有罪、是否应该上诉这一问题。记者在街头巷尾四处采访市民对于此事的讨论。

“富樫逸雄？当然有罪了。”

“如今已经再不是他那种旧派政客横行的世道了。”

“关于政治和金钱的问题，我已经受够了。”

舆论完全是一边倒……

“而实际上，这些人有哪一个不是整天忙着想要捞钱？”古美门说道。

“然后，这些愚民所崇敬的政客又来标榜透明政治，继而，愚民们蜂拥支持。其结果，政局里就只会产生一无实力二无能力的政客，而那些有能力有实力的政客则会被检察院抹杀掉……再然后，日本国民又出来长吁短叹，说日本的政治家就是这么无能！”

“……你的意思是说，你拥护富樫逸雄？”

“我只是在说有这样的一种观点罢了！整天生活在金钱和权力的夹缝之中，自然再没法信任其他的人。这样的人生，不也同样会让人感觉到悲哀吗？而他能够信任的，也就只剩下池塘里的那些锦鲤了。”

黛沉默不语。就在这时，服部走来为两人沏上了红茶。

“……上诉时限似乎快到了啊。”

泽地用纤细修长的手指捻起一颗提子，塞进了三木的嘴里。

“明天就应该到了吧？富樫的上诉时限。”

三木一边品尝着提子，一边低头看着事务所窗外的夜景。

“是的。他们似乎还没有提交上诉申请书。”

“连古美门也束手无策了？或许这就是那家伙跌落深渊的第一步呢。”

泽地没有答话，而是把一颗提子塞进了自己的嘴里。

上诉时限还剩下最后的二十七小时三十八分钟——尽管夜已经很深了，黛却依旧埋头苦读着那堆有如小山一般的资料。眼下，看样子自己还没办法回家。身后，突然传来了吱吱的声音。原来是古美门驾驶着电动平衡车在事务所里来回乱窜……他这种随意轻佻的态度让黛不由得挠起了头。

“真是的！你要逃避现实，请你到外边去逃避！搞得我都没法专心做事了！”黛怒冲冲地冲着古美门吼道。

“要不，干脆先提出上诉吧？就跟富樫议员说，我们已经有获胜的把握了。至于上诉理由，之后再慢慢找好了。”

“走一步算一步，最后打输了官司，结果还不是一样！反正到头来，我还是免不了离奇死亡的下场。”

古美门依旧站在平衡车上，开口对黛施压道：

“这是你自作自受吧？真到那一步，我会顺带把你也拖下水的。你就等着在高尾山附近被前去捡蘑菇的老夫妇发现吧。”就在古美门这么说的时候，服部走了过来，为黛倒上了红茶。

“服部叔，你可要用你的蒙古摔跤来保护我啊！”

“遵命。”服部温柔地冲着黛微微一笑。这时候，只见兰丸一边叫嚷着“肚子好饿啊，服部叔，给我弄些吃的吧”，一边走了进来。古美门问兰丸是否有收获，兰丸只回答了一句“没有”。

“服部叔，你也不必给他准备什么吃的了。”听到古美门的话，服部再次回答了一句“遵命”，弯腰捡起了落在地上的黛的外衣。这时候，不知什么东西从黛的衣兜里掉了出来。掉在地上的是三张卡片，一张是家具量贩店的，一张是干洗店的，还有一张则是以美术字体写成的会员卡。

“啊，这是保姆掉在那家烤鸡店里的卡，当时我喝醉了，就直接把这些卡塞进了自己兜里。”

“……这是那家店的卡啊。”兰丸顺手拿过了那张会员卡。

“先前我和安吉丽娜一起喝酒的那家店。”

听到这句话，古美门立刻顺手夺过那张卡片。店名是“Bistro Loire”。

“黛，这张卡是哪个保姆的？”

“呃……应该是吉冈惠的吧。”

“她家住在哪里？”

黛翻看了一下写在干洗店积分卡上的住址，只见上边写的是世田谷。

“呃，似乎就住在富樫议员宅邸的旁边。”

“兰丸，你的那位随性的安吉丽娜，似乎已经给了我们提示。”

古美门的脸上露出了像是在说“干得好”的笑容。

上诉期限只剩下十二小时零五分，中午时分，古美门和黛来到了富樫的宅邸中。院门里，惠正忙着清扫院子。两人不断在院门外上蹿下跳，设法引起惠的注意。警卫赶忙冲了过来，直瞪着古美门。

“啊，您好。律师，议员他现在去议员会馆了。”

觉察到两人之后，惠抬起了头来。古美门爬到院门上，冲着惠开了口。

“我有话要和你说，吉冈惠女士！这附近有什么适合谈话的地方吗？”

“这白痴擅自把你的卡带回去了，现在还给你。”古美门把三张积分卡放到了咖啡厅的桌子上。

“这张卡马上就快积够分了。虽然最近一段时间你似乎都没去，但两年前你一直在频繁地出入于这家店吧？这家店距离富樫议员的宅邸和你自己家似乎都挺远嘛！”古美门拿起那张“Bistro Loire”的卡片，说道。

“但是，这家店却离某个人的家很近。这个人，就是两年前自杀身亡的秘书——浅井信司。”

古美门一边舔舐着奶油苏打上的冰，一边说道。听到古美门的这番话，惠低下了头。

“刚才，我们已经找这家店的老板询问过了，说当时你们两位看起来似乎是一对很幸福的情侣。”

黛根本没动自己面前的那杯奶油苏打，而是一脸认真地盯着惠。

“如果你愿意对我们说实话，那么我们也会想办法保护你。如果你还要有所保留，那么我们就必须追查到底了。”

听到古美门的这番话之后——

“……我先前觉得，如果我说实话，议员他老人家大概会呵斥我们，所以我一直都没跟任何人说起过。后来我就当了一回上门媳妇，开始协助帮他做了一些工作……”

惠开始讲述——

“其实，他那个人不是很擅长计算……所以，有时候我就模仿着他的笔迹，代替他记账。我们当时约定，等他独立门户成为议员之后，我们两人就结婚……”

“但是，你们的美好未来却被富樫逸雄夺走了。”古美门一语道中了惠的心事。

“有一天，突然有个陌生号码打了我的手机……对方说，会在附近的咖啡厅等我，问我要不要过去……当时，那人就坐在那个位置上。”惠瞥了一眼相邻的席位。

——当时在那座位上等惠的人，就是辰巳史郎。

辰巳说：“你心里一定很愤恨吧，觉得那个把你的恋人变成替死鬼的人很可恶。我有个办法，可以帮你报仇。”

“之后，你就协助了他，写下了那张纸条？”

听到古美门的问话，惠缓缓点了点头。

"我希望你能出庭作证，在法庭上再说一遍。"

"检察院的人为何会发现你和浅井之间的关系？"

看到惠摇了摇头，古美门拿出一张照片来问道："你认识这个人吗？"

"……我经常在那家店里遇见这个人，之后就和她成了朋友。"

"这人是伊势庄三郎的顾问律师的秘书。因为浅井先生是富樫议员的秘书，所以她才故意接近你。"

听到这话，惠一愣，之后立刻把泽地的照片扔到桌上。

"你被这个国家权力纷争的阴谋利用了而已。请你出庭作证吧！"古美门捻起了奶油苏打杯面上的樱桃，说道。

"我要他向我谢罪。我要富樫议员当面下跪，向我谢罪。"

听到惠的这句话，两人带着她返回富樫邸。

此时，距离上诉时限还剩最后的十小时四十五分——

"虽然说来有些不近情理，但眼下大局为重，还请您勉为其难。"古美门来到池塘边，向正在喂锦鲤的富樫恳求道。

"不就是道个歉吗？有什么大不了的。我怎么可能会为这种小事而断送自己的前程。"

两人一同来到了屋里。黛和惠已经在屋里等着两人。

"有关浅井的事，我心里也觉得很遗憾。他是个心地善良的年轻人。仔细想想，他估计是没法捱过检察官那种执拗不已的追问的……千不该万不该，都怪我不该让他来负责管理财务。实在是抱歉。"

富樫两手伫在榻榻米上，向惠低下了头。

“完全就跟那些政客的谢罪没有两样啊。”惠语调冷淡地说道，“你撒谎！正是因为你知道他无法捱过检察官的执拗追问，你才把财务方面的事情交给他来处理的！因为你知道，与其让他开口泄密，他宁可选择死！正因为如此，你才让他做这种事！”惠冲着富樫厉声吼道。

古美门、黛和富樫都不知到底该说些什么才好。惠突然哭了起来，拿出了一只信封。

“结果呢……结果呢……结果他还说，他一点都不恨你！”

说着，惠把手里的信封扔给了富樫。富樫捡起那只信封，抽出了装在里边的一沓厚厚的便笺。

“这是他临死前寄给我的……遗书。上边写满了对你的尊敬，说能让这个国家实现改革的人，就只有你一个！还说，正是因为如此，所以他甘愿为富樫逸雄而死，甘愿为这个国家的改革而死！”

看着信上的那些字，富樫的双手颤抖了。几张便笺上，写满了竖排的工整文字，字里行间，洋溢着对富樫的崇敬之情。

“关于你的话，甚至比留给我的话还要多……这样的事，又怎能不让我感觉不甘心？我恨你……我恨议员你！”

惠哇地一声哭了起来，把脸埋到了耽在桌上的臂弯里。

“看来，聚集到您身边的人，有些并非只是为了金钱和权力啊。”黛说道。富樫默默看完那几张便笺，之后把它们塞回了信封。

“富樫议员，您是不是应该考虑一下，像浅井先生这样的人，其实应该再多培养提拔一下吧？”

听到黛的问话，富樫一言不发地把信封放到了桌上。而他那稍显粗暴的动作，却泄露出此时他内心的起伏。

古美门走进理发店里，在辰巳的耳边轻声说了一句“我已经把吉冈惠搞定了”，便在相邻的座位上坐了下来。

“眼下，我们正在着手制作上诉申请。同时还将提交上诉意见书。到时候，会附上详细的上诉理由。法庭查明违法搜集证据的行为之后，不光富樫，连向井和西川秘书的有罪判决也会被彻底推翻。而你的检察官生涯也就此结束了。说句实话，我也不想让吉冈惠站到法庭上去。要不然，我们来做笔交易吧？”古美门用他擅长的那种飞快的语速说道。

“古美门律师。”等到脸上的胡子彻底刮干净之后，辰巳这才开了口。

“刚才你说了那么一大堆，到底是怎么回事？我完全听不明白。吉冈惠？你说的是谁啊？”

“我这么说，完全是在为你设想。说句实话，你其实也挺可怜的。上头下令要你除掉富樫，这样的命令，压力实在是太大了，最终逼得你只好使出伪造证据这样的办法。说起来，这事也不能完全怪罪到你的头上啊。”

“我倒真没有感觉到什么压力。”辰巳从椅子上站起身来，缓步从古美门的身后走过。

之后，他一边在收银台付账，一边说道：“富樫确实有犯罪行为。所以，我们必须把他送进监狱里去。眼下，我们特搜部全都团结一心，正在着手处理这件事。”

“而你所做的事，已经超越了界限。”

“不论用上什么手段，也要把恶棍送进牢房。这就是我。”

“就算最后你自己因此而身败名裂，也义无反顾？”

听到古美门的话，辰巳淡淡一笑，“嗯”了一声。

“我还真没有怕过什么身败名裂呢。我既没有妻子，也没有孩子。你不也一样吗？虽然我不清楚你到底打算让谁出庭，说些什么，但是，还是让我们在上诉庭上比拼一番好了。”

“辰巳检察官。”就在辰巳准备转身走出理发店时，古美门开口叫住了他。

“正如你所说的那样，这里的师傅确实跟其他地方的不大一样，也难怪你会每两天就来一次呢。”

看到古美门正在用手摸着脸颊，辰巳低声回了一句：“我没说错吧？”

正当三木在事务所里让泽地帮自己修整指甲的时候，电话响了。三木简短地说了几句，挂断电话。泽地问了一句：“辰巳检察官打来的？”

“听说古美门已经查到了些什么。但话说回来，消息到底是从哪儿泄露出去的呢？”

“到底是从哪儿走漏的风声呢？”泽地面不改色，继续为三木修整着指甲。

“这家伙的狗屎运还真够好呢。”三木一边叹气，一边对泽地说道，“泽地，你给我再吹一次吧。”

就在泽地缓缓抓起三木的手凑到嘴边时，响起了敲门声。

“打搅了。”不等三木应门，井手便打开房门冲了进来。

“听到我说‘进来’之后再进门！你小子一点儿记性都不长

啊？”三木火冒三丈，大声叫嚷了起来。

距离上诉时限还剩下两小时。古美门正在过目黛写成的上诉申请和意见书。

“……嗯，差不多吧。”

“这次一定要把检方伪造证据的行径彻底揭露出来。”

“去吧！”

古美门一声令下，黛斗志满满地回答了一声“是”，站起身来。

“黛老师，不必着急。申请提交期限是凌晨零点。就算您散着步过去，也完全来得及。”

服部叫住黛，叮嘱了一句，脸上再次露出了笑容。

“好了，这次要在支票上写多少个零呢？这次一定要再买一艘游艇。不，既然如此，不如买一架直升机吧——”

古美门已经忘乎所以了。就在他手舞足蹈，不断欢庆之时，手机响了。

几分钟后，古美门和黛来到富樫的宅邸中，与富樫一同饮酒。

“年轻的时候不多学习些东西是不行的。虽然政界也有多如牛毛的名为学习会的会议，但其实根本没有任何人学习。”富樫兴致高昂地说道。

“想来，议员您一定也学习了不少吧？”古美门连忙拍马屁。

“四书五经，我读的可都是原文哦。你能说得出是哪四书哪五经来吗？”富樫问道。

“呃……论语……西游记？……”古美门一下子着了慌。

“易经、书经、诗经、礼记、春秋。”黛瞥了古美门一眼，开口说道。

“哈哈哈，输给你了，看来我也得再多学习学习了。两年零五个月的有期徒刑……等我出来之后，就是六十八岁啊……因为法律规定，服刑之后的五年内是不能成为候选人的，那么，至少也得等到我七十三岁……你是怎么看的呢，古美门？”

“到时候，您大概也仍年富力强吧？那地方的伙食很有营养，说不定回来的时候，您会变得更加身强力壮呢。”

“我也觉得您的判断很合理……这样一来，倒也可以算是您对浅井先生的赎罪了。”

听到黛的话，富樫不由得笑了起来。

“赎罪？别说胡话了，这可是老夫安设下的一招妙棋。”

“妙棋？”

“那当然。我现在手里已经抓住检察院的把柄哦。这种好牌，岂能轻易就打出去？如果能让检察院也乖乖地听我的话，那么我就无敌于天下了。”

“不愧是黑暗将军。”古美门微微一笑，黛却不解地偏起了脑袋。这到底是不是富樫的真心话？眼下这当口儿，看样子是没法分辨清楚了。黛看了一眼富樫，只见富樫也在用犀利的目光盯着自己。

“怎么了？我脸上沾上什么东西了吗？”发现富樫正在盯着自己，黛赶忙低下头。

“嗯，从第一次看到你，我就有一种感觉。你的面相不错啊！”

“啊？”

“我这个人，在发掘优秀政客这方面可是目光如炬的。怎么样？你对政治感兴趣吗？”富樫站起身来，凑到了黛的身边。

“啊？”黛不由得一愣。

“你看吧？你看吧？我不是说过吗？一点儿都没错，先前我就说过这话！”古美门一脸激动地把黛拽了起来。

“不必了。我才不要做什么政治家呢。经过了这次的事件，我痛彻心扉地觉悟了。”

“越是这么说，就转变得越快。”

“没错吧？快让他摸一下吧！快让他摸一下吧！”

古美门抓住黛的肩膀，把黛的屁股转向了富樫。

“别闹了！”

“议员，您就不必客气了。”

“我不会客气的。”富樫逼近了黛。

三人一通胡闹，早已把那只装着上诉申请的信封踩在了脚下。而这时，房间里的座钟指针，已经指到了凌晨零点的位置上——

第六章

家暴？劈腿？流血的离婚官司！刺客就是前妻

午后的红茶时光。事务所里，黛两眼无神地盯着电视画面。

“今天，我们邀请到一对神仙眷属作为我们本期节目的嘉宾。他们就是小说家神林彬先生和自由主播冈崎安奈女士贤伉俪。这一次，你们被选为‘理想夫妻’的首位，对此，二位有何感想呢？”主持人向两位嘉宾问道。

“我们真的有幸荣登这第一的宝座吗……”说着，安奈回头看了看身旁的神林。

“我吃惊的程度，完全超过了获芥川奖的时候。”神林也回头和安奈对视了一眼。两人相视噗嗤一笑。

“我听人说，你们二位结婚三年，从来都没有吵过嘴、斗过气。那么，请问你们保持彼此之间夫妇感情良好的秘诀到底是什么呢？”

“虽然可以说有很多，但最关键的大概还是彼此感谢的心情吧。不管怎么说，像我这样一个整天写些令人郁闷的小说的人，身边居然来了这样一位漂亮的女性做我的太太。”

“我觉得，总而言之，作为妻子，一定要设法支持自己的丈夫。告诉自己，丈夫所说的话都是正确的。”

“我这个人动不动就会往深处想，而她那种开朗大方的性格，也在很多地方对我有所帮助。”

“和丈夫在一起的时候，我感觉到安全感。或者应该说，我觉得只要和他在一起，就算天塌下来也不怕了。”

看着电视上彼此相视而笑的神林和冈崎，黛的脸上也不由得浮现出了笑容……

“呀，艾米丽！今晚一起去兜风怎么样啊？听说今夜的星辰美轮美奂。琳达和金伯利也一起。我会陪伴你们三人的。我等你电话哦。”

古美门大声讲着英文电话走了进来，让黛此时的美好心情瞬间化为乌有。虽然他的英语讲得还算地道，但他的语调却总让人感觉有些惺惺作态。最后，古美门连连冲着通话口亲吻，说了句“拜——”挂断了电话。黛一脸不屑地瞪了古美门一眼，古美门也抬起头来甩了一句：“干吗？”

“没什么。我只是在想，看到这样的节目，老师你就不会反省一下，对自己的肮脏行径感到自我嫌恶吗？”

“谁啊？这对看着就让人恶心的夫妇！”古美门看了看电视画面。

“神林彬，以《名为绝望的希望》荣膺芥川奖，如今的当红作家。他的太太是自由主播冈崎安奈。”服部一边为两人冲红茶，一边说道。

“哦，就是那个以前在晨间节目里卖弄风骚的白痴女主播嘛！”

“那是以前。现如今，不知有多少女孩子梦寐以求，想变成她那样呢。彼此有着独立的空间，相互尊重，相互扶持，再加上又是金童玉女。对我来说，他们确实是我心目中最理想的夫妇。”

黛一字一句地说着，感觉像是要把古美门的每一句毒舌都顶回去。

“婚姻这种事，跟理想完全扯不上半点关系。婚姻生活中只有妥协和退让，要不然，就是血淋淋的争斗。”

“你这样的观点真是够可悲的。算了，你还是先去经历一番再来说这话吧。”

就在这时，电话响了。不一会儿，服部拿着电话子机走了回来。

“对方想委托老师您来做离婚调停。”

“拒掉吧。离婚调停这种事，根本就是最肮脏的活儿。”

黛没有理会恶狠狠地撂下这话的古美门，接过了电话。

“您好，我是黛律师，恕我冒昧，请问您贵姓？神林彬先生……啊？”

“‘心有灵犀，无语胜千言。惟此一味，咖啡更香浓’。这广告不错啊。”

古美门拿起神林夫妻代言的速溶咖啡杂志广告，故意在神林彬面前展示。这时候，服部端来了咖啡，满脸歉意地说了一句：“抱歉这不是你代言牌子的咖啡。”

“结婚之后的第二年，我们两人之间就出现问题了。平日里，我的起居几乎都在工作室。虽然因为有广告之类的合约，我们在人前扮演了一对神仙眷侣，但如今，这一切已经走到了头。”

听到神林这样的一番话，黛眼含热泪地问道：

“……真的不能一切从头再来吗？”

“怎么你似乎还比我更伤心？”

“毕竟……你们两位真的很登对啊。”

听到黛这句含泪的话语之后，神林解开缠在自己左手上的绷带，让黛看了看他左手手背上的伤痕。

“这是我被她用玻璃制的装饰品给打的。当时万一搞得不好，那可是会闹出人命来的啊！她那个人，经常会因为一点小事而情绪激动，再也听不进其他人的半句劝诫……要我说，她这种人只能称之为‘性格特异者’。”

说起来，先前在电视上看到神林的时候，确实感觉他有些不自然，似乎在用外衣有意无意地遮挡着左手……原来是这么回事啊？黛不由得叹了口气。

“我们争吵的原因就在于她乱花钱。结婚之后，她辞掉了主播的工作，如流水般地乱花我挣来的钱。只要一说她，她就立刻一跳三丈高，甚至开始动手……说到底，其实她只是想找棵摇钱树，而我却傻不愣登地上了她的当儿……女人这玩意，真是可怕啊。”神林一字一句地说道。

与此同时，安奈在三木事务所里摘下了戴在头上的发卡。撩起额发之后，安奈的头上显露出了一道疤痕。看到那道深深的疤痕，三木和泽地都不由得倒吸了一口凉气。

“……当时他就像是恨不得要把我杀了似的。”

“您可是靠您的这张脸吃饭的啊？”泽地不由得皱起了眉头。

“我也一直在努力，想要设法和他重归于好……但事到如今，这段婚姻真的是走到头了。他简直就是个畜生。一切的事情，都是因他那种花心的性格引起的……虽然我老早就知道他有这种毛病了，但我一直隐忍着，没有发作。”

“他是不是说过，身为作家，和女人逢场作戏，有时也是为了寻找创作灵感呢？”三木点了点头。面对安奈的控诉，三木表现得像是感同身受一样。

“而且，我一直抱着一种幻想，希望有朝一日，他能够浪子回头……可是，我的这种想法根本就是痴心妄想。为了支持他的工作，我甚至辞掉了自己的工作，把自己的人生都献给了他……到头来，其实他只是想找个煮饭婆罢了。男人真是一种自私的生物。所以我决定，我一定要好好珍惜自己余下的人生。”

“您的决定完全正确。本事务所有多位擅长处理此类离婚诉讼的精英律师，您就放心吧。”泽地用温柔的语调说道。

“您的丈夫不但花心，而且还有家暴行为。想来，这起官司打完之后，您应该能拿到相当大的一笔精神赔偿费。”三木自信满满地说道。

听过神林的讲述，黛彻底转换了心情，说道：“既然如此，我会竭尽所能地帮您的。”然而，神林的脸上又露出了复杂的表情。

“古美门律师是那边那位吧？我这次是慕古美门律师之名前来的……”

“很不巧，我这人从不插手离婚诉讼。”古美门啜着红茶，冷冰冰地回答道。

“您的出场费很贵，这一点我也早有所耳闻。但是，只要您能帮一帮我，让我所希望的离婚附加条件成立，那么您想要多少，我就出多少。”神林咬牙说道。

“有两种工作，不论对方拿多少钱出来，我都绝对不会接。一种是传媒创意纠纷官司，因为我根本就不知道面对这种事到底该从何处着手。而另一种，就是给夫妻之间的吵闹做仲裁，因为我的能力不是拿来浪费在那些整天闲扯东家长西家短的大婶才喜欢的事情上的。”

“请和我一起奋战吧！”黛忍不住站起身来，冲着古美门说道，“至少，我希望他们夫妻俩能够相安无事地分手。”黛似乎已经燃烧起了熊熊的使命感。

“你依旧还是老样子，晨间剧正能量全开啊？我已经跟你说过了，离婚诉讼这种事比大便还脏。这种事最后根本不可能有好聚好散的结局，最后只会陷入到无止境的推诿扯皮和相互指责中去。”

“不管怎么说，他们两人彼此真心相爱过，最后肯定也能够相互理解！”

“你就是不知天高地厚。”

“古美门律师，您不如就把这件事当成是在给黛律师上课，接下这起官司吧！这样一来的话，或许黛律师就能更早地还清所欠的金钱了。”就在服部顺水推舟，帮着黛开口说话的当口儿——

“那个，对方的律师打来电话了……”神林站起身来，把自己的手机递给了古美门。

“现在换由我来接听电话。我是神林先生的代理人，名叫古美门。”听到古美门这句话，黛和服部不由得相视一笑。就在这时，只听古美门又说了一句：“你的声音还能再耳熟点吗？”

说完，古美门把手机的显示画面转向了黛。电话是从三木律师事务所打来的。

当夜，井手在事务所里来回奔忙，不断收集着各种与离婚诉讼相关的资料。得知对方请的律师是古美门之后，井手主动请缨，希望三木能给自己机会，让他报先前的一箭之仇。

“您让井手来负责这案子，不会出什么问题吧？”泽地冲着站在床边欣赏夜景的三木说道。

“井手不过是个牙门偏将罢了。”

“那么，您打算让谁当中军主帅呢？”

三木并没有回答泽地的问话，而是扭头看了一眼窗外的夜景。

“……泽地，纽约现在是几点啊？”

几天后，古美门等人造访了三木法律事务所。

“离婚诉讼这种事，根本就是一场毫无规则可言的街头斗殴。到时候，我会不留半点颜面地出手把尊夫人打得满地找牙，您不会后悔心疼吧？”

电梯里，古美门一脸斗志昂扬。神林也是踌躇满志，说是任由古美门放手去做。进到事务所里，刚一坐下身，古美门便大摇大摆地把穿着鞋的脚伸到了桌子上。

“我们这边的条件已经写得明明白白，没有一分钱的赔偿费。所有的共有财产，包括位于成城的房产，一分为二。”

“稍等一下。”

井手插嘴说了一句，但古美门却完全不予理会，继续说道：“我觉得这样的条件已经算是很公道了。神林太太先前甚至还动用暴力，打伤了神林先生的手。要知道，神林先生可是靠这双手吃饭的啊。咱们彼此双方应该都不希望把这事闹到法庭上去吧。我倒是觉得，就此达成协议，应该算是解决问题的最好办法。”

“古美门律师，麻烦你不要整天只知道自说自话。我们这边的主要负责人还没到呢。”

“不过应该也差不多到了。”眼看古美门又开始滔滔不绝地说了起来，三木和泽地开口打断了他的话。

“不管来的是谁，你们这破事务所哪儿找得出适合负责离婚诉讼的什么人来……”

就在古美门拧开矿泉水瓶往自己杯子里倒水的时候，房间的门被打开了。一名身穿白色职业装、戴着太阳镜的女子拖着一只行李箱走了进来。一见到此人，古美门立刻惊讶得睁大了眼睛。

“抱歉，飞机晚点了。我是负责处理冈崎安奈一案的代理人——圭子·施耐德。”

圭子帅气地摘下了太阳镜。

“施、施耐德？”

古美门发疯般地惊叫了起来。自打圭子出现在众人眼前，他整个人就彻底僵住了，先前正在倒的水也从杯子里溢了出来。黛连忙从古美门手里夺过矿泉水瓶，擦拭了一下桌子。

“有关事件的概要，我在飞机上已经大致了解过了。男女双方都同意离婚。关键的问题，就在于附加条件这方面吧？我们提出的条件是：除了将共有财产对半分之外，男方还要向女方支付三亿日元的精神损失费。”

“三、三亿？”

神林高声惊叫。古美门则只顾着不断眨眼，张大了嘴，傻愣愣地对着圭子。

“您丈夫先前有过出轨行为，还对您施行家暴。换了在美国的话，这事儿可不是这么点钱就能了结的哦。”

“老师……老师？”神林伸手使劲儿摇了摇古美门的肩膀。

直到这时，古美门才回过神来，开口说道：“神林先生并不承认他有任何的出轨行为。此外，有关家暴方面，主动动手的是安奈女士……”

“男性和女性的施暴能力根本不能相提并论！安奈女士额头上的伤，今后很可能会留下疤痕。这一点对一名自由主播而言，是会对她离婚后的经济活动带来显著影响的！”

圭子语速之快丝毫不逊于古美门。古美门脸色铁青，往后缩了缩脑袋。

眼下的古美门与平日里完全判若两人。他轻声对黛丢了句“……你帮我镇一下场”，便悄悄起身离席，快步走出了房间。

“这家伙不会打算开溜吧？”三木哼了一声，笑道。

“啊？”黛站起了身来。

“他是去上厕所。以前每次被我吼过之后，小古美门就要拉肚子。”圭子游刃有余地微微一笑。

“小古美门？”黛和神林已经完全搞不清状况了。

“您果然是最了解他的人啊！不愧是他的前妻。”

“啊？”

听到泽地的话，黛再次大声惊叫。

趁古美门不在屋里的时候，黛拿出一张碟片，塞进了影碟机里。

“恭喜您这次荣膺了芥川奖。我可以向您询问一下您现在的内心感受吗？”电视里，当年的安奈正在以主播的身份向神林进行采访。那是四年前的谈话节目。

“我早就觉得，自己迟早都会拿下这个奖，所以现在心里倒也没有什么特别的感受。一定要说有的话，就是：这下子应该可以搬到个好点儿的公寓里去住了吧之类的。”

“先前我也拜读过您的大作，怎么说呢，我总觉得，其实神林老师您应该是位心地温柔善良的人才对。”

“要怎么去想，都是读者们的自由。”神林在谈话节目中回答道……

“你这是在干吗呢？”安奈发话道。

“安奈女士、神林先生，想必两位都还记得吧？这就是你们两位第一次见面时的情形。之后，安奈女士在面对周刊杂志采访时，曾经这样说过：‘见到他的时候，不知为何，我心中有种‘终于见到了’的感觉。我先前走过的人生，感觉就像是为了见他而做的铺垫一样。’而在神林先生写下的随笔中，也有这样的一段：先前，我从未觉得人世间有比自己更重要的人。但是，眼前的这个人，却让我的心中真真切切地有了这样的感觉。这实在让人感觉完全是一句名言啊。”

“抱歉，我不知道你这么做到底是何用意。”圭子举手问道。

“一日夫妻百日恩，我只是希望他们两位能够顾念旧情，给这段婚姻画上一个圆满的句号。”

听完黛的话，安奈和神林都同时叹了口气。

“你以为自己是绿山墙的安妮[①]？”圭子一脸无奈地说道，“日本律师的能力竟然已经退化到了这等水平，我也只能呵呵了。我觉得，你大概更适合去保育园做阿姨。”

“我只是……”黛本打算开口反驳。

“你干脆去一趟上野动物园，等那些河马张嘴打呵欠的时候，把你的脑壳伸到它们嘴里去。这样一来，或许你的脑子还能变得灵光一些。”圭子立刻打断了黛的话。

---

① 加拿大女作家蒙格玛利所著儿童小说《绿山墙的安妮》主人公。

“……果然是女版古美门啊。”黛皱起了眉头。

直到结束，古美门也没有回来。

黛回到事务所，只见古美门正躺在沙发上不断地哼哼着。

“你怎么能丢下委托人，自己跑回来？”黛毫不留情地责问起了古美门。

“我有什么办法？我的肚子实在是扛不住了啊！”古美门一脸心虚地说道。

“这是用多种草药熬制成的汤药，有调整肠胃的作用。来，一口气喝了。”服部把一杯特制的汤药递给了古美门。古美门说了声谢谢，但刚一凑到嘴边，就立刻苦得皱起了眉头。

“服部叔您知道吗？律师他居然离过婚呢。”黛说道。

“不大清楚。只不过，我曾经听说过，当年律师在三木的事务所里任职时，有一位女同事曾和他一同并肩战斗，共同赢得了许多官司的胜诉，最终两人共结连理。但没想到，新婚燕尔，刚过了几个月，两人就发生了不快，之后律师的太太就远渡重洋，到美国去了。”

“您知道的已经够多了。”黛一脸惊愕地点了点头。

“对方可谓对古美门律师知根知底。说起来，这回，律师可算是遇到‘最强刺客’了。”

“……这么说来，倒也难怪他会闹肚子。”

“我只是受了点惊吓罢了。她算个屁！开始反击！”古美门躺在沙发上，踌躇满志地嚷道。

三木、泽地和圭子一同干了一杯。

“修理前夫的感觉如何？”

“痛快之极。看样子，这将会是个美好的假期。”

“我没说错吧？”三木一脸满足地微笑了一下。

“下次的协调，我已经通知了对方，准备到古美门事务所去协商了。”泽地说道。

“无妨。主场客场之分罢了。”圭子喝了一口香槟，微笑道。

圭子和安奈来到了古美门的事务所。

“我们上门拜访，而他本人却不出席？”圭子一脸愤慨地说道。圭子身上穿着一件发着光的连衣裙，她的模样依旧端庄美丽，充满自信。

“神林先生说，眼下他有工作要忙。”黛一脸敬畏地说道。

“大概是他根本就不在乎这件官司吧？”圭子立刻反唇相讥。

“……安奈女士，你们还是各让一步吧？要是这事闹上法庭，那么你们夫妻俩的隐私就会巨细无遗地暴露在全国人民的眼前了。”黛打算在两人之间说句好话，让他们彼此都有台阶可下。

“我可不打算妥协。”安奈斩钉截铁地拒绝道。

“安奈女士本来在事务所里可谓是如鱼得水，而婚后的她辞去了女主播的职务，为神林献出了自己的一切。她这么做的目的，就是为了让神林能够写出更好的作品来。多亏了她，神林才有了今天。从这一点来看，我们提出的要求一点儿都不过分。”

“如鱼得水？此话怎讲？”啜饮着红茶的古美门终于开了腔，“他们两人结婚的时候，作为主播，安奈女士已经没有什么人气了。”

“哪有这样的事……”圭子否定道。

“安奈女士，你之所以能在观众当中赢得人气，那是因为当时你正处在只要稍稍卖弄一下风骚，那么就算对方是个傻子也管用的二十多岁的年纪吧？”古美门完全不理会圭子，继续说道，“等到你即将奔三，你负责的节目就被后辈抢走了，在电视屏幕上露面的机会也随之减少。尽管如此，而你却一直没能学到足以真正担负起节目报道的能力。当时您心中大概已经有所觉察，感觉自己似乎已经成了事务所的累赘。为了今后能够过上衣食不愁的生活，就勾引了当时荣膺了芥川奖的神林先生，最后和他结了婚。我说的没错吧？”

“你胡说八道些什么？……”安奈的声音中透着一丝颤抖。

“事实上，如今世人依旧对你不断追捧，不是因为你曾经做过主播，而是因为你是神林先生的妻子。离婚之后，你只是一个毫无半点长处的废人；而作为主播，你同样只能算是一个毫无人气的四流艺人。”

古美门一边说，一边绕到了安奈和圭子所坐的沙发背后，突然跨过沙发的靠背，在两人之间坐了下来。今天的古美门已和上一次截然不同，他强势出击了。

“所以呢？你就开始无理取闹，捏造出神林先生外遇出轨的传闻，为的就是设法多捞点钱……”

安奈再也忍耐不住，顺手抄起了桌上水果盘里的水果刀，把刀尖对准了古美门。古美门惊讶得翻起白眼，倒吸了一口凉气。

“等、等一下……”

古美门从沙发上跳起身，不断倒退。圭子和黛本想拽住安奈，但无奈安奈一直挥舞着手里的刀，两人根本无法靠近。

“呜！呀！”安奈嘴里不断怪叫着，挥刀向古美门砍去。

“啊！等等！”古美门被追逼到了沙发上，再也无路可逃。

这时候，服部一把拧住了安奈高高举起的那只握刀的手，嘴里念了一句“得罪了”。之后，他顺势往安奈的小腹上来了一拳。顺手搀住瘫倒的安奈后。服部回头看着古美门，问道：“您没有受伤吧？”

“服、服、服部叔……”古美门已经吓得快要哭出来。

“没事了。”服部冲着古美门微微一笑，把晕厥的安奈安置到了沙发上，给她盖上一条毯子。

“过不了多久，她就会醒来了。”听到服部这么一说，黛放心地点了点头。

“你回来干什么？”古美门与圭子展开了对峙。

黛侧耳聆听着两人之间的对话。

“公司给我批了个长假，所以我就回来玩一圈啰。”

“你什么时候成了离婚律师？你的专业不是企业法务吗？”

“你少在那里乱下定义，我精通所有门类的法律诉讼！”

“话说回来，你那个‘施耐德’到底又算个啥玩意啊？”

“爱德华·J. 施耐德。德裔美籍会计师，我现在的丈夫，要比你要强上几百倍！”

“反正过不了多久，他肯定会受不了你这种性格惹人厌，睡相更糟糕，再加上花钱如流水的性格。”

古美门嗤笑道。

“你有资格说我花钱吗？”

“我哪儿能跟你比啊？你收藏的鞋子都能把整层二楼给堆满呢。”

“那也比你明明不会开车却整天收藏高档进口车强。”

“最近他还打算买架直升机呢。”听到两人针尖对麦芒般的对峙，黛突然插了句嘴。

“你给我闭嘴！”古美门冲着黛叫道，“你劝劝安奈吧。三亿日元？这根本就是在瞎胡闹。”

“安奈早就下定了决心，就算闹到法庭上也奉陪到底。”圭子斩钉截铁地说道。

“这事的根源在安奈身上。你也看到了？她是那种性格。”

“她会变成这样，也是神林红杏出墙造成的。”

“你这是胡搅蛮缠。”

“男人都是花心大萝卜。是吧，小古美门？”圭子晃着脑袋，摆了个滑稽的姿势。听到圭子的这番话，黛隐隐察觉到古美门估计也曾有过出轨的经历，不由得低声念了句“简直人渣”。

“你以为你能在法庭上赢我吗？你应该比任何人都清楚，我从来没在法庭上打输过官司。”

古美门改换了话题，站起身来。

“我在日本的时候也一样没输过。”

“那是因为我一直都在背后帮着你！”

“你没打输过官司，那也是因为我在帮忙！”

“你那场半导体知识产权的官司，若不是我去说服了证人，你能打赢那家韩国公司？”

“是我一眼看穿那证人其实是敌方设下的圈套！”

“明知如此还故意将计就计的人是我！”

“而吩咐你让你那么做的人是我！”

两人彼此指着对方，一场近身指责大战就此展开。旁人根本连大气都不敢出。

“……我已经彻底跟不上节奏了。”黛皱起了眉头。

“安奈女士醒了。”听到服部的话，古美门和圭子都各自让开了一步。

“安奈女士，能站起来吗？”圭子拿起安奈的包，递给她。之后，圭子再次转向古美门，“你就整天在这里游手好闲吧！你以为你能赢过整天在法庭上真枪实弹一路闯过来的我？”

说完，圭子搀着安奈，离开了事务所。

“帅呆了……”黛一脸崇拜，目送着两人离开。

“好，开战！”古美门抄起高尔夫球杆，比了个扛火箭炮的姿势，高声叫嚷道。

接听完圭子的电话后，泽地立刻向三木报告了情况。

“听说调停的状况不大顺利。这样闹下去的话，估计非得上法庭不可了。”

“这样也好。终于要终结了，那家伙引以为豪的不败神话！”

三木阴笑了一下，泽地也微微一笑。

带着吉娃娃在外头遛了一圈之后，安奈回到了自己家里。“好了，到家了哦！”安奈抱起吉娃娃，走进了她的豪宅。兰丸装扮成快递员的模样，在一旁看着安奈。

“她似乎没有另外找男人。我连她的小学毕业纪念册都翻过来了，感觉这女的简直就是个名门闺秀，几乎就没人说过她什么坏话。”兰丸一边享用着服部特制的咖喱，一边报告道。

“的确如此啊……”黛翻看着毕业纪念册，点头道。

“哪能这么轻易就放弃？一定要找出愿意出庭说出对我们有利证词的人出来才行！”

“硬要这么说的话，那么我估计只有当年和她一起合作主持《早安频道》、同属一家事务所的女主播小松凛了吧。”

“小松凛？”古美门偏着头问道。

“此人先前曾经主持过天气预报，人称‘凛凛’。之后她和职棒球员后藤顺平结婚，现在已经彻底隐退。”服部开口说明。看样子，对播音员领域的熟悉，大概也只是他的“雕虫小技”。

“安奈和凛势同水火，一碰面就要吵上一番嘴。说不定她会帮我们一把。”兰丸说道。

“此人现在在做什么呢？”

“她丈夫隐退之后开了一家杂样煎饼店，她也跟着帮忙。那家店倒也生意兴隆，如今已经开成连锁店了。”

古美门和黛立刻启程，到杂样煎饼店找凛询问情况。店里的装潢感觉就像高档咖啡厅。桌旁，凛的丈夫顺平正在铁板上制作着文字烧。

“我的确很看不惯她。先前，周刊杂志采访有关我和我丈夫的事时，她也曾大放厥词，说什么不知好歹，赶紧和那种人拜拜之类的话，一下子就惹火了我，和她大吵了一架……”

“这样说来，倒也难怪您会一下子发火了。”为了让对方继续说下去，古美门夸张地点了点头。

“但如今，我倒也感觉到，当时她那么说，似乎真是在为我着想呢……说句实话，当年他还在打球的时候，确实有过一些与女人鬼混的绯闻。”

听到凛的这句话，顺平一脸尴尬地傻笑了一声。

“两年前，我们开这家店的时候，安奈是第一个来道贺的，如今我和她已经成了最要好的朋友。”

“……最要好的朋友。”黛骤觉失望，硬生生地挤出了个笑容。

“先前，安奈的律师也曾找过我们，说是希望我们能够出庭为安奈作证。所以说，对于你们，我们真的是爱莫能助。如果真的走到要让我们出庭作证的那一步，我们会全力支持安奈。”

“又被对方先下手为强了。”

“你闭嘴！”

就在黛和古美门两人争闹的时候，顺平的文字烧起锅了。

“请二位尝尝吧，这是我亲手烹制的那不勒斯文字烧。”顺平一脸自信地说道。

“这是我们家这口子自己发明的一道菜，感觉还蛮受欢迎的。”凛一脸开心地向两人推荐道。

当夜，为了确认是否真的有出轨行为，古美门把神林叫到了自己的事务所。神林坚称自己从没有过任何的出轨。

“神林先生，对方的律师会把你的一切隐私彻底揭露出来哦。不对，她或许早就已经察觉到了。”

古美门步步紧逼。神林终于不大情愿地开了口。

“……没事的。我已经全都处理妥当了。我不光和对方约定过，而且还把手机里的短信之类的证据都删掉了。对方是绝对不会背叛我的。”

“……神林先生。”黛不由得抱起了头。到头来，这不就是出轨行为吗?

“请你告诉我，对方到底是谁?”古美门说道。

“呃，这个嘛……”神林似乎有些犹豫。

“你是想被他们硬撬走三个亿，是吧?”古美门的语调不容分辩。

“……三泽出版编辑部的高濑夏实，六本木夜店的松山爱，银座的田边裕子，家庭主妇小岛美香，KIOSK店员大原志保，卖彩票的……”

“我的纸写不下了！到底有几个啊!”忙着用笔记录的黛高声叫嚷了起来。

“十八个……以我还能记得的来算。”

古美门大叫了一声:“艳福不浅啊!”黛也不由得喃喃道:“您干脆还是老老实实给他们三个亿吧。”

“服部叔，我怎么感觉自己像是在赤手空拳面对着西线战场上的整排虎式坦克啊?”古美门说道。

“哈哈，考验勇气的时候到了。要是您再肠胃不适，就把这药吃了吧。”说着，服部把一包药粉递给了古美门。

“神林彬先生和冈崎安奈女士的离婚官司马上就要开庭审理了。他们这对神仙眷侣之间到底发生了些什么呢?”

法院外早已聚集了成群的报道人员。备受瞩目的首次庭审，终于即将拉开帷幕。

“尊夫人都是怎样对待你的呢?”首先由古美门发起询问。

“泡过澡后，我到阳台上乘凉，结果被她从里边把门反锁，最后我只穿着内衣裤在阳台上过了一夜。还有，在我发烧卧床的时候，她曾经拿狗粮来给我吃……”

“那么，你觉得她为什么要做出这种几乎可称之为虐待的行为来呢？”

“我也不大清楚，只不过，从结婚后的第二年起，她就变了，整天只知道玩她的狗，对我百般虐待……甚至还拒绝过我提出的性行为要求……在我看来，她大概根本不爱我，嫁给我，只是为了我的地位和财产罢了。”

“而获得了这一切之后，她就再也不需要对你展现半点爱意了？”

“我想应该是这样吧。”

其后，圭子的反对询问开始了。一上场，圭子就拿出了两张照片来。

“涩谷的夜店女A小姐，八王子的女公关B小姐。你应该认识这两个人吧？她们已经证实，确实曾经和你发生过肉体关系。”

“果然不止十八个啊。”黛低声对古美门说道。古美门一脸自暴自弃的表情，怪叫了一声：“艳福不浅啊！”

“你不记得了吗？这么说来，大概是因为你外遇太多，根本就没法一一记住的缘故吧？”

被圭子这样一紧逼，神林一句话也说不出来。

“我倒是觉得，安奈女士这么做的根本原因，恐怕是因为你自身行为不端？”

“……这个嘛……我也是因为她心里对我再也没有半点爱，所以才会找其他女性寻求安慰。”

看到神林打算反驳，圭子立刻劈头盖脸地雄辩起来：

“任何一对夫妻之间，都会出现感情上的倦怠时期！把一切的责任都推到对方的身上，这样的做法恐怕太过自私吧？在你所撰写的书里，曾经把男性和女性比作种子和田野，展现出一种独特的性行为伦理观。‘田野虽然需要仔细审视种子，但种子却根本不必选择田野。只要有，那就随意撒播好了。’也就是说，你认为，男人出轨完全是理所当然的！”

“我这话只是在从生物学角度来阐述男女性别差异罢了。”

“实际上，你心底里是不是有一种蔑视女性的倾向呢？”

“……我没有……”

反对询问在神林沦为劣势后结束了。紧接着，安奈站上了原告席，由圭子首先发起询问——

“隐隐之中，你发现了丈夫的出轨行为，是这样吗？”

“……是的。但因为他是一名作家，所以我想，或许有时他那样做也是无可奈何的，也就一直隐忍着没有发作。我的心里，只是想着怎样才能让他写出一本好书……可到头来，我的心却彻底被伤透了……”安奈哭出了声来。

“想来你的心里一定也很痛苦吧。”圭子点头道。听到这里，法官也同样点了点头。最不利的一点就是，这次的法官是一名女性。

为了挽回颓势，古美门展开了反对询问。

“安奈女士，依照你的说法，你们夫妻之间的感情出现裂痕是神林先生出轨造成的，但这一点却和神林先生的主张完全不同。神林先生认为，他是在你们夫妻感情出现裂痕之后才出去找了其他的女人，而出现裂痕的原因，在于你态度的转变。”

“……这世上哪会有一成不变的人？夫妻之间，也不可能永远都保持着新婚燕尔的那种状态吧？”安奈毫不示弱地回答道。

“那就是说，你自己也承认，你对神林先生的态度确实有所改变，是吧？”

“既然在一起生活，那么心中的不满自然会爆发出来。”

“比方说？”古美门点点头，示意让对方举些例子。

“他每次上厕所都不关门。我不知提醒了多少次，他从来不会记得改。还有，他把他的那些坦克、战斗机的模型全都堆到我的客厅里。这种事，实在让人无法忍受……”

“这些事真的到了让人无法忍受的地步吗？你就因为这些事，让卧病在床的神林先生吃狗粮？”

“那是因为他逗雪莉……因为他逗我们家的吉娃娃，给吉娃娃吃他的下酒菜！那东西对狗是有害的啊？狗粮对人是无害的！”

“那么，你又为何要拒绝他提出的性行为要求呢？”

“因为他是个变态。”安奈道，“性行为的过程中，他会拿新闻稿来让我念。然后，他还会逼我说些下流的话。有时候，他还会拿摄像机把过程拍下来……简直就是个无可救药的大变态！令我的生活无比痛苦！”

“你不是还挺开心吗！”神林反唇相讥。

“我哪里开心了？”

“你没有？亏你有脸否认！”

“那是我为了让你开心而故意演戏，这不是明摆着的吗？”

“如果真是你的演戏，你完全可以去拿奥斯卡奖了！要不然，你干脆改行去当女演员吧！”

“那不都是因为我爱你才那么做的吗？你这个大变态！”

“你爱我？这大概也是你的演戏吧？”

“不是！”

听到两人之间的争吵，黛不由得捂住了自己的耳朵。古美门闭目点头，而圭子则面带微笑，一脸笃定。

“这些事都无所谓了，但我不许你小看那些坦克和战斗机！”

“你这人简直就是个变态！那些玩意……”

“请不要说些与本案无关的话题。”

法官在台上高声呵斥了两人。

“……真是个烂泥潭啊。”黛喃喃说道。

几天后，看到新近发售的周刊杂志，古美门和黛两人都无力地瘫倒了。

“哦？‘无底泥潭官司’‘病床上的狗粮’‘神林彬的变态行径’‘在性交过程中逼女方朗读新闻稿’……哈哈哈！”服部端着茶水走来，看到摊开在桌上的周刊杂志，念出了声。

“别念了，服部叔……”抱膝蜷缩在沙发上的黛无力地抬起头来请求道。

“啊，真是抱歉。看样子，目前的战局似乎有些不尽如人意啊？”

“每次都被他的前妻抢先的感觉。”

“我的完美履历难道要被这种大便一样的官司搅糊了吗……这不可能，这不可能，这不可能啊！”一边高声叫嚷着，一边从沙发滑到地上，古美门把下巴搭在了桌沿上。

当晚，下班回家的路上，黛遇到了泽地和圭子。圭子似乎已经微微有些醉意了，她搂住黛的肩头，大声叫嚷了一句："这可是三个女人的酒会啊，你也一起来吧。"

"那个，现在我们两边正在打官司呢，这样恐怕会出问题的吧……"

"哪儿有那种规矩！"

"好了啦，走吧走吧。"

泽地也在一旁说道。圭子和泽地两人把黛夹在了中间。

"我、我可不喝酒啊。"

嘴上这么说，被两人带到酒吧之后没多久，黛也喝得有些醉意了。

"……所谓的婚姻，到底算怎么一回事啊？"黛一边啜饮着鸡尾酒，一边说低声说道。

"一份长期卖身合约。"圭子坐在吧台旁，搭腔道。

"您这话可真够直快的啊……施耐德太太！"

"叫我'圭子'就行了。"

"我就搞不明白了，像圭子姐你这样的人，干吗要嫁给古美门老师那样的人呢？"

黛说出了自己心中的疑问。直到现在她都不敢相信古美门曾经结过婚，而且前妻还是像圭子这样既有才能又漂亮的女子。

"你别看他平时那副样子，实际上，他还是有些让人觉得可爱的地方呢。"圭子的脸上，露出了温柔的笑容。

"说起来，应该是和韩国公司打官司的时候有了苗头吧？"坐在圭子对面的泽地开口说道。

“对！我负责的那起官司，最后以我方大获全胜收官！”

“三木律师当时可开心了，甚至还拿纯金的奖牌来做奖品呢。”

“根本就没必要嘛。不过那倒是跟三木的性格挺相符的呢。”圭子笑道。

“后来，圭子姐把那块奖牌给了古美门律师。”

“他那种人，一看就是喜欢那类玩意的人嘛。”圭子冲黛说道。黛点头表示同意。

“第二天，他就把那奖牌的一半给了我，还说那官司是我和他两人合力打赢的。只剩一半的奖牌，那就更没有任何价值了，所以我立刻把那奖牌变卖了。”

“但没想到的是，之后两个人却结婚了。”泽地插科打诨地笑道。

“只不过，连一年都没维持，我们就离婚了。”

“你们两人离婚的时候，没有发生过什么争执吗？”黛直截了当地问道。

“从一开始，我们就没有积累什么共同财产，就是怕日后离婚时起什么纷争。”

“有一天，古美门律师回家后发现家里的东西少了一半。几天后，圭子姐就收到了一份盖过章的离婚申请书。”泽地对黛解释道。

“……这些男人可真是够傻的，干吗非要搞出轨这种事啊？”黛重重地叹了口气。

“你不也一样傻吗？绿山墙安妮。”

“圭子姐你不是因为古美门律师搞外遇才离开他的吗？”

“那只是他的想法罢了。”

黛越来越搞不懂了。

“我当年也不是省油灯啊。男人和女人的差别就在这里，在这方面，女人可厉害呢。啊，这事你别跟古美门说啊，不然他又要受刺激了。”

“圭子姐，咱们吃点儿什么吧？”泽地说道。

“那不勒斯文字烧。”圭子故意开玩笑地说道。

“黛，你应该也尝过了吧？那家店其实只有那玩意味道还行。其他的原创菜品，几乎全都卖不出去。”

三人分开之后，黛虽然已经喝得醉醺醺的，但不知为何，她的脑海中却清楚地记得圭子刚才的那番话。迈着醉醺醺的脚步，黛的脑海里突然间闪过了一个念头。她在路边蹲下身去，从包里拿出了安奈的那本毕业纪念册，打开贴着写有“羁绊”标签的那一页确认之后，拿出手机来打了电话。

“兰丸？我有件事想拜托你。”

翌日，兰丸和黛一同来到事务所，向古美门报告情况。

“你确定？”古美门的双眼里闪现出光芒。

“对，我们已经找当时写报道披露小松凛和后藤恋情的记者确认过了。”

兰丸把一本杂志放到了古美门的桌上。杂志报道将小松和后藤两人的恋情披露得一清二楚。

“或许这事也没什么重要……”黛说道。

“不，有用。有些东西一眼看来跟废物无异，但如果你改换一下使用的方式，说不定就会成为一必杀技！你这次干得漂亮，值得夸奖！”

“我只是和圭子姐聊了几句，之后我想，会不会有这种可能……”

“……你说什么？”听到黛的这句话，正埋头阅读杂志的古美门立刻抬起了头。

“昨晚我碰巧遇到她。”

看到古美门一脸复杂的表情，黛赶忙解释道：“没事啦。我们没谈什么公事，我也没泄露任何情报给她们。”

“……是吗？”古美门点了点头。

与此同时，圭子来到了三木的事务所。

“似乎还挺顺利？”三木说道。

“托您的福。看样子，下次开庭对证人进行过询问之后，胜利就应该会到手了。”圭子回答道。

“我们也参加吧。”

“那么，我去安排一下日程。”泽地翻开了日程表。

几天后，古美门来到家庭事务法庭的辩论准备室，开始处理开庭的准备手续。

法官向古美门问道：“今天，被告方申请希望后藤顺平、凛夫妻两人作为证人出庭作证，原告方没有异议吧？”

“没有异议。我正好也有些话想问一问后藤夫妻，这样一来，倒也正巧合适。”

古美门还是老样子地把脚搭在桌子上说道。

“那么，今天就到此为止吧。”法官起身准备离开，众人也全都站了起来。就在这时，“……那个……你到底想问他们些什么？”安奈开口说道。

“上了法庭再说吧。”古美门率先迈开脚步，准备离开。

“可、可是，你也不能找我朋友问些失礼的问题吧？”

“我不会问什么失礼的问题。只不过，我有些事，想找后藤顺平先生确认一下。”

听到古美门的话，安奈一脸不安地看了看圭子。

“古美门律师，请你务必严守法庭上的道德准则。”圭子发话牵制古美门。

“我只是希望查明真相罢了。”古美门一脸胜券在握的表情说道。然而，黛却再也忍不住了，她从包里拿出那本杂志，说道：“我干脆就把话给挑明了吧，我们是想找他们夫妻询问一下有关这篇报道的情况。”

“你这白痴！哪儿有你这样给对方看我们手上的底牌的？”古美门立刻着了慌。

“有什么不可以的？这事也未必非要拿到众人环伺的法庭上去说吧？如果能在这里做个了断……”黛根本不理会古美门，顺手翻开了那本杂志。古美门抱住了自己的脑袋。

“这是什么？”法官问道。

“这是证人凛女士和后藤先生结婚前，有关两人之间恋情的一篇报道。我们去找写这篇报道的记者问过了。安奈女士，当时那记者原本是在跟踪您，却拍下了他们两人的特写。所以说，当初这记者其实是想设法报道一下安奈女士您和后藤先生之间的恋情吧？”

“后藤先生的恋爱对象不是安奈女士，而是凛女士哦！这根本只是个误会罢了。”圭子说道。

“不，那记者说过，当时安奈女士和后藤先生之间，绝非单纯的朋友关系。”

“这只是一场误会罢了。”安奈高声嚷道。

“或许，当时后藤先生是脚踏两只船？正因为如此，当时你才会事事针对凛女士。到头来，您放弃了后藤先生，而心地善良的凛女士至今依旧被蒙在鼓里。”

“简直无稽之谈。”安奈语气强硬地说道。之后，她扭头看了看身旁的圭子，就像是在向圭子寻求帮助一样。

“这种花边八卦杂志记者说的话，你们还当真了？”圭子根本不当回事儿，一脸不屑。

“凛女士曾经说过，那不勒斯文字烧是后藤先生发明的，对吧？”古美门插嘴说道。

“后藤先生发明的那些独创菜品，几乎都没有成功，惟有那不勒斯文字烧例外。人们都说，那不勒斯文字烧是后藤先生发明的。”古美门连珠炮般地说了一通之后，从黛的包里拿出了那本毕业纪念册。

“六年级一班，冈崎安奈。将来的梦想：新闻主播。喜欢的男性：运动员。喜欢的食物：妈妈亲手做的那不勒斯文字烧。”

古美门用手指着安奈当年写的那一页，说道：

“安奈女士，这道菜品其实是你教后藤先生做的吧？”

听到古美门的问话，安奈沉默了。

“退一百步来说，即便那菜品真是安奈女士教后藤先生做的，那也是她和神林先生结婚之前的事，这样做根本没有任何问题。”

圭子用和古美门同样的飞快语速说道。

“事情真是你所说的那样吗？结婚后，她同样可以背着神林先生，和后藤先生重叙旧情！”

“你说什么？”

安奈像上次手里握刀时那样，再次逼近古美门的面前。

“你频繁出入于后藤先生的店里，是在两年前，你和神林先生结婚一年后。同时，这也是不知为何你对神林先生的态度开始变得冷淡的时期。”

被古美门这么抢白了一顿之后，安奈骤然失语。

“当时，你再次和你心中最爱的人一同坠入了爱河！正因为如此，所以你才会无法压抑心中对神林先生的不满！”

“一派胡言！”圭子高声嚷道。

“如果真是这样，那么实际上是你先背叛了神林先生！”

“我没有。”安奈摇头道。

“你凭什么这么说？有证据吗？这一切根本只是你的推测而已！”圭子也逼近过来。古美门突然扭头看着圭子。

“正因为如此，我才必须找后藤先生确认。”

“我从来没有出过轨！”安奈的说话声已经带了一丝哭腔。

“你当然会这么说了！但是，身为运动员，后藤先生大概是不会在法庭上撒谎的吧。”

古美门一边用手指着毕业纪念册上“喜欢的类型：运动员”字样，一边说道。

“你们要是这么问他，凛会受伤……”

看到安奈耷拉下了脑袋，古美门继续穷追不舍：

“没办法。既然法庭已经将他列为出庭证人，那么向他询问相关的情况，就是我这个做律师的必须履行的职责。”

“……我取消。我取消追加证人的申请！”安奈高声叫了起来。

“那么，我就作为原告，向法庭提出申请！”古美门一句话就把安奈反驳了回去。

“安奈女士，我并不清楚你在肉体方面是否存在出轨行为。但是，在凛女士和后藤先生结婚之后，你便立刻和神林先生开始了交往，之后又匆匆结婚。在你的内心深处，恐怕一直都有后藤顺平的影子吧？为了填补你心中的这个空洞，你竭尽全力辅助神林先生，把自己的全副身心都投入到如何把神林先生推成一名畅销作家这件事里。但后来，你却发现自己心里的这个洞是根本填补不了的。后藤先生退役后开了一家铁板烧店，在生意场上赢得了成功。据说如今他已经有年收入三亿日元的身家了。你向你丈夫要求赔偿同样的金额，真的只是巧合吗？”

古美门在安奈的耳畔一口气说完以上这些话。看到这副情景，圭子重重地叹了口气，坐到椅子上，抬起头望向了天花板。

赢定了——古美门绷起嘴角，用手指轻轻抚了一下自己三七开的额发。

“律师，谢谢您。”

来到走廊上，神林伸出手，希望能和古美门握个手。紧随其后，圭子和安奈也出来了。两个女子高跟鞋的脚步声，响彻了走廊。安奈耷拉下了脑袋，似乎是在哭泣。黛两眼怔怔地看着昂首挺胸向前迈步的圭子的背影。

回到事务所，圭子向三木报告了情况。

“和解？什么意思？”

“我们答应了对方提议的条件。”

看到圭子回答得如此轻松自如，三木板起脸来问道：“这意思是说，你已经彻底认栽了？能麻烦你说明一下事情的详细经过吗？”

“这是委托人自己做出的决定。”

“这算什么解释？”

“我不是你的手下哦。剩下的休假，我不如去周游全国，泡泡温泉好了。”

圭子挥了挥手，离开三木的办公室。看到三木失神地坐在沙发上，泽地开口安慰道：“没办法了。或许，若三木律师您不亲自出马，也没人能够搞定古美门研介呀。”

站在二楼的窗边，安奈怀里抱着她的吉娃娃，俯瞰着神林在院子里来回搬运行李。今天，神林就要搬离这里了。从今往后，这个家只属于安奈了。安奈回头看了看空空荡荡的客厅，发现窗边还留着一架小小的战斗机模型。

安奈下楼来到院子里，出声叫住了正准备坐到卡车里去的神林。

“别把这东西拉下了。”

“啊……抱歉。”

看神林接过了模型，安奈准备转身进屋。这时候，只听神林在她身后说了一句：“我知道的，你没有出过轨。”安奈吃了一惊，转身看着神林。

“……说不定以后有一天，我会后悔，觉得要是没跟你离婚就好了。”

“……至少，要比将来有一天后悔，觉得当时要是跟我离婚就好了要来得强。”

听到安奈的这句话，神林噗嗤一声笑了出来。

“……你比我更像个作家呢。好了，多保重。”

“你也是。”安奈目送卡车渐渐远去。

“我听说，您全盘答应了神林先生的要求？”

“是的。我没有要一分一文的抚恤金。虽然这其中也有不想再让那官司继续打下去的原因……我决定，要独自一人活下去，一切从头再来。只向前看，再不纠结于过往。”

在电视台的谈话节目里，安奈谈笑风生。最近她换了个发型，露出了额头，笑容也变得爽朗了许多。屏幕的一角打着“面带笑容，再次出发”的字幕。

“听说您现在重新投入到工作了？”

“多亏于此，很多机构都跑来邀请我去演讲，演讲的主题大概就是女性的自立之类的。很多听众都对我的演讲内容感同身受，而这一点，也成了我激励自己的动力。”

黛目不转睛地看着屏幕里那个笑容满面的安奈。就在她犹豫着不知自己是不是该把安奈上电视的消息告诉某人的时候，只听服部说了一声“有客人来了”，之后便见他带着一位客人走了进来。

这位客人，正是圭子。

“我休够了，这假期。我准备回纽约去了，临行前，来跟你们打个招呼。”

圭子穿着一条尽显身体曲线的连衣裙，肩上披着一件羊毛衫。今天的她，依旧是那样地英姿飒爽。

“没必要。败军之将不言勇，赶紧夹起尾巴滚吧。”

古美门一边用餐，一边头也不回地说道。圭子也依旧寸步不让——

“用那种跟骗子无异的手段，你以为你赢了我吗？”

“果不其然，你果然是来给自己的失败找借口开脱的。”

“你这个人，从以前起，那些做法就不入流，完全没有一点男子汉的风范。”

“你从以前起就自以为很高明，完全没有一点女人该有的谨慎小心。”

“和你争论，根本就是在浪费人生。”

圭子叹了口气，为两人之间的斗嘴划上了休止符。

“好了，赶紧滚吧。”

“服部叔，下次来的时候，你可要请我饱餐一顿你亲手做的料理啊！”

“荣幸之至。”服部冲着圭子微微一笑。

“反正她整天吃汉堡和热狗之类的就够了，迟早一天会肥成球的。”

直到最后，古美门的嘴依旧不饶人。

“黛律师，受不了了的话，你干脆辞职吧。别再跟着这人干了。”圭子冲着黛笑了笑，转身离开。

“圭子姐！”黛转身追出去，在玄关口叫住了圭子。

“你是故意输的吧？”

听到黛的问话，圭子沉默了。

“那天晚上，圭子姐你根本就不是碰巧遇到我的。你是在故意不动声色地给我提示……”

“啊？”

“就安奈女士的精神状态来说，要他们夫妻俩重归于好或者握手言和都是不大可能的。所以，你故意输掉了这官司，为的就是将安奈女士引上再次启程的出发点……事实上，这一切也全都成为了现实。如今的安奈女士，比起当时作为名人的妻子更能赢得女性们的共鸣，更加光彩照人。古美门老师他根本就不是自己打赢了官司，而是你让他赢的……”

黛把憋在自己心里的话一股脑儿地全说了出来。

“不愧是绿山墙的安妮，想象力真够丰富。这世上，哪儿会有想输掉官司的律师啊？”

圭子冷冷地回答道。

“我想到圭子姐你身边去多学学！”黛继续对圭子倾诉心声。

“别开玩笑了。”

“胜利并不代表一切。我感觉，我似乎在圭子姐你的身上看到了我理想的律师形象……请让我跟你走吧！”

“那你就自己去找你的绿山墙吧。”圭子的态度依旧冷淡。

“我想变得像圭子姐你那样！迟早有一天，我要把古美门老师彻底打翻在地。”

“你这辈子都休想变成我这样，也没必要变成我这样。”圭子意味深长地笑了笑。

“你就继续跟着古美门摸爬滚打地干下去吧。这样，或许有一天你真的能打倒那家伙。”

“……啊？”

“我是在告诉你，能够打倒他的人，不是我。再见啦。”

说完，圭子再度转过身去，头也不回地走了。

“……这话到底什么意思啊？圭子姐。”

目送圭子飒爽的背影渐行渐远，黛低声喃喃道。

黛回到屋里，刚好撞见古美门正握着手机用虽然流利却总让人感觉有些怪怪的英语讲着电话：

“抱歉啊，艾米丽，咱们一起坐游艇出去夜游吧，船上还能烤烧烤吃呢。还有琳达和金伯利，夏奈特和爱卡特里娜？当然可以啊，不就是五个美女嘛，我应付得过来！”

古美门一边高声欢呼着，一边冲上了楼梯。

黛再次坐回桌旁，继续吃饭。

“明明什么都不知道，还在那里自鸣得意呢。”

“自鸣得意？”服部问了一句。

“知根知底的圭子姐早就看穿了古美门律师的所有手段，一切尽在圭子姐的掌握之中啊。”

“……但话说回来，从知根知底这一点上来说，古美门老师也是一样的啊。”

“这话什么意思？”黛有些搞不懂服部到底想说什么。

“常言道：心有灵犀一点通啊。”

“……也就是说，古美门律师其实早就觉察到了圭子姐的意图，将计就计？”

“此时无声胜有声。或许，这其实就是男女之间的真意吧。”

服部给黛端来一杯咖啡，径自回厨房去了。

坐在出租车上，圭子打开手提包，寻找着她的护照。突然间，她的指尖碰到了那半块奖牌。看着那半块奖牌，圭子温柔地笑了。

当天夜里，坐在晒台的椅子上，借着月光，古美门也怔怔地盯着手里的半块奖牌出了神。

第七章

手足相争！酱油家族中暗藏的秘密与谎言

六十年代的某乡间——年幼的兄弟三人，从田间的田埂道上匆匆跑过。长子十岁，长女八岁，幺子——次子只有五岁。长女和次子一路追着带头飞奔的长子。长子的手里捏着一只橘子，那是不知谁人供到村外小神龛外的橘子。为了独吞那橘子，长子一路飞奔着。但是，或许是因为手里攥着橘子的缘故，跑了一段之后，长子突然摔了一跤。

“是我的！”“是我的！”

为了争抢那只掉落在地上的橘子，兄妹三人相互推搡打闹，全都摔倒在地上。天空，一只乌鸦呱呱叫着飞过。

二〇一二年——“夤夜秉烛，空旷屋中，欲独自窥镜，自需偌大勇气。吾自初次……”

德松嘉平的房间里，黛千春正在朗声诵读着书籍。她手上握着的是一本早已被翻看得破旧不堪的《漱石全集》。紧闭双眼，躺在棉被当中侧耳聆听着千春朗诵的，是老字号酱油酿造会社德松酱油的社长，高寿八十有二。千春只是德松酱油会社的一名普通的事务员，要说年纪，大概只能算得上德松嘉平的曾孙辈。这样朗读，是千春每日的日课。不久，一阵均匀平稳的鼾声响起。千春把书放回书架，熄灯离开了房间。

翌日清晨，千春端着早膳，来到了嘉平的房里。

“老爷，用早饭了。老爷？”

千春把早膳端到嘉平的枕边，再次叫了一声，嘉平依旧没有反应。用手一摸，嘉平的面颊早已变得冰凉。

“少爷！”

千春一路飞奔，向正在作坊里忙活的嘉平次子纪介冲去。

纪介呆呆地望着脸上盖着白布的嘉平。所有员工都聚集一堂，其中有一些人忍不住哭了出来。这时候，拉门被人轻轻拉开，纪介的哥哥泰平和姐姐清江进屋来了。

“爸……”刚一揭开白布，看到嘉平的脸，清江便立刻大哭起来。

“爸睡着了，你们小声点……”

听纪介说明过整件事的前后经过之后，“嗯，倒也走得幸福了。”长着狸猫身材老虎脸的泰平说道。

“是啊，我也觉得爸他挺幸福的。”清江拿出手帕，擦着眼泪说道，一脸浓妆的狐狸脸已经被眼泪弄花了。

“说实话，爸生前曾经把这东西交给了我，说是让我等三兄妹都到齐了再开封。不管里边写的是什么内容，我都会遵从爸的遗愿。大哥和二姐，你们应该也不会有什么意见吧？”

“那当然。不过呢，纪介，我手上也有一份爸生前亲手交给我的遗嘱啊。”

“哎呀，我手上也有一份呢。”

泰平和清江也各自拿出了一份遗嘱来。三份遗嘱并排放在榻榻米上。梳着个大背头一脸志在必得的泰平，表情狡黠的清江，还有一看就是个木鱼脑袋的纪介，三人的目光撞到了一起。

工作来了。黛把一堆封面上写着“现代继承法”之类字样的书塞进包里，动手收拾起行李。

“你刚说的那地方叫啥名字来着？”古美门开口问道。

“蟹头郡蟹头村。我爸的老家，以前我经常去玩。那地方很不错的。”

“鬼才愿意到那种穷乡僻壤去呢。”

“我倒也不强求你跟我一起去，只不过我这次是去打一场遗产继承的官司，估计报酬应该会很丰厚。不管怎么说，这官司可是德松酱油会社社长家的官司啊。”黛一边说，一边继续收拾行李。

“听都没听过。”

“又开始胡说八道了。‘爷爷，今儿的饭菜，味道可真不错呀！’‘那当然，今儿爷爷可是放了德松酱油啊。’‘酱油就选德松呀。德——松——酱——油——’就是那家德松酱油！”

黛罕见地一展歌喉，再现了电视广告中的场景。听完之后，古美门只是冷冷地说了一句：“没听过。”

“说起来，到东京之后，我还真没看到过这则广告呢……总而言之，我堂妹现在就在德松酱油上班，这次是她央求我去的。不管老师你去不去，我反正是要去的。”

“你干脆永远别回来了。服部叔，我想吃华夫饼。”

古美门不再理会黛，扭头冲正忙着叠放洗好晾干的衣物的服部撒娇道。

“黛律师，要是不嫌老朽拖累，可否让我和您一同前往？”

服部的话让人颇感意外。

“老朽此生，一直都是在不断的远行中度过的。自打到这里叨扰算起，我还从来没有休过假呢。时至今日，我依旧对远方心存记挂……古美门律师，老朽能否跟您请个假，去放松几天吗？”

“当然可以。依据劳动基准法的规定，服部叔你的请求合情合理。”黛笑着点了点头。

“……你请假的这段期间里，我怎么吃饭？清扫和换洗的工作又怎么办？”

到头来，独自一人什么也做不了的古美门只好跟着黛一起前往蟹头村。

在长途车上颠簸了许久，之后又在一处无人车站下车，然后换乘巴士……好不容易，一行人终于来到了蟹头村车站。黛的堂妹千春早已在车站等候着。千春和黛彼此握着对方的手，互相叙着别离之情，而古美门则已晕车晕得七荤八素。他两腿瘫软，脚步踉跄地下了车。

“这位是古美门律师。”

黛正准备向千春介绍，古美门却在草丛边蹲下身，哇地一声吐了起来。

“听人说，您可是东京那边大名鼎鼎的律师呢。到咱这种乡下地方来，可真是难为您了……”千春的话刚说到一半，

“……简直就是糟糕透顶。看样子，似乎还要下雨啊……哇，衣服都弄脏了。服部叔，把我的换洗衣服拿来……我的行李呢？”

只见古美门从草丛边站起身来，开口说道。

“没带。眼下老朽正在休假当中，还请见谅。”服部轻描淡写地说道。

“什么？你什么都没带？连泰普尔抱枕也没带？”

“出门旅行的时候，我只会带上这个：一支牙刷。”

说完，服部把他那只小小的旅行袋搭到肩上，说了句“好了，出发吧”，之后便跟在千春身后，迈开了脚步。

“……这是准备把我带到犬神家去？”

古美门跟在众人身后，嘟嘟哝哝地说道。没错，这场发生在穷乡僻壤中的遗产纠纷，感觉就和《犬神家一族》[①]中所描述的一样……

来到德松酱油，众人早已做好丰盛的饭菜迎接三人。刚在空空荡荡的大屋里坐下，德松酱油的员工们就立刻围了上来，为三人揉肩捶背，端来了饭菜。其后，纪介来到三人面前，和三人打招呼。

“欢迎光临。我是德松酱油董事长德松纪介。三位大概还没吃午饭吧？这是我们蟹头村的家常菜，请三位尝尝吧。”

“幸好你没戴白面罩出来，这样我就放心了。”

听到古美门又说起了废话，黛连忙用手肘捅了捅他。

“这是我们蟹头村的特产，蕨菜佃煮。这是蟹头蕨菜刺身，这是蟹头蕨菜牛排，这是蟹头蕨菜……”千春开始向众人介绍各种用蕨菜做的饭菜。

“怎么全都是蕨菜啊！”古美门扔开了手里的筷子。

“这些菜的味道很好哦。哇，这味道，好怀念啊！”

“确实别有风味啊。”

服部和黛一边品尝着面前的各种蕨菜料理，一边相互点了

---

① 日本人气推理小说，围绕信州财阀犬神佐兵卫老人遗嘱发生的各种刑事案件。

点头。

“在各位用餐时前来打搅，实在失礼。我是已过世的先代德松社长的顾问律师，名叫田之下久作。”

这时候，一名身材矮小、一身西服的老者来到了三人的面前。或许是因为脖子上系着蝴蝶结的缘故，老者给人一种相声演员的印象。

“我叫黛，从东京过来。这位是我的上司古美门。”

等黛介绍完自己，古美门立刻冲田之下点了点头，示意对方尽快说明情况。

“凭借着先代社长德松嘉平稀世罕有的商业才能，德松酱油呈现出前所未有过的兴盛。同时，他也成为了蟹头村的名誉村民。”

“眼下，这位德松老爷已经撒手人寰了，是吧？”黛一边向对方确认，一边做着笔记。

“是的，嘉平膝下有三名子女，分别是长子泰平少爷、长女清江小姐，还有这位次子纪介少爷。”

“先前，大哥泰平尝试开展了多元化的经营，却导致整个经营陷入了困难，最后被家父亲赶了出去。而大姐清江小姐则从不过问与德松酱油的经营相关的任何事，生活放荡不羁。而让经营状况重新走上正轨，让德松酱油坚持到今天的，实际上是我。所以说，家父把它留给我，是合情合理的。”纪介手里攥着遗书，说道。

黛从纪介手里接过遗书：“……我决定，指定次子纪介为株式会社德松酱油的第四代继承人，并继承我所留下的所有遗产……”

“简而言之，这意思就是说，打算让纪介先生一个人继承所有资产，是吧？”黛确认了一下遗书的内容。

“如此说来，这事不是已经圆满解决了吗？”古美门凑到黛的身旁，探头看了看遗书，补充道。

“但现在的问题在于，老爷也给泰平大少爷和清江大小姐留下了内容大致相同的遗书。”田之下说道。

“他们手上的遗书肯定是伪造的。他们不想让我这个幺子独占所有的财产，就捏造了家父的遗书。”纪介义愤填膺地说道。

“所以纪介少爷就对泰平大少爷和清江大小姐提起了诉讼，要求确认遗嘱有效与否。”

“原本，我们以为这事很快就能得出结论……”田之下刚解释到这里，纪介就在一旁插嘴说了一句——

“但事情的进展却并不像我们想象的那么顺利。”

纪介一脸懊丧地瞥了田之下一眼。

“你觉得这事该赖谁啊，田之下先生？我真是做梦都没想到，你居然会背叛我。”

“怎么个意思？”黛赶忙问道。

“我已经改做了清江大小姐的代理人。泰平大少爷也请了律师。”

“一场三方角逐的生死之战啊！”服部一边品尝着蕨菜料理，一边说道。

“下次开庭是四天之后。”田之下补充道。

“今晚我会找大哥和大姐谈谈。大哥他似乎雇佣了一名颇具才干的律师。古美门律师、黛律师，这次真的要拜托你们二位了！千春，等三位用过膳之后，你就带他们三位到客房去歇息一下吧。”纪介说道。

“古美门律师的房间在这里。”

千春把古美门带到一间门外挂着“贵宾室”牌子的房间。这是由老式的日式房间改装的，兼具日式和西式风格。房间的一角供着佛像，地上铺着虎皮。古美门皱起眉头，目光在这间风格让人无所适从的房间里来回巡视了一番。

“真知子你能来帮忙，真是太好了。”千春给几人端来了冲好的茶。

“你开了口，我当然得来啊，谁叫咱们情同姐妹。”

“自打小时候起，我就一直在给真知子你添麻烦呢。记得以前你还经常教我做功课。还记得那次读后感征文大赛不？当时也是真知子你教我怎么写，我才在比赛里拿到金奖呢。那可是我这辈子惟一值得自豪的事呢！”

“没有啦，那是千春你自己努力的结果啦。”看到两人兴致勃勃地聊起了当年——

“……我可以插嘴问一句吗？这幅画是怎么回事？”古美门打断了两人间的谈话，开口问道。

房间的墙上挂着一幅老者的肖像画。老者额头秀美……但两眼却深深地陷在眼窝当中。总而言之，画中的老者总会给人一种魄力非凡、不怒自威的印象。

“这位是德松酱油的创始人德松仁左卫门老爷。这幅画是少爷为了向初代老爷表示敬意，特地找人画的。”

“那这怪物呢？”

古美门用手指着一只浑身绿皮、面部像恶鬼一般长着獠牙、头上还装点着无数骷髅般小饰物的装饰品说道。

“据说这是不丹的守护神。大少爷泰平似乎正在收集全世界的各种装饰。”

哈啊……古美门倦乏无力地坐到了置于榻榻米上的椅子上……没想到，这一坐却险些让他摔了个大马趴。

“这椅子的平衡性怎么会这么差！”

低头一看，古美门才发现自己坐的椅子只有三条腿。

“这里的装饰和用品全都是现代派的艺术品。这是清江大小姐的兴趣。”

除此之外，屋里还放着些人形银制椅子之类的古怪玩意儿，整间屋子充满着诡异的气氛。看到眼前这般古怪情状，古美门心里不由得涌上一种欲哭无泪的感觉。

戴上房间里的帽子，拉下帽檐尽量遮住眼睛，再披上披风，古美门偷偷绕到后院，打开了后院的木门。

“你要上哪儿去?”刚打开门，就见黛已叉腰站在门外守着。

“服部叔提醒我，说古美门律师你说不定会从后门溜走。”

“完蛋——”古美门摘下帽子，挠着乱蓬蓬的头发。

“别想中途开溜。”

“话说回来，我记得我没说过我要接手这官司吧?你堂妹找的是你，而你也答应了她会接手这官司。这是你的官司，打赢打输，都与我无关。”

“对了，要不，咱们一起去泡温泉吧?”为了让古美门回心转意，黛突然开口建议道。

几分钟后，古美门和黛踏上了前往温泉的路。这是一条连半个人影都看不到的小路。

“这条路的尽头，有一处鲜为人知的温泉。说不定还有美女在那里泡温泉呢，而且那地方还是男女混浴哦。”

“泡在温泉里的要是山猴子，我就立刻调头回东京。”

走了一段之后，两人看到路边果然挂着一块牌子，牌子上写着：不动之汤。

“哇啊——”

佐清？古美门高声怪叫道。的确，温泉里泡着个戴白色面罩、就像《犬神家一族》里描绘的佐清一样的人。而那人前方，还竖起两只让人感觉无比诡异的人脚……仔细一看，两人这才发现那是正在做面膜的泽地和在水里玩倒立的井手。三木也在，正在这露天浴场里优雅地品着日本酒。

“温泉里泡的这些玩意简直比山猴子还糟糕。”古美门一脸不快地啐道。

“真够巧啊？”泽地摘下面膜说道。

“你们是来给长子泰平做代理人吧？话说回来，估计你们听说我要来给纪介撑腰才故意来找茬儿吧？真是一群闲极无聊的家伙。”古美门皱起眉头，转身准备走开。

“古美门律师，你不必客气。这温泉的水真的挺不错！”泽地冲着古美门叫了一声。

“你们要是想跟我过不去，那么这次算是打错算盘了。负责这官司的人是黛，我只是跟来看个热闹罢了。”古美门故意说道。

“我也是来看热闹的。这官司的负责人是井手。”三木也回敬了一句。

“请多指教。”井手从水里伸出手去，示意想要握个手，但古美门却无视他，转身走开了。

“喂喂，你真别客气啊！最好也来泡一下吧。据说这温泉还有治疗嘴痒的功效呢！”三木开口叫住了古美门。

“是不是还有治疗纠缠不休的功效啊？”

“我记得好像还对性格贪婪、恬不知耻有一定疗效哦。”

“要是还能促进爬虫类的进化、让它们更接近哺乳类的话就更好了！”

眼见两人又开始针尖对麦芒地打起嘴仗，黛赶忙拽住古美门，拖着他回到了先前的那条山野小路上。

“这官司你必须给我打赢，必须赢必须赢！如果你打输了，那我就把你倒吊起来，浸到酱油缸里去！”

“你不要用手指着我！”黛伸手掸开了古美门的手。

是夜，兄弟三人各自带着自己的人，齐聚到了大厅当中。纪介这边以纪介、古美门和黛为首，三人身后整齐端坐着千春等二十多名员工。泰平一方是泰平、泰平之妻和三木等人，清江一方则是清江、田之下，还有……另一人据说是清江的丈夫，但不管怎么看，那男的都至少要比清江小二十岁，还留着一头长发，行状可疑。大厅的正中央放着三只涂着黑漆的木质餐盘，餐盘上各放着一封遗书。

“我看了那封留给纪介先生的遗书，上边盖着印章。所以我觉得，留给纪介先生的那封遗书才是有效的。”黛开了头炮。

“盖有印章就会更加有效？好像没有这样的规矩吧？”井手

立刻展开了反击。

“最为有效的遗书，应该是留给泰平先生的这封吧？措辞和格式都相对正确一些。”三木补充道。

“也正是因为如此，那封遗书让人感觉真伪难辨。”古美门插嘴说道。

“真伪难辨？你有证据说明泰平先生手上的遗书是伪造的吗？”三木就地反击。

“我只是说有这种可能罢了。”

“关键还在于日期。留给泰平少爷的那封遗书是三年前的日期，也是三封遗书中最早的一封，其次则是去年留给纪介少爷的那封。而留给清江小姐的这封则是今年的日期，也是三封遗书中最新的一封。也就是说，有关这件事，老爷曾经多次改主意，最后选择了清江小姐。”田之下慢条斯理地开了口。

“说起来，留给清江女士的那封遗书感觉最像是伪造的呢。在那封遗书里，有好几处地方的假名和汉字，明显和另外的两封不同。另外两封遗书里，假名和汉字大多使用旧字体，而在清江女士的那封遗书里，很多地方都用了新字体。”古美门一边看着清江的那封遗书，一边反驳道。

“这叫什么话？老爷生前是能够熟练使用新旧两种字体的。”田之下回敬道。

“说到汉字，我倒是在留给纪介先生的那封遗书里看到了好几个错别字呢。”泽地说道。

“人上了年纪，自然会老眼昏花。有几个错字，也是理所当然的。”

“有关这一点，法庭自会有裁断哦。”

听到三木的这句话之后，古美门只得作罢不提了。

“……清江、纪介，我想，现在似乎没必要再继续纠结到底哪封遗书有效了。所谓的一家之主，不都是应该由长子来担任吗？”大咧咧地盘腿坐着的泰平开口说道。

“亏你说得出口！先前大哥你经营的时候，这里险些被你搞垮了呢！”纪介抱起双臂，推翻了泰平的论调。

“当时我的改革才实施到一半，不然的话，这里早就壮大起来了。这也是爸他生前的夙愿！”

“你最后是被爸撵出家门去的！”

“我和爸早就和解了。话说回来，你有资格这么说话？你接手这里后的所作所为又如何？不就是裁员、缩小经营吗？”说罢，泰平站起了身，泰平的妻子也跟着站了起来。

“就是靠了我采取的这些经营手段，这里才能支撑延续到今天！”纪介两眼瞪着对方，挑衅道。

“你的做法，根本有违爸的意愿！”泰平也不甘示弱。

“就因为你俩总是这样争闹不休，爸他才会想要让我来继承家业。”清江牵着她的小白脸的手，也加入了战局。

“姐你才是整天只顾着自己玩乐享受！”

“我是最尽心尽力地服侍爸的人。只要一有空，我就会跑来看他老人家……”

“你好意思说！你来看爸？你恐怕是来找他要零花钱的吧！也不看看自己多大年纪了，还干这种事。”泰平一脸早已洞悉一切的表情，开口说道。

“我都是为了爸！常言道，不管多大年纪，爹妈都会希望儿女把自己当支柱依靠。我也是为了爸能早点好起来，才回来投靠他的！”清江故意摆出一脸吃惊的表情。

“亏你有脸说。”

“哥你才是，不管做什么你都做不好，心里边大概早就想回家里来了吧！”清江也是不饶人。

“当时要是让哥你继续胡来把这个家搞垮了的话，那就彻底完蛋了。”纪介也开始炮轰泰平。

“你好意思说我？要是你被赶出家门，说不定连孩子都养不起呢。”泰平一脸嘲讽地说道。

“这事恐怕跟你没关系吧？”

眼见几人争吵不休，“大、大家都冷静一下！要不，咱们就按照法律规定，把遗产平均分成三份……”黛希望自己能够插上句嘴。

“这不可能！”清江立刻高声叫嚷了起来。

“一家之主的位置，怎么可能平分得了！”泰平也大喝了一句。

“但是，从实际情况出发，泰平先生和清江女士都很难统领德松酱油的员工把事业继续做下去，难道不是吗？你们，员工们不是全都跟从在纪介先生这边吗？”

一直在一旁冷眼看着兄妹三人争执不休的古美门突然开口说道。听到古美门这句话之后，一些员工倒也重重地点了点头，但其中的几人却默默地站了起来，各自坐到了泰平和清江的身后。

“真没想到，纪介他竟然如此没有人望！”

回到贵宾室里，古美门一屁股坐到沙发上，粗暴地摊开了双脚。

“少爷他虽然做事认真诚信，但是也有严酷冷峻的一面。和少奶奶离婚之后，他这性格就更加明显了……”

千春一边给几人冲茶，一边说道。

“但不管怎么说，千春，你希望纪介先生能打赢这场官司吧？”黛问道。

“少爷他待人严苛，也是为了德松酱油着想。还有，要是德松酱油落到了泰平少爷或清江小姐手上，那可真不知今后会变得怎样了呢……德松酱油已经走过了这么多年头，我希望能够继续守护着它走下去。”

“你心里也很喜欢德松酱油，是吧？”

“自打我出生起，我就一直吃德松酱油长大。我的身体里，也流着德松酱油的血呢。”

“我也一样呢。”黛牵起千春的手，两人相对点了点头。

“简直莫名其妙。”看到堂姐妹两人执手相看泪眼，古美门哑然无语。

三木等人正在前往泰平家的途中。泽地坐在副驾驶座上，车后座上是泰平夫妇，三木则被夹在了夫妻两人中间。

“咱们这官司能打赢吧？咱家不光贷款没还清，刚志明年还要应考，而先前开面条店的时候也欠下了不少债……”泰平的妻子探出身去，越过三木，伸手摇了摇泰平。

“我知道我知道。律师，一切就全都拜托您了啊！”泰平任由着妻子摇动自己，两眼盯着三木说道。

“……包在我身上。”三木夹在两人中间已被折腾得受不了。

清江和她的小白脸贵昭，还有田之下，三个人也坐着出租车，踏上了回家的路。

“贵昭，等我把遗产弄到手，我就让你独立门户，开一家属于你自己的店。”清江握住了坐在她身旁的贵昭的手。

“谢谢。等这一切都实现了，我们就结婚吧。”贵昭两眼盯着前方，开口说道。

“没事，你不必勉强自己。”清江一脸陶醉的表情，把头靠到了贵昭的肩上。

而此时，纪介跑到了德松酱油的屋子外，给已经离异的妻子打着电话。

“你就别瞎担心了，抚养费我会一分不少地支付的！”纪介的声音中，隐隐带着一丝焦躁。

就连早饭也全都是蕨菜。

“每天都是这玩意啊……服部叔，你稍微动下手，给我弄两个菜……”古美门的话还没说完，

“抱歉，老朽眼下正在休假。”服部冷冰冰地回了一句。

“抱歉啊，律师，只能找到这些个衣物……”

就在这时，千春手里抱着换洗的衣服走了进来，可她手上全都是些老人的内衣和和服。古美门重重地叹了口气。

“黛律师，开庭的日子马上就要到了，您有胜算吗?”服部对黛问道。

“这个嘛……”

“在我看来，三封遗书全都有效。如此一来，田之下律师先

前说的那番话才是对的。”古美门语速飞快地说道。

“最后立下的那封留给清江女士的遗书，会被法庭采用……”黛停下手里的筷子，一脸不安地说道。

“这事只能庭外和解。”

“……纪介先生会答应吗？”

“你去设法说服他！”古美门焦躁不已地说道。

吃过早饭，古美门和黛把纪介叫到了贵宾室里，两人一同设法说服纪介。

“叫我和清江姐和解？开什么鬼玩笑！”

“要是再这样闹下去，那么法庭最后所采用的，很可能就是清江女士手上的那封遗书的内容。”

“我请你们来的目的，不就是尽力避免这种情况发生嘛！”纪介爆发了，一拳砸到了柱子上。之后，等发现黛正紧张不已地盯着自己，纪介又赶忙改口问道：“……抱歉。如果这官司打输了，那我就一分钱的遗产都分不到了吗？”

“如果提出遗产分减抵充申请的话，那么倒也能确保能够得到一定金额的遗产……”

“那也少得可怜啊……”

“眼下，你该做的就是与清江女士联手，先把泰平先生排挤出去。只要你能把泰平先生排挤掉，那么清江女士在经营公司方面完全就是个外行。如此一来，德松酱油的实权，也就自然会落到你的手里了。”

不知为何，一身和服的古美门突然伸手抓起屋里的一顶毡帽，戴在了自己的头上。他的模样就跟《犬神家一族》里的名侦探——金田一耕助一样。

“虽然说来让人有些难以接受，但站在实际的立场上出发，这应该可以算是最好的办法了。”黛冷静地说道。

“你要是再磨磨蹭蹭，说不定泰平先生和他的律师就要来搅事了哦。”古美门也开口劝说了一句。

纪介立刻叫来清江和田之下，把写好的和解书递给了两人。

“小时候，每次我和大哥起争执，居中调停的都是姐姐你。今后，咱就一起来经营吧，姐姐你就来做我们德松酱油的门面，而我则在幕后支持你。这样一来，爸他如果泉下有知，大概也会感到欣慰吧。”

“你觉得怎么样啊，田之下？”

“……问题的关键，还在于股份的分配比例啊。”

“这样的分配比例，应该是对清江女士很有利的。”古美门说道。

“嗯，的确。一眼看来，似乎确实就像你们说的一样。”田之下架起眼镜，隔着镜片看了看古美门。

“照这种分配比例，今后纪介先生只需要把那些德松酱油之外、更亲近纪介先生的股东手上持有的股份合在一起，那么就能轻而易举地把清江大小姐从德松酱油排挤出去了。也就是说，你这根本就是一种欺诈行为。”

啊呀！眼见自己的盘算就这样被对方轻而易举地看穿了，古美门和黛都不由得皱起了眉头。

“正如三木律师先前所说的一样啊。”清江的话音刚落，就见三木等人走进了屋里。

“怎么样啊，清江女士？”

“正如律师您先前提出的建议一样。”

“那当然了。咱们面前的这位古美门律师，可是以坑蒙拐骗闻名于世的。”

“相较之下，还是我们提出的共同经营的议案更讲良心一些吧？”听到泽地的问话，清江点头“嗯”了一声。

“就是这么回事啦，纪介。”泰平也露脸说道。

“好了，咱们法庭见吧。”

田之下的话音一落，众人便各自转身离开了。偌大的一间大屋里，就只剩下正襟危坐的三个人。

“……自打以前起，他们就一直这样。姐她虽然整天摆出一副中立的模样，但实际上背地里她早已和大哥勾结好了！他们总是不断地想办法排挤我……而他们这么做的原因，就因为我是情妇生的孩子！”

纪介两手拄在榻榻米上，全身颤抖不止。

“其实，我是爸和艺妓生的孩子。所以他们不想让我来继承家业！就因为我是艺妓的孩子……因为我是艺妓的孩子！”纪介号泣不止，一路飞奔出了大厅。

“……现在已经是平成年代了吧？上一个年代残留下来的这些恩恩怨怨实在让人恶心不已啊！”

看样子，古美门似乎确实和这地方有些八字不合……

古美门、黛和服部一同出门散步。

“所谓的兄弟姐妹，还真不可思议呢……年幼的时候，想必他们三人还曾经一起在这田埂路上玩耍过呢。”

和另外两人并肩走在田埂路上，黛低声嘟哝道。

“不管彼此间是什么关系，但凡是人，总会相互倾轧、相互怨恨。你自己不也一样吗？”

“我怎么了？”黛愣了一愣。

“你和你堂妹千春。你说你和她情同亲姐妹，但我感觉你们两人似乎不是很合得来啊？”

“啊？”

“比方说，当年你刻苦学习，最后好不容易才做了个小律师，而先前念书一点儿都不努力的她，却也能在这乡下地方的酱油厂里找到工作。实际上，你打心底里看不起她。我没说错吧？”

“你怎么总是爱把人往坏处想？我和千春的关系可好了。”

“你自己没觉察罢了。”

“但是……话说回来，嘉平老先生为什么会给他的子女留下三封内容各不相同的遗书？”

服部拿路边捡来的树枝当拐杖拄着，边走边说。

“就是啊……难道还真像田之下说的那样，嘉平是个拿不定主意的人？”

“老朽觉得，嘉平老先生此举似乎另有深意。就像古时候三支箭的轶闻一样。”

“三支箭的轶闻？你在说什么，服部叔？”黛开口向服部问道。

“你居然连这么有名的轶闻都不知道？也难怪，你这人就是个书呆子，除了教科书上的东西，其他什么都不知道。你把它折断了。”

古美门弯下腰，随手从路边捡起一根树枝，递给了黛。黛轻轻一下就折断了那根树枝。

“你能折断一根，那么三根一起呢……”

古美门一脸自信地把三根树枝凑成一捆，递给了黛。黛还是轻轻一下就折断了那捆树枝。

“啊……”服部不由得抱住了头。

这次，古美门干脆捡了十多根树枝，全部捋成一捆，递给了黛。服部把先前拿在手里当拐杖的那枝粗树枝加了进去。黛双手攥住那捆树枝，用膝盖一顶，又把一整捆的树枝给折断了。

“了不起，女汉子！”古美门一脸无奈的笑容，竖起了大拇指。

夜里，古美门等人把千春叫到院子里，向她细细询问嘉平的情况。

“我们一直在想，或许嘉平老先生是出于某种原因，才故意留下了三封遗书。对于这一点，你是否知道些什么？”黛问道。

“大概是因为他太寂寞的缘故吧。人一上了年纪，就经常觉得寂寞，总希望能有人陪在自己身边。我每天晚上都给老爷念书，他听到一些作品里描写的场面，经常会哭起来……还会自言自语地喃喃说些‘死的时候每个人都是孤独的’之类的话……我觉得，大概每次遇到自己的孩子对自己好的时候，他就会动心，就打算把自己的全部财产都留给那孩子吧……”

听完千春的讲述，古美门一脸兴奋地用双手挠起了自己的头发。

“我有主意了！如果死者写下遗书时处在无法自主表达自己真实意愿的状态，法庭是可以彻底废除掉那份遗书的！也就是说，嘉平患有老年痴呆症！泰平和清江都知道这一点，所以就乘虚而入，花言巧语骗得嘉平写下了另外两封声称把财产留给他们的遗书！”

听到古美门这番突如其来的发言，“老爷他没有老年痴呆症啊……”千春一脸困惑地说道。

“你能一口咬定他一定没有？你又不是医生。嘉平是从什么时候起变成那样子的？”

“我也说不清……”千春偏着头说道。

“假设是从去年开始的吧！这样一来，三封遗书中，就只有三年前写下的那封留给纪介的是有效的！开庭之后，你就这样作证吧！”

“您的意思是，是要我上法庭作证说老爷他患有老年痴呆？”

“你一直陪伴在嘉平身边，负责照料他的起居，所以你的证词将会很有力度。”

“千春，要是你觉得嘉平老先生并没有患老年痴呆，那么你就不能在法庭上这样作证。”黛果断地说道。

“你的那套天真的晨间剧游戏适可而止吧！去给我收集些能证明当时嘉平已经老糊涂的事例佐证来！”

“我做不到！你简直就是在鞭尸。你这样贬低嘉平老先生，就算最后官司打赢了，也没什么意义。”

“我就是为了打赢官司！我说嘉平有老年痴呆怎么就贬低他了？你这种观点才是一种偏见！”

见两人争执不休，“我会出庭作证的。”千春一脸为难地说道，“这是为了守护德松酱油啊。”

“听听人家是怎么说的？你必须竭尽全力去保护委托人的利益！上法庭之后，我们要改变先前的作战重点。”

说完，古美门脚步匆匆地转身向屋里走去，而他脚下的木屐也随着他的脚步咚咚作响。

回到贵宾室，黛正忙着寻找能够出庭作证的医生，千春带着客人兰丸来了。

“哇，这地方可真够那什么的啊。来这里的路上，我都看到猴子了呢。”

兰丸吵吵嚷嚷地走进了屋子。

“没时间跟你废话了，这是一份与德松嘉平生前关系较为亲近的人员名单。”说着，古美门把名单递给了兰丸。

“你是想让兰丸去侦查打听，多找些能证明嘉平生前患有老年痴呆的证人来吗？”

“没错，抓紧时间吧。”古美门催促了兰丸一句，但兰丸却依旧自顾自地打量着房间。

“怎么？”

“我还想像先前那样，让服部叔给我做点好吃的呢……”

“他正忙着学习酿酱油呢。”一听兰丸提起这事，古美门带着哭腔可怜巴巴地说道。

“律师，来点消夜如何？”就在这时，纪介来了。

“啊，帅呆了！”一听这话，兰丸立刻高兴得跳了起来。

“如果还是蕨菜的话，那就免了。”古美门一副坚辞不受的态度。

“要是我这次请您品尝德松家秘传的最高级料理呢？”纪介说。

“最高级？那倒一定要尝尝才行啊！”一听这话，古美门一下子两眼放光，站起了身。

立刻，有人就把饭碗和菜肴端进了屋里。

“这是刚刚煮好的白米饭，然后在饭上浇上一勺德松酱油……特制德松酱油拌饭。这世间恐怕再也没有什么美味能和它相比了。好了，请尝一尝吧。这味道，和其他家的酱油的风味完全不同吧？”

“那我就开动了！好味道啊！”刚吃了一口，兰丸便叫起来。

“味道真不错。”黛也同样一脸满足的模样。

看到两人美滋滋地吃着碗里的酱油拌饭，一旁的古美门撇着嘴，被虐般地傻笑着。

服部穿上了印有德松酱油字样的和服，去找德松酱油的资深员工学习酱油的酿造方法。

“我倒是希望纪介少爷能够继承家业。纪介少爷和咱们一起辛苦了很多年，又和他媳妇离了婚。”

老员工一边过滤着酱油，一边说道。

“他为什么离婚？”

“因为他媳妇是在城市里长大的。刚开始的时候，她倒也挺享受咱这里的乡下生活……嗯，反正他们之间发生了许多事。我说，你还挺有天赋的！”

“雕虫小技，不值一提。”服部哈哈笑道。

古美门噩梦不止。这间屋子让人无法安然入睡。

“老师！你还要睡到什么时候啊？今天要开庭审理啊？”黛冲进屋里，一把掀开古美门身上的被子。

“……才六点钟呀？”

“从这里到地方法院要花费三个半小时!”

“……我受够这乡下地方了!”

坐着德松酱油的厂车在路上颠簸了许久，古美门终于来到地方法院。黛坐在古美门的身旁，一直在摩擦自己的耳垂。

“你怎么会怕成这样?”

“……对方可是三木律师。你叫我别紧张，怎么可能嘛!”

“看样子你还是一点儿都不明白。眼下，最难缠的敌人根本不是什么三木，而是那些主场作战的人。”

“此话怎讲?”

就在这时，法官走进了法庭。

“您的腰怎么样了?”田之下立刻迎了上去。

“嗯，久作你给我推荐的那位针灸医生，确实有两手啊。”

“我没说错吧? 那医生虽然不大爱理人，但确实有些本事。”

“好了，那么我们就开庭吧。”法官冲着田之下微微一笑。田之下和法官那副热络的模样，实在让人不安……

“……就是这样。”古美门对黛说道。

黛开始询问。纪介站到了证人席。

“从两年前起，家父的健忘症就变得严重了，有时候，他甚至连我和我哥都分不清……情绪也极不安定。”

“也就是说，你认为嘉平先生生前患有老年痴呆症?”

“没错。家父身边的人全都有这样的感觉。只不过，他们都不想承认。”

“为什么?”

“因为家父不光是德松酱油的象征，也是整个蟹头村的荣耀。

不管是谁，都不愿说出家父患有老年痴呆症这个事实……”

接着，清江站上了证人席。田之下开始了询问。

“家父确实患有健忘症，但我个人觉得，和他的年纪相符。直到去世时，家父的意识都非常清醒。”

“你的意思是说，嘉平先生并没有患老年痴呆症？”

“我很清楚家父当时的状况。因为当时我一直都在无微不至地照料家父。”

“听到这样的话，我真想让我的女儿也来听一听这证词呢。我的话问完了。”

听到田之下这番不紧不慢的夸赞，法官微微笑了笑。古美门立刻高高地举起了手。

“清江女士，你大概多久回家探视一次嘉平先生呢？每天？”

听到古美门语带威压的问话，清江紧张地看了看周围。

“……倒也不是每天。”清江咕咕哝哝地说道。

“每周一次？”

“……每个月一两次吧……”

“每个月一次？这种程度也适用‘无微不至’这种言辞吗？我知道了。我的话问完了。”

之后出现在证人席上的是主治医师。

“当然了，因为嘉平老先生年事已高，所以经常会有健忘的表现。但我觉得，他的症状还算不上老年痴呆症。”

“这是你作为常年为嘉平先生诊视的主治医师的意见，是吧？”田之下询问道。

“是的。”医师斩钉截铁地说道。

其后，一名老年痴呆症的专业医师踏上了证人席。这是兰丸找来的专家。黛起身询问。

“老年痴呆症这种病，是很难一眼就分辨出来的，尤其是高龄患者。患者年纪越大，周围的人就会觉得患者的一切行动都是理所当然的。”

“也就是说，即便是主治医师，如果没有较为专业的相关知识，也很难做出准确的判断，是吧？”

“是的。”

“那么，大夫您既然是这方面的专家，我们希望能听一听您专业的看法。”

“因为我并没有实际接触过这位患者，所以我无法准确地做出判定。但从该患者的病历来看，我觉得这位患者大致是可以断定患有老年痴呆症的。”

“……我的话问完了。”

古美门立刻站起了身来。

“我再来多问一句。大夫，这位患者的子女们因为以患者本人为荣，所以不想承认患者患有老年痴呆症。有关这一点，我想再向您询问一下相关的意见。”

说着，他走到了三木等人的面前。

“这对患者本人而言，或许可以称得上是最为不幸的事了。如果患者周围的人能够接受这一事实，积极配合治疗的话，估计患者本人的病情也会大为好转。”

“老年痴呆是任何人都可能会患上的病症，所以说，这种病根本就不是什么丢人的事。”

“一点儿都没错。不论是谁，迟早会上年纪的。说不定，明天就轮到自己了。是吧，法官大人？”

古美门冲着已然年迈的法官微微一笑。

“眼下，我们该做的就是要勇敢面对现实，巨细靡遗地弄清楚嘉平老先生生前的真正想法。这才是从真正意义上守护嘉平老先生的名誉。我的话说完了。”听着古美门这番口若悬河的发言，法官连连点头。

第一次公审就此结束。

“我感觉能赢。下次千春出庭作证之后，说不定我们就能一口气拿下这场官司！”纪介和黛的喜悦溢于言表，古美门却一脸怃然地坐在椅子上。

“三木怎么会这么老实？”感觉似乎有些不对劲。三木他们肯定在搞什么阴谋。

“……说起来，今天似乎没看到泽地啊……”

黛的一句话，让古美门陷入更加不祥的预感之中，他立刻打通了兰丸的电话。

兰丸在田埂路上来回飞奔，四处打听着千春的下落。这时候，一辆与周围的乡下风景格格不入的高档轿车飞快地驶来，在兰丸面前停了下来。驾驶座上的泽地和副驾驶座上的千春下了车。千春一脸受了刺激的表情。

“相信我们。”泽地柔声对千春低语一句，把一只信封递到了千春手里。

“能麻烦你别来拐骗别人的女人吗，脚踏两只船的大姐？”

兰丸叫道。

“要是你还想继续上次那一架，我随时奉陪。”泽地挑衅地笑了笑。

“免了。”兰丸回答道。之后，泽地冲着兰丸抛了个飞吻，离开了。

“他们到底都给你灌输了些什么？这是什么？”

兰丸询问了一句“信封里装的是什么东西”，但千春什么都没回答，径自脚步匆匆地走开了。

古美门等人聚集到了贵宾室里。

“三阳食品与德松酱油合并案？”黛朗声念诵出了泽地递给千春的文件名。

“看起来，似乎是三阳食品的社长与纪介先生暗中交易德松酱油的密约记录啊。”古美门说道。

“简直荒唐！”纪介打算一笑了之。

“居然捏造这样一份东西出来，也真是难为他们了呢。”

“……照这么说，这东西是假的？”一直低头不语的千春突然抬起头来，看了看纪介。

“那当然，德松酱油是我的性命所在，就算有人拿金山银山堆在我面前，我也不会卖给任何人。”

“说的也是啊……”

“这是对方的律师为了动摇你的信心而使出的卑劣手段！但你可千万别让他们骗了哦！明天你一定充满自信地出庭作证！如此一来，这场官司我们就赢定了！”为了说服千春，古美门连珠炮般地一口气说完。

"嗯！是我多心了！"千春的脸上终于再次露出了笑容。

"……纪介先生，请您告诉我们实话吧。"黛盯着纪介说道，"我倒不觉得这文件是伪造的，毕竟上边连具体金额这类极为细节的内容都商谈好了。"

"瞎说什么呢？这是伪造的！捏造的！"古美门坚持道。

"而且还约定合并后由纪介先生担任专务董事一职。"

"黛！"

"只要找对方的社长打听一下，这事就一清二楚了！您准备把德松酱油卖掉，是吧？"

黛无视插到自己面前的古美门，凑到纪介面前说道。

"少爷……"千春用恳切的眼神看着纪介。

"的确，先前对方找我谈过几次……要是对方开出的条件还不错，那么这事对员工们来说也不是什么坏事吧？"纪介背对着千春说道。他似乎有些胆怯，不敢正面面对千春。

"从这份密约的内容来看，德松酱油将会搬离蟹头村。这应该违背了嘉平老先生遗愿啊。"黛依旧紧咬不放。

"所谓的经营，不是像你们说的那样轻松的事啊！"

"也就是说，为了要让这个计划得以实施，所以你必须继承家业，是吧？"

"我听人说，因为尊夫人很不适应乡下的生活，最后你们夫妻两人才离了婚。要是做了三阳食品的专务，那么您就能到东京去上班了，是吧？"服部在一旁插了句嘴。

"为了和前妻破镜重圆，所以你要把这里卖掉？"

兰丸也不甘落后，给纪介来了个落井下石。

"您是打算彻底抛弃德松酱油，彻底抛弃蟹头村吗？"黛责问道。

“为什么不可以！为了让大哥和大姐对我另眼相看，我一直拼命努力到今天。但说句老实话，我实在搞不明白，我们这里的酱油和别家酿的酱油到底有什么不一样！实际上，我根本就是个连吃煎荷包蛋都要浇伍斯特辣酱油[①]的人！”

“但是现在，你其实一心想要待在这个地方，好好保护德松酱油吧？”

眼见纪介马上就要崩溃，古美门赶忙替他撑腰。

“……嗯，那当然。这件事我会出面回绝。我不会把德松酱油卖给任何人的。相信我！”

听到纪介说的话，千春什么都没说，转身离开了房间。纪介赶忙追了出去。

“你也给我去劝劝她！这次我不准备把你浸到酱油缸里了，改换成粪桶！”古美门冲着黛说道。

“……我觉得，纪介先生确实打算把这里卖掉。”黛手上捏着那份文件，声音颤抖地说。

“你还真是傻得不轻啊！你的工作是确保纪介能打赢这场官司。打赢官司之后，他要拿德松酱油怎么样，都跟你没有半毛钱关系！给我快去！”听到古美门的语气如此严厉，黛赶忙跟了出去。

翌日，千春站到了证人席上。

“你在德松酱油所担任的职务是？”黛开始了询问。

---

① 一种英国调味料。

“事务员。主要负责大老爷……呃，主要负责照顾嘉平老先生每天的饮食起居。”

“那么，有关嘉平老先生的状况，你应该是所有人中知道得最详细的吧？”

“是的。”

“那么我就开门见山地问了。在你看来，嘉平老先生是否患有老年痴呆症呢？”

听到黛的问话，千春沉默了。

“千春，你可要好——好——想清楚再回答哦。”田之下在一旁插嘴道。

“现在是我方在询问。”古美门开口抗议了一句，想要打断田之下的话。

“你不会想要对嘉平老先生玩过河拆桥的把戏吧？”田之下继续不紧不慢地说道。

“法官大人！”古美门要求法官提醒对方。

“好了，好了。”法官只是悠然地劝解了一句。

“什么叫‘好了，好了’？”古美门高声叫嚷起来。

“千春，你的这一句证词，会左右整个局面哦。”这次又轮到清江插嘴了。

“你清楚你现在所处的立场吧？”就连泰平也威吓了一句。

“这里是菜市场吗？谁爱怎么吆喝就怎么吆喝？”古美门大嚷一声，站起了身来。

“东京来的律师就是这么死心眼儿啊。”田之下皱着眉头说道。

“所以我才说，这种鸟不生蛋的乡下地方——”

听到古美门的嘀咕，法官立刻警告了一句“请注意你的个人发言，原告代理人”之后，他又转向千春，柔声说道：“没事的，你心里是怎么想的，就怎么说吧。”

千春强忍着泪水，她终于开口说道——

“我觉得……大老爷他并没有患老年痴呆症。”

听到千春这句话，三木、泽地、泰平一伙，还有清江一伙人的脸上都露出了笑容。

“我的话问完了。”

黛一脸无奈地回到了自己的座位上。之后，她扭头冲古美门说了一句：“你想把我倒吊起来的话，那就随意吧。”

几天后，审判结果下来。

“本庭判决如下，驳回原告的诉求。原告方主张德松嘉平患有老年痴呆症，在表达自己自主意识方面存在缺陷。而本庭认为，该主张缺乏事实根据，因而，不得不说原告的主张极不合理。基于以上事实……”听到法官的宣判，泰平一伙和清江一伙都欢呼起来。

“实在抱歉。”黛对纪介低下了头。

“这次的官司没能打赢，确实是因为我们这边的黛是个饭桶。”古美门坐在黛的身旁，一句话把所有的责任全都推到黛的头上。

“没办法。”纪介表情僵硬地说道。

“那么，我们就启程回东京了！”古美门站起身来说道，“哎，这里可真是个好地方啊！叫人恋恋不舍！真不想回去！叫人恋恋不舍！真是不想回去！”古美门大声怪叫着，在大厅里蹦来跳去。这时候，千春提着塞满行李的包走进了大厅。

“这六年里，真是多蒙您照顾了。到最后，我还是出卖了少爷您。所以说，我也不能再留在这里了。”千春在纪介面前坐下身，低头致歉道，“那个……虽然我没资格提出这样的要求……但是，这本书却是我每天晚上都会为老爷念诵的……”说着，她从书架上抽出了一本《漱石全集》，恳求道。

“你拿去吧。”纪介说道。

“谢谢您！”千春一脸珍视的表情，随手翻阅起那本书。突然间，她的手忽然停了下来。

那本书的封底内侧，有一段嘉平亲笔写下的文字，从内容来看，似乎是一封遗书。

“在人生的弥留之际，老夫写下了这段遗言。较之老夫的三个子女，黛千春才是最亲近老夫之人。因此，老夫决定，将自己的所有财产全都留给千春。千春此女比任何人都更深爱德松酱油，因此，她也必定会守护好我德松酱油的招牌。

平成二十四年五月二十一日　德松嘉平”

古美门连忙把泰平、清江，还有跟随在他们身后的那些律师全都召集到了大厅里。

“不不不，这一定是搞错了。”

“这恐怕只是一场恶作剧吧。”

看过那通写在书上的遗言之后，泰平和清江连声说道。

“只是一场恶作剧吧。”连清江的小白脸也凑了过来。

“不，作为遗书，它具有法律效应。”古美门说道。

“千春她根本就不是我们家的人啊！她只是一名寻常的员工

啊！”清江紧咬着这一点不放，而千春则一脸愧疚地坐在大厅的角落里。

“没有任何法律规定遗产不可以遗赠给普通员工。”古美门解释道。

“这玩意只是随随便便地写在书的最后，这样是不行的吧？是吧，三木老师？”

“……遗书的用纸是没有任何规定的。虽然遗书必须经过法院核定，但既然先前留给清江女士的那封遗书是有效的，那么作为亲笔遗书，这封应该也是有效的。”

“怎么会有这种事！”泰平伸手拿起那本《漱石全集》，就像恨不得要把它撕掉一样。

黛从泰平的手里夺过那本书，宣布道：“遗书上的日期是嘉平老先生去世的前一天……也就是说，这才是他留下的最后一封遗书。”

“也就是说，这封遗书甚至比我的那封更有效？开什么玩笑！你倒是说句话啊，田之下！”

“这个嘛……我也不知道该说什么才好啊。”田之下一脸狼狈的表情。

“他这是老糊涂了，爸他一定是老糊涂了！这种东西根本没有任何法律效力！”泰平暴跳如雷。

“嘉平老先生并没有患老年痴呆症。这一点已经在先前的判决理由中写得清清楚楚。”古美门还击道。

“我、我……我没办法继承德松酱油……”千春哆哆嗦嗦地站起身来。

“那么放弃继承权，或者是把继承权转让给其他人，这都是你的自由。”

古美门把那本漱石全集还给了千春。立刻，泰平、清江、纪介，还有清江的小白脸都换了一副态度，笑眯眯地凑到了千春的面前。

“我一直觉得你挺有魅力呢。”

“我这儿有条裙子，可适合千春你了。”

“你现在的薪酬是多少来着？”

面对众人突如其来的转变，千春不由得有些困惑。黛一脸微笑地看着千春。

“井手，之后的事就由你来处理吧。泽地，咱们再去泡一回温泉，然后就启程回东京去吧。”对泽地说完之后，“这次只是跟你随便玩玩罢了。你这次能这么舒心地休个假，倒也还算不错。从今往后，恐怕你再也无法如此轻松度日！”三木在古美门耳边低声说了一句，转身走开。

——那年夏天。为了一个橘子争闹不休的三兄弟，发现他们已在不知不觉间把那个宝贵的橘子给弄丢了。

“被猴子捡走了吧……”纪介忍不住哭了起来。

“……没办法，你就别哭了。”泰平和清江伸手轻轻摸了摸纪介的头，三人手牵着手，回家去了——

“啊，终于回到文明社会了——”

服部刚把一桌丰盛的早餐放到事务所起居室的餐桌上，黛就到事务所来上班了。

“早上好。德松酱油的官司后来怎么样了呢？”服部开口向黛问道。

“千春继承了德松酱油，而德松三兄妹也各自继承了一点最低额度的遗产。”

“哦？那么，现在德松酱油是千春小姐在经营吗？”

“不是。千春说，她打算让德松三兄妹中的一个来掌管经营的事务，只不过，决定之前，她要好好地考虑一下。”

“你这堂妹不是个省油的灯。”古美门说道。

“回想起来，千春她从以前就一直这样，虽然会遇到许多的波折，但最后捞到最大好处的人，往往都是她……”

“说不定，其实她就是个预谋犯！对嘉平的病情所知甚详的她，也像德松三兄弟一样地讨好过嘉平，最后设法让嘉平心甘情愿地写下了那封遗嘱。”

“每天晚上，千春一边给嘉平念书，一边牵起嘉平的手，把那只手拽到自己的裙底的下边……”古美门尽情发挥着自己的想象力说道。

“怎么可能！”黛一笑了之。

“但是，我的见解似乎也没错吧？实际上，你跟千春根本就合不来，可能比我预想得更严重！或者恰恰相反，整天就知道死啃书本的你，其实并没有看不起成绩不好的千春，而是你这个会学习但不懂人心的人，一直在嫉妒那个不会学习却洞悉人心的她。”

“我怎么没感觉……啊，我想起来了……那次读后感征文大赛，千春经过我的辅导，最后拿了金奖。其实当时我也报名参加了那次比赛，却只拿到了银奖。”

“你承认了吧。”古美门一脸得意地说道。

“古美门律师，您怎么不动筷子啊……”这时候，服部说道。

“啊，这个嘛……”古美门欲言又止。

“我就知道会这样。所以呢，我一早给您准备好了。”

说完，服部端来了刚刚煮好的新鲜白米饭和蟹头蕨菜佃煮。之后，他在白米饭上浇上一勺德松酱油，递了过去。

“要是不嫌弃，黛律师您也来尝尝吧。”

“那我就不客气了。”黛立刻拿起筷子，狼吞虎咽地吃了起来。不知何时，她身旁的古美门挥动筷子的频率也加快了起来……

“难吃死了！”古美门一边狼吞虎咽，一边嘴上不认输地叫道。

第八章

争夺监护权！天才童星断绝母女关系的官司

自疏散地回来之后，眼前一片熊熊烈火烧过之后的废墟。在这废墟之上，少女发现了一名独自伫立的女子，立刻向着那女子奔去。

“……妈妈！”少女紧紧地抱住了母亲。

“你终于回来了！”母亲也伸出双臂，紧紧地抱住了少女。

“战争已经结束了吧？”

“对，结束了……我再也不会让你离开我了。”

“从今往后，我会努力工作，让妈妈过上幸福的生活！我要让妈妈过上好日子！”

听到这番话，母亲把女儿搂得更紧了。夕阳的暖暖光芒，包裹住了两人的身影……

“好了！很好。”导演发话道。

“大伙儿辛苦了！”少女一把推开扮演其母的女演员，冲着在场的所有人笑了笑。

这名少女就是人气童星安永芽衣。但是一看到前来陪同的其母留美子和经纪人梶原，少女便立刻板起了脸。

“你今天的表演是不是稍稍有点过火了啊？”看到芽衣快步从自己面前走过，留美子冲着她说道，“如今的电视观众看到演员演得过火，反而会心生反感的。”

芽衣毫不理会母亲的建言，只是满面笑容地冲着在场的工作人员说着“辛苦了”，快步离开了拍摄现场。

数日后。看着电视里播出的以经历过二战的少女为主人公的连续剧，黛泪流满面。

“是天才童星安永芽衣吧？”服部一边沏茶，一边看着电视画面说道。

“芽衣演的戏总能让我感动得泪流满面。她就是一个万年不变的理想型女儿啊。”

看到黛使劲儿用手纸擤了擤鼻子，古美门一脸不屑地笑了笑。

“这些成名的童星一般都会走上两种模式。要么为了那些成年人不断挣钱、成为饱受鞭笞的可怜人偶，要么变成对成年人察言观色、巧妙地将成年人玩弄于股掌之间的熊孩子。不知道她到底属于哪一种呢！”

“她哪一种都不是！”黛一脸怫然地说道，“……服部叔，他这人是不是自小就是这样啊？”

“这就不清楚了，只不过，我想，老师他应该也曾经有过一段纯真无邪的少年时代吧。”服部哈哈一笑，动手准备起了午餐。

“纯真无邪的少年时代……他真的有过？”黛皱着眉头喃喃说道。

听着黛和服部之间的谈话，古美门回想起了自己的少年时代。

读小学四年级的时候，十二月，放学后的教室里，女生们正忙着动手装点圣诞树。听到那帮女生们正热火朝天地聊着有关圣诞老人的话题，少年古美门一脸讥讽地说了一句：“这世上根本就没有什么圣诞老人。”

“可是我曾经收到过圣诞老人给的礼物啊。”名叫佐藤真弓的女生拼命争辩道。

“都读四年级了，你居然还相信真有圣诞老人？简直让人吃惊。这一切只不过是那些愚蠢的成年人被玩具厂商鼓动，最后为了让他们攫取利益而搞的一种仪式罢了。”

“那你倒说说看，我的礼物到底是谁送的？”

“这还用问？下次睡觉的时候你假装睡着，眯着眼睛等着看个明白。到时候，你就会看到那个蹑手蹑脚摸到你床边放下礼物的你爸爸的白痴脸了。”

听完少年古美门的这番挖苦，真弓“哇”地一声大哭起来——

傍晚，芽衣坐在高级公寓的起居室里看着漫画，打扮得花枝招展的留美子走了进来。

“芽衣，妈妈要去跟太阳电视台的人聚餐。明天你还得试衣服呢，所以今晚你要早点睡啊！”

说完，留美子便径自出去了。确认留美子已经走远，芽衣拿起了手机。

“秀君，你过不过来啊？裕树君也行啊。大学里的学长？行啊，你带过来吧。”

说着，芽衣打开冰箱门，从冰箱里拿出了罐装啤酒——

翌日清晨，醒来之后，芽衣发现自己躺在医院里。虽然芽衣记不得到底发生了什么，但她意识到自己似乎是急性酒精中毒，之后就被救护车送到医院里来了。

“总而言之，我已经跟媒体说过，目前芽衣需要静静地休养一阵子。不过咱们还是得召开记者见面会啊。”走廊上传来了梶原的说话声。

“不行。假如急性酒精中毒这事传扬了出去，那么她的童星生涯也就此终结了！你坚持说她只是身体不适好了！”留美子歇斯底里地叫嚷道，“我是芽衣的母亲，同时也是所属事务所的社长！你只是个社员！”

趁着两人争执不休的当口儿，芽衣悄悄地溜出了病房。

“安永芽衣，无期限休养……”

“天才童星的荒诞私生活……”

黛坐在庭院的一角里，静静地看着写着这类文章标题的周刊杂志。看到古美门一脸睡眼惺忪地下楼走到起居室，黛赶忙把先前看的杂志藏了起来……

“酗酒、吸烟、找男人……整套服务啊！看样子，这小姑娘正是我先前说的那种熊孩子。”

古美门早已经对芽衣的丑闻了然于心。

“只是杂志为了吸引读者眼球而捏造的。”

就在黛出言争辩的时候，服部拿着电话子机走了进来。

“律师，您的电话。是安永芽衣小姐打来的。”

“安永芽衣？”

古美门和黛两人不禁彼此对视了一眼。

走进指定的套间，只见芽衣正一边让按摩师给自己按摩，一边大嚼着餐点。

“看你在电视上整天穿着破衣烂衫，嚼着草根树皮，实际上完全不是那么回事呢。”

古美门将他的毒舌发挥得肆无忌惮。

“你就是传说中的最强律师古美门律师吧？”

芽衣毫不退让，一脸不屑的笑容。

“世人都以为你住院了。你跑这儿来干吗？”

“我正和他们玩捉迷藏呢。”

“你把我叫到这里来干什么？”

“我想雇你帮我做事。要钱的话，我有的是。”芽衣用试探的眼神看了看古美门。

“想来也是。”古美门用同样的眼神看着芽衣。

“您打算控告媒体损毁你的清誉吗？”黛插嘴问了一句。

“媒体？他们说的都是真的，甚至还替我隐瞒呢。”

就在这时，房门猛地打开了，一个老好人模样的中年男子气喘吁吁地冲了进来。

“这是我的经纪人梶原，是我把他叫来的。你应该没跟那女人说过我在这里吧？”

芽衣对待梶原的态度极为嚣张。

“她担心得不得了，正到处找你……你别这样了，要是再让媒体盯上了，那可怎么办啊？”

“我已经雇好了律师。你回去跟那女人说，让她也雇一个好律师吧。”

“我还没答应要接手你这案子。你到底想要干什么？”古美门两眼盯着芽衣说道。

“我要和那女人断绝关系。”

“哪个女人？”黛问道。

“我妈。”芽衣轻描淡写地说道。

“你要和您母亲断绝关系？你在说些什么呢？”黛惊讶不已。

“我听说，子女是有权从父母那里收回监护权的。”

“那是在子女明显受到监护人虐待的情况下才能这么做的……”黛战战兢兢地开口说着，准备对相应的情况展开说明。

“那你就来看看我现在这情形吧！整天忙于工作和应酬，肺已经变得漆黑，肝脏也早已变得一塌糊涂。我只有十二岁啊！”芽衣一脸无辜地说道。

“这简直就是遭受母亲虐待的完美案例啊！有意思。”古美门一脸开心地说道。

“一点儿意思都没有。芽衣小姐，请你再和你母亲好好谈谈吧，毕竟，你们是母女啊！”黛打算和对方说说理，让对方打消这念头。

“我和那女人之间的关系早就已经走到无可挽回的地步了。是吧，梶原？”说着，芽衣扭头看了看梶原。

“她既是您的母亲，又是事务所的社长，一人身兼两职，可以说是个尽职尽责的母亲。而且，退一万步讲，眼下您还未成年，是无力担负任何法律责任的。”梶原赶忙为留美子说了些好话，但还没说完，就被古美门打断了——

“不好意思，她确实能担负起法律责任。说来也巧，今年刚好颁布了新的民法修正案，现如今，孩子也能够成为申请人，向法院提出中止或废弃监护权的申请了。”

“但这修正案未必一定适用于本案啊。”

黛依旧不死心，继续尝试说服芽衣，让她相信这场官司打不了。

“正因为如此，才需要我这样的律师出面来打赢这场开创历史的官司。”古美门似乎干劲十足。

“你这是准备亲手把一对母女拆散掉吗？”

“你看看她，一个集古今中外所有童星的苦难于一身的苦孩子！她不但是个早熟的熊孩子，更是一个可悲的人偶。话说回来，芽衣小姐，你的这件官司打起倒确实有点棘手啊……”古美门意味深长地搓动着指头。

“两千万，你觉得怎么样？大概相当于我拍一支广告的报酬。”芽衣轻描淡写地说出了高额的辩护费用。

“我们立刻向法院提出申请，要求他们展开审判，中止令堂对你的监护权！”

古美门心满意足地接受了芽衣提出的委托。

“开什么玩笑？为了那孩子，我不知吃了多少苦！你来为我评评理啊，梶原！我从来没有强逼过她工作，学校那边也是那孩子她自己不愿去的啊！”

当夜，三木法律事务所，一身职业装的留美子咬牙切齿地对众人抗诉道。

“令媛为何会提出这样的申请呢？”泽地问道。

“就我看来，原因之一，恐怕是关于零用钱的分歧吧。”梶原当场回答道。

“先前，那孩子曾经到处乱刷信用卡，搜购各种名牌。后来我没收了她的卡，跟她说要买什么东西必须经过我的同意。她一直对这件事耿耿于怀。”留美子理直气壮地说道。

“另外一点，大概是因为她还在记恨那件事吧。”梶原偷偷瞥了留美子一眼。

“她居然和一个三十多岁的造型师交往，我硬逼着她和对方分手了。这也没什么不对吧？”

“简而言之，令媛是为了钱和与男性交往的自由，所以才有了这种要从您的监护下逃离的想法？这就是所谓的……叛逆期，是吧？”泽地说道。

“没错！她根本就是在任性胡为！法院应该不会理会她的这种要求吧？”留美子连连点头，赞同对方的意见。

“一般情况下，这种申诉是会被当场拒绝的。只不过，今天发售的杂志上，却刊载了这样一期特辑。”

说着，三木从身旁拿出一本周刊杂志，杂志的封面上写着“惨遭奴役的童星的现实”的字样。

“网上的点击率很高。”泽地补充道。

“看样子，对方律师似乎已经开始动手了。”三木皱着眉头说道。

“律师会搞这种事？”留美子一脸惊恐地说道。

“说来虽然有些难以置信，但事实上，确实存在某些只要为了钱就能毫无顾忌地肆意践踏母女亲情的律师。照目前的情形来看，法院估计会受理其申诉，展开询问。”三木说道。

“询问？”梶原的目光在三木等人脸上扫了一圈。

“与通常的官司不同，法院会在非公开的场合下，找当事者打听相关的情况。”井手回答道。

“您放心好了。我们会担负起责任，逼迫对方撤回申诉。”

“那么，一切就拜托您了。”

听到三木说得如此自信，留美子深深地低下了头拜托。

古美门律师事务所的起居室里，芽衣正在和兰丸打扑克。官司彻底解决之前，芽衣都将暂住在事务所里。

“兰丸你玩得实在是太臭了，真没劲。”芽衣扔开了手上的扑克，嘟着嘴说道。

“律师，你是叫我来带孩子的吗？”兰丸也一脸不满。

“人家是你的前辈，叫你来是给你面子，你就知足吧！以演艺界的经历来算，她已经是十足的老手了。”古美门一脸的不以为然。

“我听说，兰丸君，你的梦想是做一名演员？”黛意味深长地说道。

“不是梦想，我本来就是一名演员。下个月我还要登台演出舞台剧呢。”兰丸怫然道。

“什么角色？”芽衣来劲了。

“夏洛克。”

“是《威尼斯商人》吧？你来演一次试试？我帮你看看。”芽衣老气横秋地说道。

“这样的机会可是很难得的哦。”古美门也在一旁附和。

“那家伙总拿我当傻瓜。不管怎样，他都会找我茬……”

兰丸开始表演了。就在他投入地演出着贪婪的高利贷商人夏洛克的时候，芽衣突然打断了他的表演。

“好了好了好了！这种失败的表演随处可见。没错，夏洛克确实是个反面角色，但不管怎么说，他也是个活生生的人啊！这正是莎士比亚的深邃之处啊！”

“服部叔，你也来演一个吧？”古美门突然扭头冲着服部说道。

“……那家伙总拿我当傻瓜。”服部立刻在众人面前展示悲愤满腔的演技。

“不错啊！”芽衣一脸钦佩地鼓掌道。

三木和泽地两人正在办公室里品尝着美酒。

“果然没有过因为任何原因而剥夺或停止父母监护权的先例啊！这也实在太荒唐了。”独自翻阅资料的井手抬起头来说道。

“您难道忘了吗？您不久前刚刚在一场荒唐无比的诉讼里遭遇一次破天荒的败诉哦，井手律师。”

泽地再次提醒上次东京赢家队一名瞎胡闹大婶胜诉的那场官司。当时，井手曾经放出过大话，说那种官司根本就不可能会打输，最后却给他自己留下了一条耻辱的败诉记录。

“古美门律师是一个能把不可能变成可能的人。对吧，三木律师？”

“……看样子，我要把我的终极武器搬出来了。”

三木的表情，看起来像在策划着一场重大的阴谋。

民事法庭上，第一次询问开始了。

“这次的对手又是三木律师他们。看样子，这官司大概又要陷入持久战了。”落座之后，黛一边做准备，一边说道。

“那些家伙很难缠吗？”芽衣抬头看着黛问道。

“没那回事。对我来说，没有人能让我感到难缠。”古美门一脸镇定地说道。话音刚落，三木、井手和留美子就进来了。芽衣扭过头，故意不看留美子。

“我有一种感觉，觉得你们几个是不是暗恋上我了啊？”古美门用他那种惯常的笃定语调冷嘲热讽起来。突然间，他的目光落到一名上了年纪的老者身上，他跟在三木等人的身后走了进来。

“这位是我们请来协助处理此案件的古美门清藏律师。”三木对黛说道。

“古美门？……初次见面，我叫黛。”黛向老者打了声招呼。

“我叫古美门清藏。”老者气定神闲地说道。

“我是古美门研介。”古美门也装出一副淡定的样子，回了一句。

“说起来，你们两位的姓氏都一样呢。”井手说道。

“据说，身为检察官，古美门清藏律师曾以九州地区①为舞台大显过身手。”

“在九州的司法界，他的大名可以说无人不知，无人不晓。这次我们恳请他老先生出山来协助我们。毕竟，与监护权问题相关的官司，必须慎重处理才行啊。”三木得意洋洋地说道，清藏和古美门却都沉默不语。就在这时，法官入庭了。

“接下来，我们将对申请人安永芽衣提出取消安永留美子监护权一案展开询问。”

看到清藏那张脸的瞬间，小学四年级时的记忆突然在古美门的脑海里复苏了。

——当时，少年古美门被清藏叫到书房里，站在清藏的身旁。

“佐藤真弓的母亲来找我抗议了。听说，你跟真弓说，这世

① 包括九州岛及其周围岛屿，福冈，长崎，佐贺，大分，熊本，宫崎，鹿儿岛，冲绳等地。

上根本没有什么圣诞老人？”清藏一边伏案工作，一边头也不抬地对少年古美门问道。

“你为什么要说这种话？”

“因为这就是真相。她居然相信那种谎言，实在太傻了。”

“那么，你说这世上根本没有圣诞老人，这话到底有何根据呢？”

“因为这本来就是个谎言。不存在的东西就是不存在的，而且从来没人看到过。”少年古美门回答道。

“我是在问你，你这么说到底有何根据？照你这话，你没看到的东西，就一定不存在？”

清藏头也不回继续责问着十岁的儿子。

“不光是我，这世上没人看到过。”

“照你的意思，你已经找全世界的人问过了？”

清藏依旧纠缠不休地问着，少年古美门无言以对了。这样的情形，决不是第一次。

“虽然世人从未看到过地球外的生物，但在如此浩瀚广袤的宇宙中，也可能存在着外星生物。你这种没人看到过就等于不存在的论调根本就是不成立的。好了，现在你再来告诉我，你到底有何根据，说这世上根本没有圣诞老人？”

根据。这世上，古美门无法驳倒的人只有清藏。

“如此说来，你先前的行为就是以毫无根据的个人见解伤害了同班同学哦。”清藏从抽屉里拿出钱包，抽出一张一千日元的钞票。

“你给我到文久堂去买盒鸡蛋糕，带着鸡蛋糕去向人家道歉。顺带提醒你一声，这些钱是我本来要给你的压岁钱。你自己掂量着办吧。”

清藏用冷酷无情的语调说道。说完，他再次埋首于手头的工作——

民事法庭上，询问依旧继续着。古美门把那段过去的回忆赶出脑海，集中精力应对诉讼。

“自打出生七个月起，作为天才童星，芽衣小姐便被逼迫在演艺界如牛马般地工作。”

芽衣在演艺界的处女作是尿不湿广告。

“其母留美子女士作为演员，也曾在演艺界尝试过，最终却失败了。其后，留美子女士便把自己的梦想寄托在了自己的女儿身上。”

打那以后，作为天才童星，芽衣一直保持着极高人气。黛向众人说明芽衣与留美子之间的关系——

“离婚之后，你们越发地把自己的全副精力都倾注到把芽衣培养成童星这件事上。外界甚至还有人把你们母女称作‘母女一体’。四年前，由芽衣主唱主题曲的电视剧《爸爸的恋人》大获成功，芽衣开始崭露头角，你们便挖走了她的经纪人梶原，开设了自己的事务所。”

古美门继续说道——

“打那以后，芽衣小姐再也没有去过学校。面对这样的事实而回想起工业革命时代里那些在煤矿中劳动的童工的人，不知是否只有我一个？与此相对，留美子女士的行为举止却开始变得放荡奢华。她拿着芽衣辛苦挣来的血汗钱到处搜购名牌和奢侈品，整夜整夜地在外边花天酒地。有时，她甚至不顾芽衣小姐正处于敏感的青春期，把社会上那些杂七杂八的男人带到家里玩。”

“简直让人无法忍受。”芽衣说。

“芽衣小姐却连一个朋友都没有。她的父亲已经和其他女子再婚，组成了新的家庭。在这人世间，她再没有其他可依靠的人了！被孤独与寂寞的重重包围，最终她急性酒精中毒，险些丧命。这简直就是一场悲剧！基于民法第八百三十四条之二第一项，我方正式提出申请，要求本法庭剥夺其母安永留美子的监护权！”

听完古美门的这番话，留美子怒上心头，几乎忍不住要站起身来。三木赶忙制止了她。

“在我看来，这样的事情，不正是一段母女同心、共同开创人生的美谈吗？”

“把女儿卖进青楼妓院，然后自己拿着女儿的卖身钱去花天酒地，这也叫美谈吗？”古美门用他最擅长的讥讽语调回击道。

“我听说，那些演艺活动并非是留美子女士的强行要求，一切全都是芽衣小姐自己自愿的。”三木还击道。

“连九九乘法表都背不熟，做母亲的完全没有尽到为人父母的义务。”古美门立刻驳回。

“我雇过家教让她多学习！”留美子高声叫嚷。

“你雇家教的真实目的恐怕是自己想找那些庆应大学的学生亲热吧？”芽衣冷冷地说道。

“……你说什么？”

“为了金钱和男人，你利用了我！婊子！”

听到芽衣的这番话，留美子忍不住爆发了。

“你说谁是婊子！动不动就和那些协演的男孩子搅到一块儿

的到底是谁！为了你的形象，你知道我为你救过多少次火吗？”

“那是因为你觉得我如果不演戏，你自己就会陷入麻烦吧？”

“你心里一直在记恨那个造型师的事吧？”

“那是因为你自己也看上了他吧？”

母女两人简直就要厮打到一起了。

“好了好了，你们都冷静一下吧！”黛赶忙居中调停。

“法官大人，您觉得以她们这样的母女关系，还能够健全地发展下去吗？尽管先前没有过这样的案例，但为了孩子今后的生活着想，请您务必下狠心做出最妥当的判断。”古美门向法官提出请求。

“我们还是来咨询一下古美门老师的意见吧，啊，应该说是‘古美门清藏老师’。”井手催促清藏。在场众人的目光全都聚集在一直沉默不语的清藏身上。

“剥夺监护权之后，你们打算怎样呢？”清藏语调沉缓地问道。

“芽衣小姐希望能够自力更生，暂时停止演艺活动，努力学习，特别是学习一下正常的人际关系和社会关系。”古美门回答道。

“留美子女士，您是否能够接受这样的要求呢？”清藏向留美子问道。

“能。如果芽衣她希望如此，我会接受的。我以前也曾经和她说过，要是不想再演戏，直接跟我请辞就好了。”

“这样一来，不就都解决了吗？”清藏的语气听起来就像不容许任何人再插嘴此事一样，说完，便闭上了双眼。古美门立刻展开反驳——

“对芽衣小姐而言，她母亲的那句‘直接请辞’，其含义无异于‘你要是敢请辞，我决饶不了你’。这样的话语，是彻头彻尾的威逼迫害！”

“你是怎么得出这结论来的？你的思维让人很费解啊。”三木说道。

“打自记事起，留美子女士就一直给芽衣小姐灌输，对她说，留美子女士所追求的幸福就是芽衣小姐自己的幸福。这是一种洗脑式的教育。如今，芽衣小姐正在极力逃避这种洗脑教育！如果芽衣小姐继续留在留美子女士身边，那么，就再也无法摆脱这种悲剧了。”

“洗脑？”听到古美门的话，清藏终于有了些反应，“洗脑的定义是什么？”

“刻意将某些违背一般常识事理的价值观和思想灌输到他人的脑中。”

清藏完全无视立刻回答他问话的古美门，扭头向黛开口问道。

“……你是黛律师吧？”

“啊，是的。”突然被对方点名，黛一脸紧张地挺直了脊背。

“黛律师，你们家是否有一些惟有你们黛家才有的特殊习惯？或者说，你们黛家才有的规矩？”

黛回想了一下，脸上露出笑容：

“在我们家有一条规矩，那就是：不管是谁过生日，其他人都要在过生日的人脸颊上亲一下。我一直以为所有人都是这么做的。后来，有一次，班上一个男生过生日，我准备去亲他一下，结果却被打了——”说着，黛拍了一下手，自顾自地爆笑起来。直到看到周围的人全都默不作声，黛才赶忙闭上了嘴。

“你想说明什么呢?”古美门冲着清藏开口问道。

“看样子，黛律师似乎也受到了洗脑教育啊。”

“这种事根本谈不上洗脑。”

“但是，她所说的事例却和你给出的定义完全一致。”听到清藏的话，古美门沉默了。

“你连一句话的含义都没弄清，就把那句话搬出来卖弄。所谓洗脑，是使用暴力等由外部施压的方式向他人灌输一些特殊的思想。在对孩童展开教育时，请你使用‘思维主控’之类的词汇。你还是再多学习学习吧。父母希望孩子获得自己所追求的幸福，这是理所当然的事。相对的，孩子为了摆脱这些固有的观念而反抗挣扎，也是很自然的。我认为，芽衣小姐的思维和理念都很正常，可喜可贺。我的话说完了。”

清藏微微一笑，结束了辩诉。

“简直令人难以置信。什么最强律师?根本狗屁不如!”

一回到事务所，芽衣便蹭蹭蹭地冲上了二楼。

“战况似乎很不利啊?”服部瞥眼看了看古美门和黛的表情。

“我还是头一次看到古美门老师露出那种表情呢。别人说一句，他总能够抢白十句，而这次不知该形容说是坚守不出还是被对方吓傻了，或者好像被打得满地找牙，总之就跟耗子见了猫似的……”

“你的比方太多了吧?”古美门气急败坏地打断了黛。

“你和古美门清藏律师到底是什么关系?”黛问道。

“……没有任何关系。从血缘上来说，他是我父亲。”古美门一脸软硬不吃，开口说道。

“果然……这关系太深了。”

“我从来没把他当父亲看待。”

“说句老实话，令尊的言论真的是从心底里打动了我。我觉得，想要解决好这类父母子女之间的问题，不能光靠法律，主要还是得靠父母与子女之间的情感才行啊。”黛满腔热情地说道。

“父母和子女之间的情感啊……”说着，古美门轻轻地叹了口气。

三木带着清藏回到了办公室。

“看来我不必再出面了，今后的事，就交给你们去处理好了。对手也好，案件本身也好，都实在太无聊了。”

清藏似乎再不想过问这件案子了。

“还望您能务必坚持到最后。”三木立刻开口挽留道，“九一年，商社逃税案。当时的我，只是初出茅庐的检察官，但立刻，我就被您吸引了。自打那之后，您就一直是我追赶的目标。先前我之所以会录用他，也是因为他是您的儿子，所以想要尝试亲手培养他。但是，其结果却招致了一场天大的悲剧……这些旧事，我也就不再在您面前多提了。”三木摇了摇头，继续说道——

“古美门研介，这是您生养、我提携的法律界的怪物。你我都是共犯。既然如此，那么，还是请您和我一起彻底把他埋葬掉吧。”

清藏一句话也说不出来。

——拿着父亲给的一千日元，少年古美门买了鸡蛋糕。可是……他在回家路经的草坪上坐下，拆开包装纸，把鸡蛋糕塞进了自己的嘴里。就在这时，一个身影出现在了他的身后。

“你给我说说，你为什么要把这鸡蛋糕吃了？”是清藏的声音，让人听了背上寒毛倒竖。少年古美门什么也没说。他不说话并非是因为鸡蛋糕塞住了他的嘴。

“什么都行，你来说说，这到底是为什么？”

少年古美门连忙咀嚼了一番，咽下嘴里的鸡蛋糕，站起身来。

“真弓跟我说她不爱吃鸡蛋糕，叫我拿回去。”

“我早就得到消息，知道真弓最爱吃的东西就是鸡蛋糕，所以才会叫你去买。你难道连这都没想到？我讨厌蠢孩子。这种孩子，要是没本事活出个人模狗样，与其任由他日后损害家门名声，倒不如让他尽早滚蛋。”

说完，清藏丢下独自站在原地的少年古美门，转身离去。

“……明明就不存在……什么圣诞老人……明明就不存在啊……”

少年古美门紧紧地攥起了拳头，一脸冤枉地抽泣道。离开这个家！迟早要叫父亲对自己另眼相看！少年古美门的心里下定了决心——

清晨，古美门等人已经在吃早餐，芽衣却还没有下楼。

“芽衣小姐不会还没有起床吧？”服部一脸担忧地望向二楼。

“她昼夜颠倒了。我看过她的学习进度，落后正常孩子很大一截呢。”黛的话音刚落，门铃声便响起了。

“没什么可担心的。就算背不熟九九乘法口诀，她也会计算演出费和源泉税[1]。”古美门喝着红茶说道。

“就是所谓的不健全成长。”

黛的话音刚落，去门口应门的服部就回来了，而跟在服部身后的人……正是清藏。清藏的目光在房间里扫了一圈。

“您有何贵干呢，古美门律师？”古美门故意用见外的语调问道。

“我准备去参观一下天空树[2]，顺道过来看看。”清藏说道。听到两人之间的充满火药味的对话，黛也不由得紧张起来。

“古美门律师，请撤回你的申请。”清藏开门见山。

“我拒绝。服部叔，送客。”古美门冷冷地说道。

“你似乎把自己和芽衣的事混淆了啊？”

“正是因为十几岁时就和你彻底断绝关系，一直独自打拼，才会有今天的我。”

古美门面不改色地说道。

“今天的你？你莫非真把自己当成了成功人士不成？在我看来，你只是个身上穿着高级西装的沟鼠罢了！你根本就不配当律师。你自小就性格卑劣猥琐，更重要的是，你实在太笨了。”

古美门一句话也没说。

“当然了，先前我放弃好好管教你，放弃把你指引上正途，这一点确实是我的责任。时至今日，虽然你已经无可救药，但那对母女却还有救。你给我再好好想清楚吧。”

---

① 源泉课税，日本的所得税征收方法之一，一般适用于利息分红、稿酬及其他报酬之类。

② 东京晴空塔，又译为东京天空树，于2011年11月17日获吉尼斯世界纪录认证为“世界第一高塔”，取代东京塔成为东京新地标。

听完父亲清藏这一番冷漠无情的话语，古美门终于开了口："……天空树很高很大，远比昭和时代建造的破烂信号塔高大得多。时代已经变了。"

"我会仔细看的。"说着，清藏扭头对服部说了声"不必送了"便转身离开。

"……律师，你和令尊之间的矛盾似乎也不浅啊。"黛忍不住感慨。

"话说回来，你小时候相信有圣诞老人吗？一直相信到几岁啊？"突然间，古美门开口向黛问道，"就是那个趁着夜黑风高违法擅闯民宅丢下东西就跑的老头儿。"

"我啊……直到现在我也相信啊！"

"你说啥？"古美门尖声叫了起来。

"直到现在，我依旧相信这世上是存在圣诞老人的。"

"你的愚蠢总是能够远远超乎我的想象！罢了。我最厌烦那些晨间剧家庭了。服部叔，你呢？"

"老朽年少时，世间还不存在圣诞老人这种说法。"

"那就算我多嘴了。"

"……我从来不相信有什么圣诞老人。"不知何时，芽衣站到了几人的身后。

看到芽衣一脸坚毅的表情，古美门下定决心般地说了一句："这官司一定会打赢！"

几天后，古美门等人把梶原约到了咖啡厅。听梶原说，近来他整天忙着应付媒体，日子过得提心吊胆。

"梶原先生，下次询问的时候，能麻烦您出面说两句吗？您先前一直都呆在留美子女士和芽衣小姐身边，所以我们希望您能出面来说两句真心话。”

“话虽这么说……可我……”

听到黛的请求，梶原战战兢兢地掏出手帕，不断擦拭着额头上的汗珠。

“留美子女士和芽衣小姐之间的关系，已经不可能变回从前那样了。您还是仔细考虑一下吧，今后自己到底该跟谁联手？是那个能够点石成金的天才童星，还是仅仅只是在管理天才童星生活和工作的母亲？”古美门终于道明了他们此行的真意。

“你这话说得太过分了……”黛出言想要制止古美门。

“芽衣她确实挺可怜的……我心里也一直在想，这孩子的生活到底算不算得上幸福……留美子女士的做法，确实有点太过分了。”梶原开口打断了黛的话。

“那么，到了公堂之上，您是否也会这么说呢？”

听到古美门的问话，梶原点了点头。

梶原在演艺事务所大楼的地下停车场里等待着留美子。很快，打扮得花枝招展的留美子下楼来了。

“对方的律师果然找上门了。我已经按照留美子女士您嘱咐我的那样，跟他们说过那些话了。”

“谢谢……果然，到了紧要关头，还是只有你才靠得住啊！经历过这次的事情，我感觉自己似乎也该收敛一下了。实话说，我已经过了那种整天和年轻小厮们鬼混的年纪。梶原，要是你愿意的话……请好好考虑一下吧。”

“留美子女士……”梶原面带喜色地发动了车子。

三木站在办公室大楼的窗边，俯视着窗外的夜景。

“听人说，梶原经纪人那头也顺利搞定了。”泽地手里端着高脚酒杯，向三木汇报道。

“如此说来，法庭必定会撤销对方的申请。花言巧语地鼓动国民人气童星、妄图唆使无知孩童与亲生母亲断绝母女关系的无良律师……”

“如此一来，对方必定会成为国民的头号公敌呢。”

“这样的身份正适合那家伙啊。”三木与泽地碰了碰杯。

第二次询问，梶原来到了法庭。

“你担任芽衣小姐的经纪人一职，大概多久了？”法官开口询问道。

“前前后后，已经七年了。”

“那么，请你讲述一下你心里的真实想法吧。”

“我觉得，取消留美子女士的监护权，这种事是不合理的。”梶原斩钉截铁地说道。

“……梶原先生？”黛不由得怀疑起了自己的耳朵。

“身为母亲，留美子女士一直深爱着芽衣小姐。如果硬要说她有什么地方没有做好，那么我想应该是她确实有些骄惯芽衣小姐了。今后，她应该加强对芽衣小姐的管教才对。”

听过这番如同背诵台词的发言之后，留美子的嘴角显露出了笑容。

古美门立刻打开了他的笔记本电脑，向众人展示一段视频。

“梶原先生，您也来看看吧。这是您刚才所谓‘深爱子女的母亲’该有的行为吗？”

视频中，留美子正兴高采烈地在牛郎夜店[①]里高声吵闹，口口声声地说着：“这是提前庆功！”

“今天遇到什么好事了吗？”一名牛郎问道。

“我靠自己的美貌搞定了一个男人哦。”留美子得意洋洋地宣布，“只不过，说到底，对方只是个大叔。我本来只是为了打赢官司而哄他，说了两句好话，结果对方信以为真了呢。”

“我会声援您的。您那边的官司要是打输了的话，今后您就不会再来找我们玩了吧。”

“要是今后再也见不到兰丸你，我可是会害上相思病的！”

一身牛郎装扮的兰丸冲着隐藏摄像头比了个剪刀手的手势，视频就此完结。

梶原一脸僵硬，站起身，转身准备离开。

“梶原先生，你对自己刚才的发言有什么要修正的地方吗？”古美门冲着梶原的背影说道。

“有……那女人很过分！”梶原用颤抖的声音说道。

“梶、梶原……”留美子大惊失色。

“那么，我们再展开一次审议吧！等听过当事人本人的意见之后，本庭再做出判决。”

法官发话道。就这样，审议结果延期公布。

“我该怎么办才好……万一失去了芽衣，我该怎么办才

① 牛郎店是日本特色的男妓文化，主要靠卖酒抽成，可以合法地在街上拉客，收取客人赠送的珠宝名车。

好啊？”

回到三木律师事务所，留美子手足无措了。

“不会的，法庭是不会轻易做出拆散你们母女的判决的。”为了让留美子冷静下来，三木柔声安慰道。

“你就别再给她乱吃定心丸了。现如今，情势已经彻底反转。”清藏平静地说道，“使用那些卑劣手段，最后是会自掘坟墓的。”

“您其实根本就不了解您的公子。跟他堂堂正正地对簿公堂，是没法赢得最终胜利的。”

听了三木的话，清藏沉默不语。

“这样下去，留美子女士是否会失去监护权，全都取决于法官的个人意志。”泽地冷静地说道。

“留美子女士和芽衣小姐，到底谁更能打动法官的内心……”井手认真地思考起来。

“对方可是天才童星啊。”泽地两眼盯着留美子说道。

“留美子女士，我们给您准备好了台词。您一定要设法打动法官的内心啊。”

三木的话，让留美子陷入了深深的不安。

“……我根本就没法反抗妈妈。因为，妈妈她根本就不爱我这个女儿。妈妈爱的，只是那个能够替她挣钱的天才童星安永芽衣！”

芽衣“哇”地一声哭了起来。黛的眼眶中也饱含着热泪……

“似乎哭得有点太早了啊。”

芽衣抬手擦拭了一下双眼，轻描淡写地说道。在古美门事务所里，芽衣手里拿着台词，正忙着练习下次上庭作证时的发言。

“这才叫做天才童星，兰丸君。”古美门冷嘲热讽地说道。然而兰丸根本没有理会古美门的这番讽刺，只顾为芽衣刚才的表演鼓掌叫好。

是夜，留美子在自己公寓里演练着上庭时的台词。

“我心里惦记的，永远都是女儿的幸福。我一定能……能修复好我们之间的母女关系。请千万不要斩断我们母女之间这血浓于水的亲情……”

留美子磕磕绊绊地念诵着，拼命想要背熟那些台词。然而总是无法背熟，留美子急得眼泪都掉下来了。突然间，留美子拿起手机，开始编写短信。

“留美子女士！”

梶原急匆匆地冲进公寓，只听浴室里传来了流水声。他赶忙推开浴室的门……留美子手握刀刃，倒在浴室里。从她手腕伤口里流出的鲜血，正不断地流向排水口。

翌日，梶原告知前来造访的三木等人，说留美子自杀的伤口不算太深，应该不会有什么大碍。

“芽衣呢？芽衣怎么没来？”留美子躺在沙发上，一脸不满地埋怨。

“我已经通知她了……但她却说这种事与她无关。”梶原一五一十地将芽衣的反应告知了留美子。

“您还能坚持上法庭作证吗？”泽地冷酷地问道。三木则弯腰捡起地上的台词本，递给了留美子。

“说起来虽然有些不近人情，但现在正是需要您努力的时刻。”

这时，有人从旁劈手夺过了那本台词本。是清藏，他把台词本撕得粉碎，扔进了垃圾箱。之后，他用沉稳的声音说道：

“你心里是怎么想的，就怎么说吧。”

“你最好还是去看看吧！毕竟，你妈妈自杀未遂啊！”

黛瞥眼看了看正在吃早餐的芽衣，开口劝道。

“我已经说了，根本没那么夸张！”芽衣的声音中带着一丝焦躁。

“可你们毕竟是母女啊……”

“你烦不烦啊！”芽衣怒上心头，猛地把自己面前的餐具全都拨到了地上。

“我才不去呢！打死也不去！”

说完，芽衣一脸欲哭无泪的表情，冲上了二楼。黛和古美门只能呆呆地看着她的背影。

“一个十二岁的孩子，想要彻底与其母断绝关系，她的内心中到底抱持着怎样的苦恼，怎样的辛酸，你能懂得吗？”古美门冲黛说道，尽管他的语调中依旧带着惯有的那种嘲讽，却感觉不出惯有的蔑视他人的语气，“你这种不经过大脑的话，别再说了！”

“可是，芽衣小姐刚才的话，听起来似乎早就对留美子女士的状况了然于心了呢，就像已经亲眼看过了一样。”

服部插嘴说道。

这句话的含义，让黛深思了许久。

古美门等人先于对手到达法庭。

“今天你也要和令尊做个了断呢。”黛对身旁的古美门说道。古美门却一句话也没说。芽衣依旧在嘟嘟哝哝地反刍着那些台词。

“黛，有水吗？多喝些水的话，更容易哭出来。”

“啊，有的……”黛连忙递出了矿泉水瓶。芽衣接过瓶子，刚准备打开瓶盖，就被古美门劈手夺了过去。

“忘记你的那些台词吧！今天你不用再演戏了。”

“不是你叫我背熟的吗……”芽衣惊讶不已。

“不管演得再好，演戏只是演戏。你如果不说出自己的真心话，今天这场官司就打不赢。”

“……换做令尊，也会这么做吗？”黛不假思索地问道。

“心里怎么想，就怎么说吧。”古美门没有理会黛。他用真挚的目光看着芽衣，这样说道。

最终询问的时刻终于来临了。

“在认真研究讨论过调查官的报告之后，本庭准备聆听两位当事人的主张，再做出最后结论。好了，首先由申请人安永芽衣发言。”

芽衣抬起了头。她的脸上全是紧张。

“没关系，你心里怎么想，就怎么说吧。”黛鼓励道。

“一直扮演童星安永芽衣的你，已经失去了属于自己的话语了吗？”古美门用他平日那副挑衅的口吻说道。

“倒也不是……”

“那么，干脆就由我来代替你发言吧！其实你的心里，一直都在后悔自己这样对待母亲吧？”古美门凑到芽衣的身旁说道。

“我的心里一直都很苦恼，感觉就像随时会崩溃一样，但我还是一直强忍着。”

“既然如此，那你干嘛不直接撤销申请呢？”三木说道。

“她这是横下一条心之后做出的选择。她这样做，其实完全是出于对母亲的爱。”古美门接过了话茬儿。

“你的诡辩还是适可而止吧！留美子女士都已经起了切腕自杀的念头，芽衣小姐，你知道这事吗？”

听到三木的责问，芽衣沉默不语。

“你如此对待她，她感觉自己被逼上了绝路。可是，你却没有来探视过她一次。这样的行为，当真是一个深爱母亲的女儿能够做得出来的吗？”

“如果她去了，那么先前的一切努力就化为泡影了。”古美门语气强硬地回应道。

“同样的事，留美子女士至少做出过两次。是吧，芽衣？”

芽衣点了点头。

“第一次是在两年前。当时，芽衣正处于人气鼎盛期，同时也多了许多黑粉，对她展开了猛烈的抨击。芽衣当时甚至萌生过隐退的念头。因为经受不住内心的苦痛，留美子女士做出了自戕的行为。第二次是在去年。新的人气童星出现，人们齐声高呼这将是一场世代交替，芽衣的工作也急剧减少。留美子女士再次做出了自戕的行为。如果我刚才的发言有什么失误，留美子女士，您可以出言修正。”

留美子默默地点了点头。

“每一次，芽衣都承受着巨大的打击。同时，为了母亲，她依旧努力工作，坚韧不拔地挺过了一次次的危机。留美子女士，您是否想到过，事情会发展到今天这一步呢?”古美门发问道。

“你的意思是说，她是出于这种算计，才做出了自戕行为?”开口回话的人是清藏。

“不，问题其实远比我们预想的更严重。”古美门表情严肃地摇了摇头。

黛站起身来，接下了古美门的话茬儿：

“对留美子女士而言，芽衣的成功就是她自己的成功，而芽衣的痛苦也是她自己的痛苦……这样的状况，早已超越‘母女一条心’之类的比喻，跨入到了一个极为危险的领域……留美子女士的内心，可以说是病入膏肓。同时，酗酒直到酒精中毒倒下，也同样是一种自戕行为……芽衣小姐的内心，也已经病入膏肓。”

黛一脸认真地诉说着。

“她们母女俩应该携起手来，一同探求重生的道路。”清藏对着黛静静地说道。

“这不可能。如果不彻底斩断她们这种彼此依赖的关系，治疗和重生什么的，就全都是痴心妄想。”古美门语气强硬地反驳道。

“父母与子女之间的恩怨情缘是根深蒂固的。”清藏轻描淡写地说了一句。

“正因为这种情缘根深蒂固，所以才更加困难。”古美门毫不动摇地回答道。

“成功能够招来欲望，也能招来灾祸。芽衣小姐很清楚，她的存在，只会为她的母亲招来不幸。”

“芽衣小姐一直压抑着心中那股想要跑去见母亲的冲动，故意无视留美子女士自我伤害的行为。因为，她希望自己能够解救留美子女士……解救她深爱的母亲。”

听完黛的一席话，芽衣再也抑制不住眼眶里的泪水，眼泪扑簌簌地落了下来。

“……我希望妈妈她能忘掉我，开始属于她自己的人生……可是……迟早有一天……我还想再和她一起生活……因为，她是全宇宙我惟一的母亲……”

芽衣一边啜泣，一边把心里最真挚的想法说了出来。

“我的话说完了。”古美门转身回到了自己的座位上。

“……接下来，我们来聆听一下留美子女士的主张吧。”

虽然法官已经发话，留美子却依旧低头沉默不语。

“留美子女士……”三木催促了一句。

“……我没什么可说的。”留美子一脸呆滞的表情，轻轻摇了摇头。

“既然如此，本次的询问调查就此结束。”

听到法官的话，没有人露出笑容。

法院的门厅里，留美子无精打采地低垂着脑袋。三木等人围在她的身旁，不断地安慰着她。发现古美门等人准备启程离开，留美子抬起头来看了看芽衣……芽衣却紧咬牙关，一脸决绝的神色，准备径自从留美子的面前走过。

“……留美子女士。”黛不假思索地冲着留美子打了个招呼，“不管最终结果如何，即便是法律，也无法彻底斩断母女之间的情缘。只要心中还在彼此挂念着对方，那么你们就依旧是母女。”

留美子站起身来，深深地低下头。随后，在井手等人的陪伴下，留美子离开了法院。

“好了，我也差不多该告辞了。新干线马上就要发车了。我这个人不大喜欢坐飞机。”清藏向三木招呼了一声。

“事情一旦有了结果，我会尽快通知您。”三木说道。清藏却只回了句“不必了”，便转身离去了。

清藏静静地伫立在法院门外的大街上。他本打算叫辆出租车，却始终等不到空车。

“要去东京站的话，方向反了。”古美门在他的身后提醒了一声。

“……我去看过了，天空树。”清藏回头说道。

“比你想象中的更高大宏伟吧？”

“……还是东京塔更高大，而且高出的不只一星半点。”

说完，清藏便向着人行横道方向迈出了脚步。

“有空的时候，再到东京来玩吧。我和您儿子会带您多逛逛的！”黛冲着清藏的背影叫道。

“我没儿子。”清藏头也不回地径自走了。

几天后，芽衣动手准备行装。或许是因为先前曾无数次为了拍摄外景而到处飞的缘故，她一脸的习以为常，动手往行李箱里塞着衣服和洗漱用具。服部问她今后有何打算，她回答说准备去一趟伦敦。

“我婶婶跟我说，随时欢迎我过去住。帅吧？我要去伦敦留学啦！”芽衣微笑着说道。

“这么顺利就找到了监护人，真是太好了。”黛也松了一口气。

“照这么说，您是打算从演艺界隐退了？”服部问道。

“是啊，反正我的形象也基本上毁了。”芽衣黯然说道。

“话说回来，你在法庭上说的那句‘迟早有一天，我还想再和她一起生活。因为她是全宇宙我惟一的母亲’，我感觉似乎曾经在什么地方听过啊？”看着芽衣，古美门突然插嘴道。

“是《爸爸的恋人》第三集里的台词吧？只不过那部电视剧里的台词不是‘母亲’，而是‘爸爸’。”服部微笑着说道。

“你真是个彻头彻尾的演员。迟早有一天，你肯定还会重回演艺圈的。”

听了古美门的这番话，芽衣露出孩子般的笑容，只说了句“回见”便离开了事务所。

此时此刻，留美子正呆呆地看着公寓墙上满墙的芽衣的海报。可是……留美子咬了咬牙，伸出手，一张张地把海报揭下。梶原静静地站在她身旁，默默地帮她揭下海报。

“连他爸爸也没法把他扳倒？”井手问道，他的语调中似乎透着一丝幸灾乐祸，像是在说“败在古美门手下的人可不止我一个”。

“我压根儿就没期待过那个老糊涂能扳倒古美门。”三木说道，“一切只是布局罢了。”

“布局？”井手并不明白这句话的意思。

“三木律师的目的不只是想给古美门找点儿不痛快。是吧？”泽地意味深长地看了看三木。

“我是在一步一步地……确确实实地，在用棉纱勒紧他的喉头。”

“那么，您是不是差不多该动手彻底弄死他了？”泽地说道。

清藏一如往常地庭院里挥动着木刀。突然，电话响了。清藏回到屋里接起了电话。

“啊，是你啊？是啊，我也没想到，这趟去东京，居然把自己的老脸都丢尽了……开心？你说我吗？怎么可能！话说回来，你没露馅吧？”

“没有。直到现在，古美门律师依旧以为我是普通地应聘进来的。”

与清藏通电话的人正是服部。

“是吗？要是厌倦了，你随时可以请辞。”

“不。我的这条老命是老师您救回来的，至少，您就让我留在令公子身边服侍他吧。更何况，我一直觉得这工作挺有趣的。”

随后，服部说了句“以后再联系您”，挂断了电话。

黛手里捏着资料和文献，拼命向忙着练习小提琴的古美门讲诉着什么。

“普遍认为，圣诞老人起源于四世纪时无偿地将谷物等物品分发给不受上天眷顾的孩子们的圣·尼古拉斯。其后，大概是他的弟子们承袭了他的这种做法，并把这种风俗拓展到了普通家庭之中。也就是说，人世间存在着无数圣诞老人。父母赠送礼物给子女的一瞬间，那些父母就成为了圣诞老人。其实，圣诞老人就是为他人着想这一行为的具象化形象。因此，圣诞老人是存在的。”黛努力地解说着，希望能够说服古美门。

“你这是诡辩！我从来没有看到过。”古美门冥顽不化。

“律师你是个例外。”黛嘟起了嘴。

“不。在老朽看来，律师您的身边，也一定存在一个不断给您送来美妙礼物的圣诞老人。”服部一边给两人冲茶，一边说道。

“那你倒是来说说看，我都收到过什么礼物？”

“您的眼前，不就有一个让人觉得很可靠的礼物吗？”

我的眼前……古美门的目光搜寻着，突然，他的视线和黛的视线撞到了一起。

“……我吗？不要，服部叔！别再说了！”

“这样的圣诞老人就不必存在啦！不，最好赶紧消失！自打她来了之后，我就没遇到过一件好事！她简直就是世界上最糟糕的圣诞老人。”古美门用手指着黛。

“说了不要用你的手指我！一点礼貌都没有！”黛毫不示弱。

“你自己不也在用手指着我！”

“那是因为你先指了我啊！”

服部微笑着看着眼前彼此相互指责的两人——

第九章

挺身而出吧，老人们！乡村的公害诉讼

“春有百花秋有月，夏有凉风冬有雪。若无闲事挂心头，便是人间好时节。善似青松恶似花，看看眼前不如它。有朝一日遭霜打，只见青松不见花。面上无嗔是供养，口里无嗔出妙香。心中无嗔无价宝，不断不灭是真常……”

有马多祢嘴里哼着田间小调，手上忙活着田里的农活。她卷起衣角，两脚站在水田里，弯着腰不断地做着手里的活计。忙活一阵之后，她站直身子，捶了捶自己的腰。多祢今年已经八十三了，身子骨总不是这儿疼就是那儿痛。这时候正是午饭时间。多祢在田埂上坐下，嚼起了自己带来的饭团和腌菜。无意间抬起头来，青山绿水之间，映入眼中的，是那块写着“交流与情感的故乡　南蒙勃朗市”的偌大招牌。多祢撇了撇嘴，把头扭向一旁。招牌对面的两山垭口之间，是一座与周围环境格格不入的巨大工厂。

“你倒是干劲儿十足啊。”住在多祢家隔壁的老头儿春夫冲着她叫了一声。包括春夫在内，住在多祢家附近的五六个老人似乎正准备出门。

“咱们准备到交流中心去学电脑呢。”

“你也偶尔去一趟嘛，顺道还能散步。”久子和二郎这对守门家的老夫妇也劝说道。

“再多话，俺一镰刀割断你脖子！”多祢故意一脸凶相地唬了对方一句。

众人一脸无奈地走开。就在这时，多祢捏在手里的饭团掉到了地上。她突然倒下，晕了过去。

多祢醒来时，她发现自己躺在医院的病房里。

“多祢老婆子，你感觉咋样儿了？”

“大夫说，你最好在医院里多休养一段时间。”春夫、三郎，村里的众人全都一脸关切地看着多祢。

“回去吧。”多祢冷冰冰地说，“俺也没多少日子可活了。”

“净瞎说。”春夫赶忙圆场。

“你们也一样。”多祢又说，“三郎，你也病了好些年了吧？总感觉身子骨莫名其妙地倦怠乏力。”多祢问道。

尽管来探病的乡亲们大多都比多祢小二十岁左右，但他们都明白，自个儿的身子骨确实有些不大灵便了。

“里子，你男人那身子从前壮得就跟头牛似的，结果却突然间说走就走了。知道啥原因不？春夫，你不是也担心不知啥时自己就会突然倒下不起吗？”

来探病的乡亲们全都沉默不语了。

“先前说服咱们同意的，不就是你男人敦夫吗？”让二说道。

“对啊。所以他才遭了天谴，一早就走了啊。”多祢重重地点了点头。

“不管咋说，咱都已经啥办法都没有了。”

“咱这群老头老太，要说个啥，也没人听啊……”

众人你一言我一语地说着。村里的乡亲们全都心怀抱无限的后悔和憾恨。

“……咱去请个律师来，你们说咋样儿啊？”多祢开口道。

“啊？”众人全都一愣。

“五年前咱不就请过了吗？当时不是啥用场都没派上吗？”春夫说。

“咱本地的律师成不了事！都是一群酒囊饭袋！你们到东京去一趟，把最有本事的律师给我请回来。只要能做到这一点，咱就有本钱和他们开战了。”

听完多祢的一番话，众人一脸不安地面面相觑。

“嗡嘛呢叭咪吽，嗡嘛呢叭咪吽……”

女灵媒师在黛的身旁转来转去，不住地往黛的头上撒盐。随后，又把手摁到黛的背上，一边叫嚷着“快出来！还不出来！”一边用手使劲儿拍打黛的后背。突然间，女灵媒师神色一正，说道：“……我当时就是这样祛除恶灵的。”

“谢谢。我们已经很清楚了。如此一来，附在身上的鬼魂就会离去，然后会邂逅适合的恋人。当时你就是这么跟滨村先生说的吧？”

开口发问的正是被告代理人古美门。这次，他做起了被告灵媒师的辩护律师。

“准确说来，我当时说的是‘或许’会邂逅适合的恋人。”

“所谓的‘或许’，是一种肯定形式的推测语气，展现出说话者内心对某事物的不确定性。也就是说，被告人当时只是推测原告或许能够遇到合适的恋人，并未作出任何断定。是这样吧？”

“是的。”灵媒师点了点头。

紧接着，滨村站上了证人席，他是个一眼看上去就很不起眼的中年男人。

“前前后后，我总共支付了五百万日元给那个灵媒师！到头来，我的第五十次相亲依旧失败了！”滨村一脸的怒不可遏。

“我问一句：过年的时候，你会去神社祈运吗？”古美门问道。

“祈运？会啊，每年都去。”

“那么，祈运的时候，你都会往功德箱里投入香火钱，然后合十祈祷吧？你一般都会祈祷些什么事呢？”

“……我啊？一般我都会祈祷自己在新年里能找到合适的对象……”

“既然如此，想必你也一定找神社提出过要求，叫他们把香火钱还你吧？”

“不，这倒没有过……”

“你明明拿出了香火钱，结果却没能找到对象。神社的这种行为不是欺诈吗？”

“我从来都没有过这样的想法……”

“既然如此，那你又为何要向我的委托人提出要求，让她偿还你先前付给她的钱呢？”

“这样说来……”滨村不知该说什么才好。

“话说回来，滨村先生，除灵的效果，说不定过一段时间才会应验哦。你的第五十一次，不，搞不好你今天就会遇到你的女神哦。怎么样？回去之前，不如试试跟那些坐在旁听席上的女性们打个招呼，约她们到法院的咖啡厅喝个茶怎么样？”

听了古美门的一席话，滨村扭头往旁听席上看了看。但旁听席上坐着的，只有五个像是刚从乡下上东京来的老人。

“我觉得根本没有必要在法庭上叫我演练那种事……”走出法庭，黛不断地向古美门抱怨着。先前被灵媒师拍打的腰部，让她感觉余痛未消。

“你的头发上有好多头皮屑啊。”

“那是盐！”

就在两人争执不休的时候，“那个……”突然间，有人在两人身后招呼了一声。回头一看，站在身后的，正是先前旁听席上的那五个老人。老人们全都一脸紧张的模样，口口声声地相互说着“还是你说吧”“不，你来吧”之类的推辞，相互推诿，最后，还是最年轻的乡田让二往前站了一步，噗通一声跪在了两人的面前，嘴里说了一句：“请、请你们救救俺们的村子吧。”

“是吗？你们是从南蒙勃朗市来的啊。”事务所里，古美门细细聆听着老人们的讲述。

“那地方一定很美吧？”黛一脸陶醉不已。

“不，虽然叫作南蒙勃朗市，实际上只是偏远山间的小镇罢了。”

“咱们那地方，以前一直叫绢美村。”

老人们解释道。

“绢美村……那可是一个群山环绕的静谧村庄啊！与蒙勃朗不同，虽然两者同样美妙，却又各异其趣。”很久以前曾经踏访过该地的服部讲述起南蒙勃朗市给他留下的印象。

“您是不是也去过真正的蒙勃朗[①]啊？”黛询问道。

“以前参加野外登山运动的时候，曾经登顶过。”服部悠然答道。

“那么，你们到底要找我谈什么？”

古美门扭头看着面前的老人们，再次问道。

---

① 此处黛指的是法国小镇Mont-Blanc，为旅游圣地，是法国海拔最高的小镇。

“五年前，俺们村里建成了一座大工厂……仙羽化学的化工厂。”

“虽然当时我们曾拼死反对，但最后他们还是建成了。”老人们你一言我一语地说着。

“这么说来，他们使用了强硬手段……”黛一脸同情地说道。

“确实太过分了。”古美门也随声附和道。

“最近这段日子里……咱们村里病倒的人似乎越来越多。”

“虽说没查出啥问题，但总是出现突然就走掉的乡亲。”

“哎呀呀！”古美门故意煽动。

“咱这些还没死的，也不知道还有多少日子可活了。”

“……当然了，或许这是因为咱都上了年纪。”两名老妇彼此对望了一眼。

“等一等。照你们这么说，是因为村里出现了公害？”黛探出身子问道。

“……俺们是有这想法。”

“狗娘养的……”让二咂舌说道。

“……果真如此的话，事态还挺严重啊。”黛一脸严肃地点头道。

“确实严重、确实严重啊！”古美门鹦鹉学舌般地说着，但总感觉他其实根本不关心。

“前村长的太太跟咱们说，让咱们把东京最有能耐的律师请回去。”

“先前，咱也找了不少律师谈过，结果他们都说这官司不好打……”

乡亲们准备状告的对象是国内数一数二的大企业——仙羽化

学，也难怪他们找的那些律师会拒绝。而且……

“对方的法律顾问还是他……”黛也皱起了眉头。

“不会是三木律师吧？……”听到服部的问话，黛点了点头。

“许多律师都跟咱们推荐了古美门律师和黛律师。”春夫说道。

“连我也推荐了？”黛一脸不信地指着自己问道。

“是啊。他们都说，让咱们最好来找你们两位咨询一下呢。”三郎点头道。

“看样子，黛老师您如今已是名满天下。”服部一脸喜色地说道。

“不不，我根本算不上什么。”嘴上谦虚了一番，黛的脸上却露出了笑容。

“今天看到了你们两位在法庭上的表现，咱们更加坚信，能救咱村的人只有你们两位！求你们，救救俺们吧！”听到春夫的话，众人全都齐声恳求：“救救咱村子吧！”

“我们当然……”

“坚决拒绝！”

黛的话还没说完，就听古美门补了一句。

“啊？”话都说到这个份儿上了，为什么拒绝……黛大吃一惊，扭头直盯着古美门。

“理由有四点。第一，我早就下定决心，这辈子再也不去那种野猪比人多的穷乡僻壤；第二，我的辩护费用可不是你们这帮老头老太们少得可怜的退休金付得起的。”

“你再好好考虑一下吧，这场官司可是巨额的索赔诉讼啊。要是能打赢，最后也许能拿到巨额赔偿金。”黛试图劝说古美门。

“第三，反正这场官司是打不赢的。”古美门继续说道。

“你可真令人失望啊。虽然我也知道这官司绝不是那种轻易就能打赢的官司，不光是仙羽化学，还有仙羽汽车、仙羽造船、仙羽金融……这一仗，可以说是要跟自明治维新以来一直支撑着这个国家走到今天的仙羽集团对抗。这样的诉讼，跟先前那些官司相比，完全就不在同一个档次。但是，就算如此……”

“第四，我生平最厌恶的就是你们这样可怜度日的老头老太，厌恶到了作呕的地步。”

古美门打断了黛的话。他的这句话，甚至令黛的脸色也变了。

“……喂，你这算什么话？”让二立刻吼了起来。

“算了算了，咱还是走吧。”春夫的话刚一说完，老人们都站起身来。

“你们这些律师全都是些人渣，妈的……”让二恶狠狠地说着。古美门已经悠然地喝起了茶。

“虽然我早就知道老师你是令人绝望的人格缺失者，但你刚才的所作所为是不是太过分了？”

为了发泄满心的怒火，黛猛地站起身来打开房门，飞奔出了事务所。

黛来到了南蒙勃朗市——也就是曾经的绢美村。春夫和让二两人开车到车站迎接黛。坐在车上，一路远眺着美丽的大山，突然，一座巨大的化工厂映入黛的眼帘。眼前的光景，实在是让人觉得既突兀又异样。过了一阵子，车子在一栋高大气派的建筑物前停了下来。

“乡土交流中心？……”黛抬头看了看眼前的巨大建筑。

“嗯，其实就是公民馆之类的地方。好了，快请进吧，大伙儿都在等着您呢。”

黛听从春夫的话，走进室内，只见室内同样气派豪华，还摆放着成排的电脑。

“这位是从东京来的黛律师。”春夫对聚集于此的老者们介绍黛。除了春夫、让二、守口夫妇和里子这五名代表之外，馆里还聚集了十余人。

“这么年轻啊？东京的头号律师！”其中一人惊叹道。

“……头号律师随后就来。我叫黛真知子，先来办一点事。”

黛掏出笔记本，向那些诉说自己身体不适的老人们了解情况。随后，她从水井里打了些水，从田里弄来了些蔬菜和稻米，全都带回了东京。

“出来了！出来了！”黛冲进了事务所。

“怎么，难道先前你便秘，现在拉出来了？”古美门躺在躺椅上，服部正在给他做面部按摩。

“不是的！是 chlorotasmoonharryosapropylene。”

黛一口气念了出来。

“什么东西？”

“俗称赫尔穆特三八！”

“这又是什么东西？”

“砷化合物的一种。虽然是目前还没彻底搞清楚的新化合物，但毋庸置疑，这一定就是原因！”

黛斩钉截铁地说道。

“你凭什么这么肯定？”

“因为除此之外再也没有其他的原因！如此一来，我们就可以对仙羽化学发起索赔诉讼了！不，应该说，必须对他们发起诉讼才行！”

“服部叔，麻烦你再帮我做一下拉皮。”古美门根本不理会黛，扭头对服部说道。

“事情都到了这一步，你还是不愿出马？”

“我说过了。乡下生活和陪老人家玩，是我生平最深恶痛绝的两件事。”

“你还要闹性子闹到什么时候啊？我必须赶紧把化验结果通知大伙儿，现在要回村里一趟。我决不会放弃哦！”话音刚落，黛便离开了事务所。

“……话说回来，老朽也是老人家。”服部一边给古美门做着按摩，一边落寞地说道。

“服部叔你不一样。”古美门一脸理所当然地否定了服部刚才的话。

回到交流中心，黛向村里的老人们报告水质检测结果。

“奋起一战吧！这一次，我们一定要和他们血战到底！”黛紧紧地攥起拳头对众人说道。

“好——打倒仙羽化学！”

听见春夫的口号，众人全都攥起拳头，高声呼喝起来。

仙羽化学的池部社长和第四工厂的清川厂长等人来到三木律师事务所。

“你说的古美门就是那个古美门？万一他出马，事情就麻烦了啊！”

“不必担心。那家伙是我调教出来的，他会使些什么招数，我心里清楚得很。眼下这种情势，反而比和陌生律师作战轻松得多。”三木说道。

“要是我们第四工厂陷入被迫停业的话……”清川一脸不安地说道。

“那就不只是仙羽化学的损失，甚至可说是全日本国的损失了……不，应该说是覆灭。我们已经安排好了所有事宜。这官司打起来，就跟拧转婴儿胳膊……不，应该说就跟拧转奄奄一息的老人的胳臂一样轻松。”三木自信满满地说道。

“就像五年前一样。”泽地也赶忙帮腔道。

“好了，那么，这件事就拜托三木律师了。”看样子，池部准备把这件事全权委托给三木处理。

“请众位不必有任何担忧，只管埋头开发，为这个国家的未来开拓出一条新路来。”

听了三木此话，泽地沉思不语。

深夜，确认过房间里再没有其他人，泽地从办公室的文件架上找出了她要找的文件。

她轻轻地从架子上抽出了那本文件夹。

老人们聚集在交流中心忙着动手制作标语牌和缠头布条。

“你看这咋样啊？‘阻止工厂继续杀人’！”

“不错啊！明天咱就扛着这牌子到工厂门口去静坐示威吧！”

“记得带便当啊。”

“要不我来做点稻荷寿司①吧？”

看着面前这群无忧无虑的老人们，黛的心中不由得掠过一丝不安。

“古美门律师还是不来参加吗？”春夫凑到黛的身旁问道。

“他那个人凡事都看心情，又嫌麻烦。我一定会设法说服他的。”

“啊，这是刚刚寄给黛律师您的。”就在这时，三郎凑了过来，把一只信封递到黛的手里。

“给我的？”黛翻过信封看了看，信封背面并没有写明寄件人。黛打开信封，只见里边装着一份文件，文件封面上写有“机密——仙羽化学第四工厂建设反对案之对策案　古美门研介”字样的文件。

怎么回事？黛立刻抽出那份文件看了起来。

“这信是匿名寄来的。你怎么解释？”回到事务所，黛把那封信猛地甩到了古美门的面前。

“没错，这确实是我五年前提交的报告。”古美门镇定自若地答道。

“也就是说，老师你在三木事务所工作的时候，曾经暗中参与了第四工厂的建设纠纷，是吧？”

“我没对你说过吗？”古美门不以为意地说道。

“请你把话说清楚！”

---

① 日本寿司的一种，用入味的豆皮包着寿饭，又称豆皮寿司。

“嗯，没什么。五年前，仙羽化学打算在绢美村建设第四工厂时，遭到了村民的反对。尽管表面上负责处理纠纷的人是三木，但实际上暗中笼络当时的村长、最后促成第四工厂顺利施工的人，是我！”

说着，古美门洋洋自得地大笑起来。

“现在是你自鸣得意的时候吗?！出现了这种公害事件，罪魁祸首正是你啊！”

“别在那里胡说八道了。什么公害问题？和我半毛钱关系都没有。”古美门根本不理会黛，只顾忙着吃西瓜。

“对，你说的确实没错。但是，对村民们来说，两者其实是完全等同的！既然是这么一回事，所以你无法再接受这案子，是吧？如果你接受了，那么你的做法就与先前的做法背道而驰了！但！是！”黛越说越激动。

“吵死了。”古美门依旧不以为然。

“你好好想想吧！这可是你赎罪的好机会啊！如果这次你能挺身而出为绢美村一战的话，那么你五年前犯下的罪行就会被弥补了！你快找个适合的方式协助村民们一战吧！”

“白痴到你这份儿上，实在让人忍不住想欺负你！我既没有犯下过任何需要赎偿的罪行，也不需要那帮老家伙的原谅。绢美村今后会怎样，这种事我根本一点儿兴趣都没有！”

“……你的意思是说，你坚决不出手？”

“我一开始就把话说清楚了。”古美门的态度依旧没有半点转变。

“……罢了。我去组织律师团好了。”黛打从心底里感觉到了失望。

“你赶紧去找三木他们大战一场，最后输个一败涂地吧！我给你一个建议，输掉这场官司之后，你干脆转行做照看老年人的保姆好了。”

“还没开战呢！胜负输赢，一切都还没有定数呢！”

“早就有定数了哦。因为那帮老家伙根本不知道‘战斗’这两字的含义到底是什么。”古美门淡淡的一句话，让黛宛如当胸中了一箭。

“‘相互交流与充满情感的村庄　南蒙勃朗市’，这标语不是挺好吗？这种美好的文化是很难被破坏的。”

“……完全听不懂你在说什么。”

“是吗？你大概早就心里有数了吧？那帮老家伙的本性到底是怎样的？他们根本无法区分什么是‘战争’，什么是‘盲珠雪怪蟹自助餐巴士观光之旅’！”

“……我会想办法的。”黛三步并作两步地走出了事务所。

是夜，古美门踏访了某酒吧。一名女子轻轻地坐到了古美门的身旁。

“真是荣幸呢，律师您居然会主动约我。”泽地微微一笑，说道。

“你葫芦里到底卖的什么药？”古美门拿出黛质问他的那份文件，“这种事恐怕只可能是你搞的鬼吧？你处心积虑地挑唆，让那帮老家伙找到我这里来，难道是三木的指示？”

“是我个人的决定。”泽地斩钉截铁地说道。

“你这个人，行事完全让人摸不着头脑啊！你这么做究竟什么意思？”

“我是三木的秘书。以我的身份，是无法站到舞台上的。其实，我只是想帮一帮绢美村的那帮老人们罢了……仅此而已。”泽地的话让人大跌眼镜。

“真没看出来你居然这么有正义感？”

“不管别人怎么想，反正这就是我心里的真实想法……能够战胜三木，能够做到这件事的人，恐怕只有古美门律师您一个人了。”

“要是你能倒戈投靠我，说不定这官司真能打赢。”

听到古美门的话，泽地沉默了。

“你敢背叛三木吗？”

“……我经常想……要是三年前，我和古美门老师您一起离开了事务所，现在真不知情况会变成什么样呢。”

说着，泽地拿出一本小手册，在其中一页上写了一串号码。她把那页纸撕了下来，递给古美门。

“这是连三木也不知道的我的电话号码。”

两人的目光交织在一起。

“你打算对我施展美人计吗？”古美门开口打破了沉默。随后，他把那张纸撕得粉碎。

“……难怪您不愿信任我，毕竟我曾经做出过那种事。不管再怎么后悔，时光都是无法倒流的……现在的我，只能为自己曾经的行为感到羞耻……”

说完，泽地站起身来。古美门一脸晦气地把手肘撑在了柜台上。然而，泽地刚一出门，他便立刻蹲下身去，拼命把先前被他撕得粉碎的那张纸拼回原状。

“跟黛相比，这雌性激素的等级差距实在太大了！”古美门不顾羞耻地大声叫嚷了起来。

一回到南蒙勃朗市，黛立刻直奔水田，动手采集土壤样本。

“这地方真是再适合你不过了。”听到熟悉的嗓音，黛回头一看，只见古美门正站在田埂上，头上戴着一顶猎帽，手里握着一支手杖，看上去就像欧洲贵族一样。

“这工作真适合你这个罗圈腿呢。”

黛丝毫不理会古美门的揶揄，径自转身打算离去。然而，水田里的淤泥实在太深，阻碍了她的步伐。黛原本打算稍微调整一下自己的站姿……结果一个倒栽葱，摔倒在水田的淤泥里。

“这一跤摔得真是美妙绝伦，让人不禁联想到堺正章[①]来呢。”

黛好不容易站起身，满脸泥污地瞪视正冲着自己鼓掌叫好的古美门。

“带我去见见那帮老家伙。”

“……亏你还有脸到咱这里来！”一看到古美门，让二便如此开口道。

“你来干啥！”交流中心的老人们纷纷嚷道。

“咱都听黛律师说过事情的原委了，你不就是当年说服村长让那帮人在咱村里盖起那座工厂的罪魁祸首吗？”

“乡亲们，我们还是先听古美门律师把话说完吧！我听说他

① 日本著名主持人，以绝活表演著称，在日本电视台每年举办的明星艺能比赛中总会获胜。

这次来是打算来跟乡亲们赔不是的。”黛故意暗示了古美门一句。

“赔不是？凭什么让我赔不是？”古美门一脸骄傲，不屑地说道。

“我说你……”黛被噎得哑口无言。

“想当年，我也不过是拿人钱财与人消灾罢了。而我这次来是要跟你们说，山不转水转，现如今又轮到你们借助我的力量来打这场官司了！你们眼前这个除了啰嗦唠叨之外什么本事都没有的白痴女人是什么用场都派不上的！当然了，我会不会接这个官司，也要看你们出得起多少报酬。”

“扯淡！”“滚回去！”老人们高声叫嚷起来，大厅里吵成一片。就在这时，一名坐在轮椅上的年迈老妪来到了屋内。

“多祢嫂！”久子惊声叫道。

“……多祢嫂说，无论如何，她都得参与。”推轮椅的里子回答道。

“许久不见了，前绢美村村长夫人，有马多祢女士。您应该还记得我吧？”古美门冲多祢打了个招呼。

“那副自鸣得意的嘴脸，令人作呕的发型……俺又咋会忘记呢？你不就是先前花言巧语地诓骗了俺家男人的该死律师吗？”多祢眯起眼睛，上上下下地打量古美门。

“是、是俺们对不住你，多祢嫂，俺们把这家伙给招来了……”

“先前俺们根本不知道那件事。”

“俺们这就把他给赶走。”

“这辈子再不会让这家伙踏上咱这片土地了！”

春夫和让二他们一边你一言我一语地说着，一边低下了头。

“你们几个干得好啊。”多祢一脸满意地称赞道，“想要打倒仙羽，确实只有他才能做到啊。”

“可是……”春夫刚说了半句，又把话咽了回去。

“想要打胜仗，手里就必须握有最强的武器。”多祢说道。

“最强的武器，其代价可是不菲哦。”古美门搓起了拇指和食指，比了个要钱的手势。

“要是能打赢这场官司，咱就把从仙羽那里要来的赔偿金的三成给你，你觉得咋样？”

“五年前，当时的村长如果不是您丈夫而是您，估计那案子我可能就打不赢了。”

“那还用说？”多祢哼了一声，冷冷地说道。

“既然如此，那么我先去会一会对方的律师吧。”古美门微微一笑说道。

古美门带着黛和五位村民前往三木事务所。看到高层大楼窗外的大都市风景，村民们吵嚷不已。不多久，三木出现了，带着泽地、井手和三木事务所的其他律师们，齐刷刷地在古美门等人的对面坐了下来。

“这件事早在五年前就已经谈妥了。仙羽化学是在得到了众人允可之后，才在绢美村动土兴建了工厂。兴建之时，众人也曾展开过严格的调查，却并未查出任何有毒物质。”三木用犀利的目光在几名老人的脸上扫了一圈。

“但是，在这次的检查中，却检查出了 chlorotasmania……”

“是赫尔穆特三八。”听到古美门信口胡诌英文名，黛赶忙修正了一句。

“我们这边也展开了检测，目前还没有得出任何结果。”井手说道。

“虽然各位的健康受到了损害，让人心生同情。但事实上，各位健康受损的原因是否真的在工厂这方面呢？”三木毫不退让地补充了一句。

“你、你、你……你说什么……”眼看让二忍不住要动手，春夫赶忙拉住他。

“仙羽化学是一家创造未来的公司，而未来时时都存在着各种风险。关于这份风险，我们也曾经跟各位说明过，并且是在得到了各位的同意之后才动工建厂的。”三木镇定自若地继续说道。

“水质污染防治法中写明了企业有无过失责任这一条。不管是否存在过失，企业方都必须承担起责任。”黛回了一句。

“这么一说，倒也没错……仙羽化学不希望拖延此事。众位也一定都有同样的心情吧。我提议，不如干脆让仙羽化学拿出一千万日元来赔偿各位的损失好了！各位意下如何呢？”

三木瞟了瞟古美门等人，开口提议道。

“还缺两个零。我方提出的要求是：赔偿金额为十一亿三百七十万二千五百日元，同时，还要将工厂停业撤离！”古美门竖起一根手指，掷地有声地宣布。

听到如此庞大的金额，老人们不由得大吃一惊。

“这样的要求，恕我方无法接受。”三木回答道。

“好的，那么咱们就法庭上见吧！这次的官司，你丢的可能不光只是颜面哦，说不定连这家事务所都会彻底破产呢！”古美门一脸桀骜不驯的笑容，转身离开三木律师事务所。

东京地方法院，第一次公审开始。

“这就是检测出的化学物质——赫尔穆特三八的数据！目前，我们已经从该地的地下水、稻米和其他部分农作物里检测出了该物质。尽管其中的含量并不太高，但如果长时间持续摄入，那么人体的各个方面都会受到损害，其中不乏因此而丧命的案例……”

首先发言的是原告代理人古美门，之后，被告代理人三木展开了辩驳。

“仙羽化学第四工厂并未意识到该物质的出现。而产生该物质的源头究竟在何处？这一点还有待进一步的详细论证。”

案情陈述的最初阶段，双方的主张便完全对峙。

首先走上证人席的是清川厂长，由古美门先行询问。

“贵厂研制开发的是一种号称能够彻底改变整个世界的‘碳X’材料。据说，该材料可替代所有的金属。如果能将该材料应用到半导体上，那么电脑等电器的性能将会得到飞跃性的提高。这完全是一种梦幻般的新材料。我说的没错吧？”

“没错。”

“正因为这是一项未知的研究，所以因它而产生出难以预料的其他物质的可能性也很大，是吧？”

“我并非这方面的研究专家……”

“可你毕竟是一名技术人员，对吧？为了你自己这份职业的尊严，请你回答我的提问：是否存在产生其他物质的可能性？”古美门穷追不舍。

“……不能一口咬定没有。”清川含糊其辞地说道。

“法官大人，我方请求法庭命令仙羽化学第四工厂提交对大气、土壤和水质的检测结果。”

领教了古美门在法庭上的这番辩驳，旁听席上的老人们全都表现出一脸的兴奋。

“实在太厉害了，简直一点儿余地都没留给对方呢。”

“对方律师好像已经到了手足无措的地步呢。”

“这样下去的话，这官司说不定真能打赢呢！”

病房里，春夫等人激动不已地向多祢报告战况。然而多祢依旧板着脸，一脸不快。

“吵死了！这里是病房！俺可没时间听你们整天来打报告，都给俺出去！”

尽管多祢大声地嚷喝，但那五人却丝毫不以为意，叽叽喳喳地离开了病房。

怀着一种复杂难言的心情，黛目送着五人的背影离去。

“嗯，假如出现了最糟的情况，那么我们就以利益避嫌为由，提议法庭下令古美门律师不得插手此案！”三木事务所里，井手拿着资料如此说道。听到这句话，三木立刻跳了起来——

“……什么叫最糟的情况？你的意思是我会打输这官司？”

“你又说了不该说的话呢。”泽地冷冷地看着井手。

“我现在准备让你去干些见不得人的勾当，你会去吧？”三木瞪着井手命令道。

古美门与泽地再次在那家酒吧秘密碰头。

“要是我再这样偷偷地跑来见您，那么我的立场会变得危险的。”泽地冷静地说。

“三木想要从谁下手？”古美门直奔主题，“如果你真的对自己从前的行为感到后悔，那么请你拿出行动来证明吧。”

“要是我因为此事而被三木老师给赶走……古美门律师，您应该会让我留在您的身边吧？”

说着，泽地把自己的手放到了古美门的手上，把开口极低的胸脯凑到了古美门的眼前。

“我早就盼着有个能干的秘书和我共事了。”

听到古美门这句话，泽地把嘴凑到古美门的耳畔，低声说了几句话。

一股甜香撩动着古美门的鼻息，他不假思索地把嘴唇凑向了泽地的唇边……

“今晚不行。”泽地猛地扭过身，站了起来。

“嗯，说的也是！”

被对方如此干脆地拒绝，古美门自嘲地笑道。

带着令人沉醉的美妙回忆，古美门兴高采烈地回到了事务所。刚一进门，就见黛正手握着三明治埋首制作文件。

“你上哪儿去了？赶紧来帮帮忙啊。”

看到黛一脸不快地瞪着自己，古美门不由得回想起刚才和泽地一同度过的时光。他冲着黛说了句：“闭嘴，你这死飞机场！”便径自逃上二楼。

“飞机场？什么飞机场啊？”

“……老朽也想不明白。”

看到黛一脸严肃地冲自己发问，给黛端茶的服部吞吞吐吐地答道。

井手带着仙羽化学的组长踏访了南蒙勃朗市中心——一个非常偏僻的镇子——的一家宾馆。

“您好啊，先前咱们商量的事，您是否已经考虑过了，锦野副经理？”井手冲着前台业务员锦野说道。锦野观察了一下周围，把两人带到了角落里。

“我倒也不想说绝情的话，毕竟您这里和我们之间的业务交情不浅……只不过，事态发展到今天这一步，集团内部有不少人反映是不是也该和你们了断……”

听见仙羽化学组长这番话，锦野的脸上露出为难的神色。

“要不您还是出面和令尊谈一谈吧？”井手提议道。锦野陷入了深思。一旁的服务生兰丸用微型摄像机拍下了这几人的样子。

锦野把父亲——锦野春夫约到了附近的咖啡厅。

“你也替我考虑一下啊？我们家宾馆的最大客户就是仙羽集团，这一点你应该也知道吧？你倒好，做了原告团的团长……你说你这搞的到底叫个啥事，爹？”

“……抱歉。”春夫蜷起背脊，整个人缩成一团。

“这是仙羽化学给我的……说是预付金。如果你能说服众人，他们还将加倍支付。”

锦野从怀里掏出一只信封，交给了春夫。乔装打扮的兰丸再次用微型相机拍下了春夫检点信封里钞票时的样子。

收下那只信封之后，春夫立刻着手一一说服南蒙勃朗市的老人们。“说不定这官司会打上许多年。时间一旦拖长，不光花钱像扔进无底洞，人也会熬不住的。更何况，咱这官司未必一定能打赢啊。站在律师的角度上，官司打赢打输，都是事不关己，高高挂起。一千万虽然少了点，但要是对方能再多加一些，不如见好就收了吧。”

与此同时，泽地拨通了古美门的电话。

“尽管目前双方正处在诉讼进程中，但三木说，无论如何，希望能和原告团的众位见一面。”

“来了。对方想和解。”古美门用手捂着话筒冲着黛挤眉弄眼。

“那么，就麻烦你们来南蒙勃朗市一趟吧。大家都说，希望你们能到他们这里来谈。”古美门对泽地如此说道。

打完电话，泽地扭头看了看三木。三木拉开办公桌的抽屉，两眼出神地盯着抽屉里看了好一阵。抽屉里，背面朝上放着一只相框。三木伸出手去，但他那颤抖的手直到最后也没能摸到那只相框。泽地站在一旁，默默地看着三木的背影。

交流中心门口停了一整排的黑色轿车，坐在车上的全都是仙羽化学的人。

“是社长……”

“社长亲自来了……”

以社长池部为首，专务、清川厂长以及十多名高管一同走进交流中心。头上缠着布条、手里攥着标语牌的老人们此时正吵嚷成一团。

“谢谢各位给了我们这样的谈判机会，实在是……”

三木刚一开口，古美门就冲众人使了个眼色。黛和其他村民立马行动起来，给仙羽方面的人分发饭团子、咸菜和水。

“彼此都是老熟人，大家就不必拘礼了。想必各位都还没有吃过午饭吧？这是本村收获的稻米、新鲜蔬菜和井水！咱这里的人每天都吃这些饭菜。好了，各位就不必客气了。”

黛的语调中充满了挑衅。三木等人没一个人伸手去接那些饭菜。

少顷，社长池部缓缓站起身来，低头致歉道：“众位乡亲，实在万分抱歉！”

“实在万分抱歉！”不光社员，连三木也深深地低下了头。

“尽管原因仍在调查中，但毕竟还是给众位制造了辛酸的回忆，我们打心底里感到歉意。”听到池部的这句话，仙羽的社员们立刻动手给村民们分发起了礼包。

“一点小小意思，不成敬意。这里是一些羊羹和价值十万日元的可在仙羽集团所有部门使用的购物券。”

老人们一脸困惑地接过礼包，其中甚至不乏有人笑逐颜开。

“守口嫂，你的头晕好些了吗？守口叔呢？……听说发生了这样的事，我们也大吃了一惊。对我们来说，众位就跟我们的家人一样。春日一同赏花，夏日看烟火大赛，正月里捣年糕……每次一有机会，我们都会尽心尽力地跟南蒙勃朗市的众位乡亲们一起度过，其间的感情也日渐变深。众位，还请大伙儿和我们齐心协力，一起渡过这个难关吧！”池部挨个儿和乡亲们致意，柔声询问着各人的近况。

“据说为了平息本次的事态，仙羽化学愿意支付共计两千万日元的慰问金。”

“两千万……”

听见三木的话，老人们再次吵闹了起来。

“我们衷心希望各位不要嫌弃，接受我们提出的这笔和解金，结束这场官司！正所谓不打不成交！经过了这次的事，作为一家人，仙羽化学希望能跟众位建立起更深的情感。”

三木的话音刚落，春夫便立刻站起了身来。

“俺说，大伙儿觉得咋样啊……说句实话，俺倒是觉得，这次仙羽化学确实展现出他们的诚意了。要不，咱干脆也就别再继续闹下去了？”

就在这时，古美门像是早已预料到春夫会来这么一出似的，猛地一抬手，撒出了一把照片。

众人的目光全都聚集到古美门的身上。几十张照片被抛撒到了地板上。老人们弯腰捡起照片。三木和仙羽化学的社员们则全都一脸惊呆。照片上……正是先前兰丸偷拍到的宾馆副经理、井手和仙羽化学组长的密谈场面。还有锦野父子，也就是春夫以及做副经理的儿子密谈、春夫接过信封以及春夫窥视信封里所装何物时的照片。

“锦野春夫先生，仙羽化学到底给您塞了多少钱啊？”

听到古美门的问话，春夫的脸色一霎变得惨白。

“老师……实在是万分抱歉……”

井手脸色发白地在三木面前跪下。老人们震惊不已。

“很遗憾，锦野先生已经被仙羽化学收买了。估计现在已经有很多乡亲被锦野先生说服了，这一切只不过是对方设下的圈套罢了！”黛说道。

“……俺对不住乡亲们……是俺儿子恳求了我，俺才会这么做……”春夫只觉得全身乏力酸软，一下子跪在了地上。

“功亏一篑，真够遗憾啊，三木律师？”古美门讥嘲地说道。

“我们下次再来。”池部明白自己此行彻底失败，于是立刻和三木等人转身离开。惟有泽地偷偷地瞥了古美门等人一眼，嫣然一笑。

“估计他们还会不断设法笼络各位，还请务必警惕！”

黛给垂头丧气的春夫打气，“我们并不打算把您排除出原告团，今后还请您继续统帅大伙儿走下去。”

“那个……俺倒是觉得，和解也不错啊。”久子战战兢兢地抬起手来说道。

“说的是啊。”久子的丈夫——三郎也点头说道。

“等一下！仙羽化学是打算欺骗大伙儿啊！”黛拼命地说服着众人。

“欺骗？一定要这么说，那么仙羽化学似乎有点可怜呢。”三郎回了一句。

“俺家闺女也跟俺说，最好还是别再跟人打官司。”

“两千万日元，大伙儿拿来分一分的话，每个人手上也能分到将近一百万啊。这金额应该也差不多了吧。”说着，三郎和久子对视了一眼，彼此点了点头。

“这是公害诉讼啊，你们应该多得到一些！”黛说道。

“要那么多钱，能有啥用呢？”

“俺们想要看到的是仙羽化学的诚意。俺们看到他们的诚意了。”

“就是，咱确实再次感受到人情的温暖了。”

“钱不能说明一切啊。”

听到守口夫妻俩的对话，众人也都随声附和，鼓起掌来。看到眼前的这副光景，黛不由得愣住了。

“棒极了！众位乡亲的想法实在让我佩服不已！不愧是交流与情感的故乡！既然如此，各位就去和仙羽化学办手续吧。黛，之后的事就拜托你了。再见。”

古美门拍了拍黛的肩头，一边称赞着老人们，一边转过身准备离开。

“老师……你真打算就这样放弃？”黛赶忙拽住了古美门。

“这不是挺好吗？他们自己都说好了，是吧，众位乡亲？”

“人世间，有许多比金钱更重要的东西啊。”

众人都赞同三郎的意见。

“看看吧，这一脸满足的表情就跟那些刚吃完盲珠雪怪蟹坐在观光巴士上准备回家的人的表情完全一样！黛，你给我记好了，这就是这个国家根深蒂固的中庸文化的具体表现！人要是长年被他人包养，那么最后就会沦落得跟寄生虫一样！”

古美门满面笑容，嘴里说出的话却句句带刺。老人们沉默了，只有脾气火爆的让二揪着古美门的话不放。

“……寄生虫？你是在说俺们吗？”

“除了你们，这里还能有谁？居然连这点自我认识都没有，倒也真是让人羡慕呢！被人当猴耍了也丝毫觉察不到，就这么进了坟墓。这样的人生真是够幸福呢。”古美门高声笑了起来。

“你这话说得也太过分了吧？”三郎说道。

“抱歉。一开始我就说过，我这个人生平最讨厌各位这种惨兮兮的老年人了。”古美门依旧微笑着。

“喂，臭小子，你到底算啥东西！哪有你这么狂的！”

“俺们走过的桥比你走过的路都要多呢！”周围的人七嘴八舌地说着，古美门的脸上却丝毫没有半点畏惧之色。

“你们走过的桥比我走过的路还要多，结果你们却依旧活得稀里糊涂，所以我才好心把事实告诉了你们。你们都给我听好了。你们这群人，不过只是被这个国家抛弃的弃民罢了！站在国家发展的角度上来说，你们这帮只会领养老金的人根本一点儿价值都没有，所以国家才用簸箕把你们全都扫到一块儿，堆到角落里，然后再往你们每人嘴里塞上块羊羹，叫你们闭嘴！寄生在大企业身上的一群心地善良的寄生虫，说的就是你们这帮人！”

古美门口若悬河地唾骂着面前的老人们。

“律师，你够了！”黛大声制止古美门。

“你自己不也是寄生在寄生虫身上的霉菌吗？”让二怒喝道。

“你到底跟俺们有啥仇怨？”久子情绪激动地叫了起来。

“我听说，曾经，在这片土地上，放眼望去是一望无际的桑田。”古美门突然用冷静的语调述说了起来，“每一户人家，都养着桑蚕。听人说，那些桑蚕能够织出美丽无比的绢布来。就因为这一点，不知何时，人们开始把这片土地称作‘绢美’。养蚕业衰落之后，这里的人转行种植稻米。尽管这里的稻米很适合拿来酿造日本酒，但因为政府展开了农业改革，于是种植业也衰落了。从那以后，这里就再没有过像样的产业，而这片土地也逐渐变得地广人稀。其后，这里也曾多次经历过与市町村的合并，最终靠补助金挺了过来。五年前，化学工厂的人来了。众人虽然搞了些反对运动，但对方却给众人发了些零花钱，以至于大多数人就此放弃了农活。此外，对方还给众人建造了这样一栋名为交流中心的中看不中用的棺材楼，明明知道乡民连网都不会上，却给众人拉上了光纤。真是可喜可贺呢！抛弃了先前土得掉渣的‘绢美’的名字，换上了‘南蒙勃朗市’这样听起来无比高大上的名字！多时尚，多流行，多前卫啊！”

古美门充满讽刺的言语，不断地刺激着每一个在场老人的内心。

“如今，这里的土壤和水都被污染了，人们遭受了各种疾病的侵扰，说不定这片土地今后根本不能再住人了！可是，对方又送来了购物券，众人感受到了对方的情谊和诚意，这一切真是难能可贵啊！好极了好极了！如此一来，土地和水就会重新复苏了！疾病也会好起来了！就算工厂继续排放那些有毒有害的物质出来，这里也不会再发生任何问题了。因为人家对方既有情谊又有诚意——”

“呜啊啊啊啊！”让二怪叫起来，猛地扑向了古美门。尽管让二已是年过花甲的老人，却依旧凭借他的力气把古美门摁倒在了地上。

“律师！”黛高声惊叫，众老人连忙一起动手把让二和古美门拉开。

“放开俺！狗娘养的！俺要宰了他！呜啊啊啊！”让二当场哭了起来。古美门的嘴角被让二的老拳打破，满嘴是血。黛打算拿出手帕来给他擦一擦，他却拒绝了黛的好意，站起身来重新理了理自己的乱发。尽管他的声音听起来非常冷酷，但他的双眼却绽放着激情的光芒。

“……也难怪让二会火冒三丈。”三郎喃喃说道。

“你能明白俺们心中的苦痛吗……你说的那些事，俺们心里比你更清楚！大伙儿心里都后悔着呢！可是，现如今，俺们都在拼命地压抑着心里的怒火，想要让这事平息下去！”春夫也吼了起来。

“为什么？”古美门一脸严肃地看着春夫问道，“被人当成垃圾对待，你们为什么要忍？”

“俺们都已经上年纪了。”春夫无力地回答道。

“上了年纪又怎么样？”古美门反问道。

“……身子骨都不大灵便，乡亲们也在努力生活啊。”

“那又怎么样啊！”

终于，古美门厉声呼喝起来——

“所以说，你们整天盼着有人来犒劳你们？你们整天盼着有人来安慰你们？所以你们一旦遇到别人对你们一丁点好，就开心得不得了，就心满意足了吗？”

面对如此毫不隐瞒、实话实说的古美门，黛和一众老人们默然不语。

“难道你们心里就一点愧疚都没有？既不觉得自己的行为有辱先人，也不觉得自己的行为愧对后代吗？”

没有一个人说话。

“谁都不用负责任，不想看到的东西就不看，大伙儿一块儿快快乐乐地活着，这样多轻松啊？但是，如果想要找回先前的那种荣耀感，就必须去面对那些不想看到的现实！必须做好身受重伤的准备、不断往前迈进才行！所谓的战斗就是这样的！要发什么牢骚的话，等进了棺材之后再去发吧！”古美门依旧滔滔不绝地说着，“钱不能说明一切？错！能说明一切的就是钱！你们现在只剩下这惟一的办法，才能找对方报这一箭之仇！除此之外，你们什么办法都没有！”

古美门连珠炮般的话语和激昂的热情彻底压倒了在场的每一个人。

“锦野春夫先生，你曾经出任过邮局的局长，直到最后，你都一直守护着那处不知曾经经历过多少次关门危机的邮局。守口三郎先生，你曾经做过小学校长，这村里的孩子全都是你亲手教出来的学生。尊夫人久子女士同样也是村口百货店化妆品专柜月销售最高纪录的保持者！乡田让二先生是一百公顷田地的开垦者！镰田里子女士和她的丈夫一边务农，一边同时兼任了不止一件以日计酬的工作！富田康弘先生是商店街的会长，每年都会想方设法地把各种节庆搞得热闹非凡，甚至还请来过水晶之王[①]！板仓初枝女士也巾帼不让须眉，虽然身为女儿身，却每天开着大吊车，养大了六个子女！”

古美门的目光从众人脸上挨个儿掠过。那种深具魄力的强烈眼神与之前池部社长的虚浮眼神完全不同。

“你们这群人，是把这个国家从战败的深渊中解救出来，又亲手缔造出了这个国家最为繁荣的时期的人！在你们的心底深处，一定还残留着当年那份英雄豪迈的灵魂……我的心里，本来是带着这样的一丝奢望而来到这里，但我真的是太天真了！请各位不要再让我来掺和各位这场闲极无聊打发时光的游戏了！各位

① 日本流行乐队。

温和善良的寄生虫们，你们彼此为对方舔舐舔舐伤口，然后安安稳稳健健康康地去死吧！永别了！”

说完，古美门转过身去，迈步准备离开。可是，他的脚步突然停了下来，因为，他看到里子双眼血红地冲进了交流中心的大厅。

“……多祢嫂刚才咽气了。”里子努力忍着内心的悲伤，开口说道。古美门、黛，还有在场的所有老人们都默然不语。

“……多祢嫂留下了遗言……说她死之后，要大伙儿抱着她的遗像，坐满法庭的旁听席……她说这样一来，能给法官留下更深刻的印象……”

整个大厅里鸦雀无声。

“……从前……俺也曾独自一人在田里奋斗过啊。”让二喃喃说道，又再次沉默。

“♪雄鸡雄鸡高呀么高声叫，叫得太阳红又红。身强力壮的小伙子，怎么能躺在热炕上做呀做懒虫……”里子小声哼唱了起来。没错，多祢就是哼唱着这首歌，在田里耕种了不知多少个年头。

“♪雄鸡雄鸡高呀么高声叫……”春夫也跟着唱了起来。三郎、久子、让二……不一会儿，所有人都齐声唱了起来。

“♪雄鸡雄鸡高呀么高声叫，叫得太阳红又红。身强力壮的小伙子，怎么能躺在热炕上做呀做懒虫。扛起锄头上呀么上山岗，山呀么山岗上好呀么好风光。我站得高来看得远来么依呀嗨，咱们的家乡到如今成了一个好地方。那哈依呀嗨嗨哎嗨那哈依呀嗨——那哈依呀嗨嗨哎嗨那哈依呀嗨！——”

众人齐声高唱，脚打节拍，不知何时，形成了一出大合唱。

渐渐地，老人们脸上开始露出了生气，目光变得炯炯有神，脸上全都绽放出笑容。

“律师啊，你能帮俺们赢回多少钱来？”春夫开口向古美门问道。

“决定这一点的人是你们而不是我。无论你们想要多少，我都会尽力帮你们弄回来。”古美门一脸严肃地答道。

“要是这官司打输了，你会负责任吗？”

“我怎么可能会为你们负责？”古美门斩钉截铁地说道，然而他的脸上却洋溢着自信。

“……带着几个小钱去到阴曹地府，老实说真没啥用。”春夫苦笑着说道。

“反正都是一死，干脆拽着仙羽化学一起下地狱好了。”三郎也一脸舒爽的表情开口说道。

“律师，咱们再也不会半道打退堂鼓了。俺们这次一定会奋战到底的。”春夫用毅然决绝的目光看着古美门。其他的老人们也都用锐利的目光看着古美门。

“……你们的目光看起来似乎稍微有一点精气神了。”古美门拿起水壶，往玻璃杯里倒满一杯从井里打上来的水，然后一仰头喝干了那杯水。黛也擦拭掉涌入眼眶的泪水，像古美门一样地喝干了一杯水，然后两眼正视着前方……众人的脸上，全都绽放出了笑容。

“终于要开始了，真正的战斗。”

深夜，泽地在办公室里对三木说道。

三木拉开办公桌的抽屉，伸手拿起那只背面朝上放着的相框。之后，他像狠下决心一样地拿起了相框，缓缓地把相框翻了过来。他的喉头在不断地呜咽，手在不断地颤抖。

“……律师。”泽地从身后紧紧地抱住了三木。

“……这个仇，我一定会报……我一定要把古美门打入十八层地狱里去不可！”三木狠狠地下定了决心，咬牙切齿地说道。

“是。”泽地重重地点了点头。

回到事务所，古美门等人享用着服部烹制的晚饭。

“律师，这官司一定要打赢啊。”黛说道。

“说起来轻松做起来难。最后到底鹿死谁手，现在还说不准呢。”古美门一边嚼着肉块一边说道，感觉和平时没什么异样。

“三木利用泽地，巧妙地操控着你我的一举一动。我们先前的行动，全都和三木料想的一样。”

“和三木料想的一样？莫非……今天的事也一样？”

“这大概是他为了防止我中途罢手而故意设下的圈套。”古美门轻描淡写地说道。

“……律师，明知这是个圈套，你还故意去钻？”黛难以置信。

“三木是想和我彻底做个了断……既然如此，那我就陪他玩玩好了。”

“律师……”

“这一仗，估计会是我这辈子最艰苦的一仗吧。”

今后的事态究竟会发展到何等地步？黛无法想象。

吃过晚饭，古美门端着咖啡杯走进院子，抬头仰望着星空。

服部站在他的身旁。黛站在起居室里，远远地看着两人的背影。

“不管是谁，都有着仅属于自己的过去。”服部开口对古美门说道。

“可你身上的故事实在太多了。”古美门沉稳地应对道。

“有的时候，人们必须去面对那些自己根本不想面对的过去。”

“……”

“如果说出来能让您心里轻松一些的话……我甘愿洗耳恭听。”

服部静静地等着古美门开口。黛也凑了过去，竖起耳朵。

“……服部叔，你愿听我说吗？”古美门终于开了口。

“您尽管说吧。”服部一脸慈爱的表情，点头说道。

“你踩到我的脚了。”古美门把目光挪向脚下。

“啊，万分抱歉。”服部赶忙挪开自己的脚。两人身后，黛吃惊得差点儿摔了个大马趴。

第十章

与大企业“全面对决”！公害诉讼的胜负？

坐在转椅上的黛突然转过身来，面朝镜头。

“众位观众，不知大家是否知道一处曾经被人们称为‘绢美村’的地方呢？那里青山绿水，田野环绕，空气清新，溪水淙淙……”

说到这里，黛突然顿了顿，交换了下跷二郎腿的脚。

“然而，这座美丽的村庄如今发生了骇人听闻的恐怖事件。”

说完，黛握着麦克风站起身来，镜头追随着她的身影移向一旁。黛的身旁坐着一帮老人。黛把手里的麦克风凑到了老人们面前。

“……俺总觉得全身乏力，却又查不出啥原因。”“俺总感觉眼前发晕啊……”“俺的关节一直发麻。”“去年俺心肌梗塞发作，病倒了。”“俺患了白内障，右眼看不见了。”“俺娘去年突然过世了……”老人们轮番诉苦道。

“最后，一直被俺们当成精神支柱的前村长夫人也患上了癌症……”

“多祢嫂啊——”

春夫抱着多祢的遗像，哭天抢地大声喊了起来。

“这里究竟发生了什么事？”黛询问道。

“一切的原因……就是那里啊！”老人们齐声说道。

“仙羽化学第四工厂！”

老人们老泪纵横。

“怎么会这样！那家著名的大企业——仙羽化学的化学工厂，竟然引发了公害问题！美丽的自然环境遭到破坏，当地的居民们……健康受损……健康受损……抱歉！下边的台词是啥来着？”

"切！切！"

看到在黛镜头面前忘词，古美门连声高叫，停止了摄像。他肩扛着摄像机，兰丸则忙着给众人打灯光。

"你给我把台词都背熟！到底要弄多少次才能拍好啊！"

"抱歉了……"黛嘟着嘴说道。

"律师，俺们的表演如何啊？"春夫向古美门问道。

"完美无缺。根本看不出是在表演，毫不作假的悲惨气息直逼眼前。"

尽管古美门的话听起来根本不像是夸奖，老人们却不以为意，高声欢呼，彼此击掌。

"跟他们相比，你呢！根本一点儿都不像泷川雅美！①"

"当然不像！你干脆直接找个职业主播来吧！"

"那些主流媒体都不愿出动啊，这事能赖我吗？"

眼见古美门和黛又吵了起来，兰丸低声咕哝了一句"毕竟仙羽集团是他们的大赞助商，媒体肩上的压力也一定挺大的吧"。

"所以我们才必须自掏腰包拍摄视频，再上传到视频网站，设法抢夺点击量头名的宝座！"古美门高声宣布道。

"你让我换脚跷二郎腿的动作实在太做作了，受不了。"黛述说着不满。

"不这么做，有谁会愿意来看这些满脸皱纹的老人家视频？这种时候，你必须给我玩些搔首弄姿的动作！"

"话说回来，真知子一点儿姿色都没有，简直令人绝望。"兰丸看了看黛，一脸苦笑地说道。

---

① 日本美女主播，东京申奥大使，日法混血儿。

“问题的关键就在这里……”古美门也重重地叹了口气。

“要不，干脆让她穿条更短一点的裙子吧？短到不能再短那种程度的。”兰丸对着古美门问道。

“可这家伙是罗圈腿啊……要是换成长泽雅美①该多好啊！”

“真是对不住了啊！”

看到两人自顾自地抱怨，黛一副忍不住要杀人的表情，恶狠狠地瞪着两人。

就在这时，春夫凑上来，把一张纸条递到了古美门的手里。

“老师，前几天，咱大伙儿一起商量了一下，最后定下了这场官司的最终目标。”

“第一，抚慰金五亿；第二，在人身安全得到保障之前，勒令工厂停业整顿。”古美门大声念出纸条上写的内容。

“除此之外的结果，咱都不要。”春夫毅然决然地说道。

“了解。”古美门凛然地看了看眼前的老人们。

公审日。占据了旁听席一半座位的老人们，手上和膝上端放着多祢和各家去世之人的遗像。席位的另一半则坐满了仙羽化学的人。整个法庭洋溢着一种异样的氛围。

工厂厂长清川站到了证人席上。

“赫尔穆特三八，这是一种因化学技术的现代化发展而导致的一种有害新物质！清川厂长，你们是怎样处理制造新素材碳 X 过程中产生的污水的呢？”

---

① 日本女演员，十二岁获“东宝灰姑娘”选拔赛最优秀奖，成为该奖史上最年轻的最高奖获得者。

古美门拿出仙羽化学第四工厂的俯瞰图，向清川发出了提问。

“在废弃空地上用二重三重高效过滤器进行处理之后，再积蓄到这个池子里。所以从安全性上来说，是没有任何问题的。我们会依次将这些污染物运送到近邻县的工业废弃物设施里去，请专业人员进行最终的处理。”

“出于本庭的文件提交命令，你们对蓄水池里的污染水进行了水质检测。这就是你们检测后得出的结果吗？”

古美门拿出一份文件，清川看了看，点头说：“是的。”

“清川厂长，请你翻到检测项目第三页，从正数第五行开始，高声朗读一下。”

“……chlorotasmhaliosa酸。”清川念诵了出来。古美门把手背到身后，转到法官的视觉盲区，煽动着旁听席上的众人——“啊？”“果然检出来了啊！”老人们故意吵闹起来。

“我的话说完了！”

轮到被告方的三木登台。

“目前的争论点有两个。首先是原因。科学界中，每年发现的新物质大概都有两百到三百种之多。而其中的绝大部分都未能得到完全的解析。那么，目前我们讨论的这种名为赫尔穆特三八的物质，是否真的对人体有害呢？”

“已经有人因此而健康受损了！”古美门高声嚷道。

“其次是其经由路径。绢美地区为何会被污染？清川厂长，这种物质是否存在流泻到外界的可能性呢？”三木询问道。

“蓄水池是不可能发生泄露的。”清川斩钉截铁地答道。

“除此之外，是否存在其他导致绢美地区检测出该物质的原因呢？”

“所谓物质，是会伴随着空气流动而发生移动的。”

“也就是说，该物质也可能是在很远的地方被风吹起，最后化作雨水降到绢美地区！”三木一字一句地说着，一旁的井手则摊开了地图。

“绢美地区以南四十五公里处，有另一家公司的废弃物处理场；以西五十公里处还有另一家大型工厂聚集区。此外，如果将那些较小的研究所和乡镇工厂也计算在内，绢美地区存在无数的污染源。原告方认定仙羽化学第四工厂就是污染源，不过是因为该工厂的地理位置较近罢了。有关这一点，您怎么看？”

“简直幼稚。我希望对方能够提出一些更有说服力的证据来。”清川冷静地回答道。

“有关以上两点，我方希望原告方能够详加证实。我的话说完了。”

三木和古美门的目光交织到一起，同样锋利。而黛只能在一旁看着，无从插手。

回到事务所，古美门立刻坐到桌旁大口大口地吃起了晚餐，像要拼命补回在法庭上消耗掉的能量一样。

“果不其然，对方冲着咱们的弱点开炮了。”黛一边整理资料，一边冲着古美门说道。

“这既然是一种尚未被研究透彻的新物质，那么要从科学上论证，感觉应该不是一件轻松的事吧？”服部问道。

“眼下我们只能拿这一点开刀了。不论用上什么手段，我们都必须证明它是有害的。这是一场赌博。不管对我们来说，还是对他们而言。”说着，古美门连拍了两次手。

“兰丸参上！”不知怎地，兰丸突然出现在了院子里，“只是想换个忍者的登场方式而已。给，老师。”

兰丸递出了一份资料，随后说了句“我开动了”便坐下来开始吃起来。

“黛律师也吃点东西吧？”

听到服部的招呼，黛坐到了餐桌旁。只见她慢条斯理地从包里拿出了便当和水壶。

“这是什么？”看到黛拿出的便当盒，古美门不由得瞪大了眼睛。

“最近一段时间，黛律师一直都在吃她自己带来的便当。看样子，似乎是老朽做的饭菜不大合她的胃口啊……”

“不是，是因为服部叔你做的菜太好吃，我总会不知不觉吃太多，所以才需要减肥。”

话虽如此，黛的便当盒里装的却是满满一盒菜和几个大饭团。古美门一脸不快地瞪视着手握饭团大快朵颐的黛。

几天后，古美门和黛一同踏访仙羽化学总公司。站在背阴处往大楼入口一看，只见一名三十出头的女子正端着便当盒往大楼外走来。黛扭头看了看古美门，问：“就是她吗？”

“仙羽化学研究开发部主任八木沼佳奈。有关碳X和第四工厂的内幕，她恐怕是这世上知道得最详细的人。”

“如果能让她出面作证，那么仙羽化学将千里之堤毁于蚁穴了？”黛点了点头，和古美门一道跟上了佳奈的脚步。佳奈一路走进公司附近的公园，在长椅上坐了下来。

“不介意和你坐一起吧？”黛打了声招呼，在佳奈的身旁坐了下来。古美门则在长椅的另一端坐了下来，和黛一道将佳奈夹在了中间。

“……你们两位的长相，我是见过的。”佳奈扭头看了看黛和古美门。

“你现在是不是有种痛心疾首的感觉呢？由你开发的那种材料引发了如此悲剧……”古美门用他一贯的飞快语调说道，“想当初，大概连你也没有料到，事情竟然会发展到今天这一步吧？我能明白你的心情……如果你不想再被自己的良心苛责，那么就请你珍惜这个机会。跟我们联手吧，八木沼小姐！”

“看起来，你们似乎找错了挖墙脚的对象？”佳奈冷冷一笑，说道，“碳X是一项全体国民与政府携手推进的项目，同时，它也是日本继续保持发达国家地位的一线希望。即便出现一些牺牲，那也是没办法的事。”

“你的意思是说，绢美村的那些老人们，就任由他们去了？”

“正是因为像我们这样的大企业一直在努力，日本政府才能勉强拿出钱来为那些毫无任何生产能力的老人支付养老金。”佳奈不为所动。

“在这一点上，我和你的看法完全相同。”古美门重重地点了点头，同意道。

佳奈似乎突然失去了食欲，她盖上便当盒，站起了身。

“营业部那边比你年纪小的恋人，似乎已经向你求婚了吧？”古美门冲着佳奈说道，“他会怎么想呢？如果他知道你之所以这么年轻就当上开发部主任，是你长年担任社长夜间伴侣的缘故？”

佳奈的表情稍稍变得僵硬了。

“要不，我们就把这事在公司里抖开来吧？”

听到古美门的威胁，佳奈依旧不以为意。

“这事他早就知道了，他和我结婚的目的就是通过接手社长玩腻了的情妇来换取出人头地的机会。我和他都不过是玩玩罢了。我根本就没兴趣和他结婚。”佳奈迈开脚步，大步流星地离开。

和往常一样，三木把头凑到办公室的窗边，远望窗外的夜景。屋里回响着的是庄严的俄罗斯音乐。

“对方似乎已经放弃挖墙脚了。毕竟，古美门律师很清楚仙羽化学的凝聚力到底有多强。”

一边听着泽地的报告，三木一边摆出拳击的架势，空挥起了拳头。面对自己眼前那个凭空幻化出来的古美门，他咻咻咻地不断挥动着拳头。

“战斗中的男人，总会让人感觉无比性感呢。”听到泽地的这番吹捧，三木不由得加快了出拳的速度……

“好痛……”突然间，三木捂着腰倒了下来。

“律师？您闪到腰了？”

“没有。”三木一边硬着头皮回答，一边缓缓在椅子上坐下。

第二次公审，化学家町村教授站到了原告方的证人席上。

“各位想必应该明白，所谓的赫尔穆特三八，其实是这样一种物质。”已经步入暮年的町村一边说，一边扬了扬手里那张写着化学公式的打印纸。

“看了也不明白。请您详细说明一下。”古美门对町村说道。

“就是一种无机砷化合物。总而言之，完全可以把它当成六价铬之类的东西。”

“您说的就是那种会引发癌症等危笃病症的六价铬啊！照这么说，绢美村村民发病的原因，就是这物质了吧？”

古美门一边推波助澜，一边引出话题。

“嗯，引发癌症那部分构造和六价铬极为相似，想来是错不了的。”

“好的，我们明白了，町村名誉教授。我的话说完了。”古美门刚一落座，三木便举起了手。

“请被告代理人发言。”

听到法官的指名，三木站起身来。

“町村教授，我听说，您是日本国内这方面研究的第一人，如今同时在三所高校里执掌教鞭。请问您每周一般有多少堂课呢？”

“没算过，大概十五堂左右吧。”町村回答道。

“也就是说，如今您的任务主要是教学，而作为研究者，您未必称得上是全职？”

“不，我每周至少花二十个小时在研究上。”

“那么，网游‘穆大陆的冒险’里名为‘勇者町村’的玩家，就是您吧？”三木突然改换了提问的方向。

“啊……”一听到对方的问题，町村立刻变得张口结舌。

“该玩家的经验值已经高达三千六百五十点，在玩家当中被当成神一般的存在，备受崇敬。那么，您每周的那二十个小时，到底都花在什么地方了呢？我问完了！”三木一脸得意地说道。

被告方的证人席上站的是年约三十左右的宇都宫博士。

“请问宇都宫博士，赫尔穆特三八和六价铬一样，都会对人体产生巨大的危害吗？”三木问道。

“不。该物质一般很难在人体内形成聚积，很容易被排出体外。如果是一次性地大量摄取，那么或许会对人体产生较大的危害，但如果量不是很大，那么即便长期摄取，也不会对人体造成什么危害。”宇都宫轻描淡写地说道。

“原来如此。这道理就跟如果有人狠狠揍我一拳我会受伤，而如果只是长期用指头轻挠却不会受伤是一样的道理。是这么回事吧？”

“这样的比喻确实很得当。”宇都宫的语调就像是在赞扬一个说出了自己所期待的答案的学生。

“那么，你觉得绢美村村民的病症是否是该物质引起的？”

“从理论上来说，那几乎是不可能的。况且该村村民的症状不一而足，我个人觉得，大概是因为他们都上了年纪的缘故吧。”

“我问完了。”

随后，古美门站起身来发起反方询问。

“你的见解似乎与町村教授大相径庭。说起来，你似乎曾经是町村名誉教授的学生吧？为何你们师徒两人的见解会如此分歧呢？”

“町村老师的研究或许稍稍落后于时代。正因为如此，我才离开了他的研究室。”

“离开？哎呀呀，你是不是口误？其实想要说自己是被町村教授赶走的吧？因为你的流氓行为彻底露馅！。”

听到古美门的话语，宇都宫脸色大变。

“我反对，此事与本案毫无关系。”三木当即发难。

“此事至关重要，还望法官准许我继续追问下去。”

法官答应了古美门的请求。

“你曾经对同一个研究室里女性后辈的臀部上下其手。意识到事态严重性之后，町村教授便把你赶出了研究室。正因为如此，你才会一直对町村教授怀恨在心，处处与町村教授为难做对。我说的没错吧？”

“……不是。”宇都宫一改刚才的趾高气昂，压低了嗓门。

“那么，你承认你曾经对女性臀部上下其手了？”

“我没有！我只是轻轻碰了一下而已！”宇都宫慌了神，高声叫嚷道。

“幸好町村教授没有把这事捅到警察那里去呢！我问完了！”古美门回到座位上的同时，黛冲他比了个胜利的姿势。

“……这到底是输是赢？”旁听席上的久子轻声向身旁的丈夫三郎问道。

“咱这边以寡敌众啊。”三郎一边关注着场内的战况，一边低声说道。

回到事务所，黛等人再次召开作战会议。几人在桌上摊开地图，服部和兰丸也参与其中，四张脸凑到了一起。

“接下来要证明的就是绢美村的污染源即第四工厂吧？”黛伸手拿起桌上的水壶，咕嘟一声喝了一口。

“第四工厂附近有很多地下水脉，而这些水脉，似乎都连通着绢美地区。”兰丸指着地图说道。

“由蓄水池泄露出去的污染水渗透到地下水脉，然后灌注到了绢美地区。”黛看着兰丸的指尖说道。

“只要在第四工厂的地下挖掘一番，一旦从地下水脉中检测出赫尔穆特三八，就能证明工厂即污染源了。”说着，古美门陷入到了沉思之中。

“但是，我们却无法进入到工厂里去，那地方戒备森严。”兰丸曾尝试过潜入，最终却以失败告终。

“那就动手在工厂周围展开挖掘工作。如此一来，对方就无话可说了。”古美门提议道。

“但这样一来，就必须找专业人员来进行大规模的挖掘才行。所需花费也会变得很高。”服部觉得这样的计划很难实现。

“而且，我们还必须得到土地所有者的许可。”黛也说道。

“对方应该不会允许我们这么做。仙羽化学跟周围一带的土地所有者打过招呼。”兰丸否定道。

“从资金上来说，这样的计划实在无法实施啊……”黛的语调似乎也死心了。

“岂能在这种时候退让？俄罗斯轮盘已经转起来了！”古美门毫无放弃的打算。

古美门和黛来到南蒙勃朗市，踏访了矗立于市街地上的一栋公寓。两人打算找工厂附近的土地所有者商量一下，让对方允许他们对土地展开调查。

“挖掘调查？这可不好办。”土地所有者立刻表现出一副不大情愿的态度。

“我们不会给您添麻烦。调查结束，我们一定会将您的土地恢复原状。”黛态度诚恳地再三恳求。

“实话说，不久前，仙羽化学也曾来找我谈，说是希望能将周围的土地全都买下。我也觉得不如干脆把这块地卖掉算了。”

“对方果然抢先下手了。”黛看了看古美门。

“那么，您准备卖多少钱呢？”听到古美门的问题，土地所有者抬起了头。

“我愿以他们给出的价格的两倍来买您这块地，而且是现金。”古美门一脸平静地说道。旁边的黛则拿出了一只袋子，打开来让对方确认里边装的如小山般的钞票。看到古美门拿出那么多钱堆在自己的面前，土地所有者不由得干咽了一口唾沫。

“这里是一亿日元。”古美门说道。

“立刻找人来挖掘。”一走出公寓大门，古美门便开口指示。

“……律师，麻烦你告诉我，你刚才的那些钱到底是从哪儿弄来的啊？”黛一脸严肃地问道。

“房子、车子、游艇……我把所有东西都典当掉了。”

“啊？”黛不由得怀疑自己的耳朵。那个贪得无厌又小气巴拉的古美门竟然会做出这种事？

“只要能打赢这官司，那么这一切就不成为问题了。”

“但要是官司打输了，你就彻底成为流浪汉律师了啊？不，如果自行破产，甚至连律师资格都会被剥夺。”

“为了打赢官司，什么手段我都会用上！就算把房子卖了，只要能赢，那也不算什么事！立刻给我动手开挖，直到从地下水里检测出赫尔穆特三八来为止！”古美门率先迈步走开，黛赶忙跟了过去。

数日后，黛顶着一头乱蓬蓬的头发回到了事务所。

“律师，水质检测结果出来了！”

“查出赫尔穆特三八来了？”

“没有！”

调查结果似乎并不如人意。

“……那就试着去挖掘其他的水脉！管它挖出来的是温泉还是德川幕府①的埋藏金！哪怕是邪马台国②的遗迹都不必理会。挖挖挖，给我死劲儿地挖！”

又过了几天。黛一脸兴奋地冲进事务所。

“终于挖出来了？”古美门喜形于色地跳起身来。

“没有！”黛的回答依旧和先前一样。

“那你激动个蛋啊！继续扩大施工规模！就算把山挖垮，一直挖到巴西去也要给我继续死劲儿挖！”

又过了几天。这一次，黛一脸消沉地走进事务所。

“……又没挖到吧？”看到黛的模样，古美门不由得泄气。

“这次检测出巨量赫尔穆特三八。”黛比了个剪刀手的手势。

“你是不是情绪倒错？干得漂亮！”古美门跟着比了个胜利的手势。

古美门和黛带着调查结果来到三木法律事务所，向对方提出和解的方案。

---

① 德川幕府，又称江户幕府，日本史上最后的武士政治组织。

② 三国时代倭国，被认为是日本国家的起源。

“真没想到你居然会上门来找我们和解。”泽地说道。

“我只是来向你们转达一下我们委托人的要求罢了：抚慰金五亿；在确保人身安全之前，工厂停业整顿。如果你们能够答应这两个条件，那么，我们会做出让步。”听过黛的话，三木和泽地沉默了。

“如今这官司胜负已分。再旷日持久地纠缠下去，对你对我都没有任何好处。”

“……不想再让这官司纠缠下去的人恐怕是你吧，古美门？”

听了古美门的话，三木瞪起眼睛看着古美门说道。

“你的车和游艇的抵押期限差不多快到期了吧？你的房子恐怕也快没了吧？你这回总算陷入泥潭里了啊！”

轮到古美门陷入沉默。

“我们不会和解。十年也好，二十年也好，我都会陪你玩到底。”三木嘴角往上一扬，不怀好意地笑了笑。

“……这场官司你打不赢的。一旦被仙羽集团舍弃，你也彻底完蛋了。”

“最后输掉这场官司的人是你！你就等着失去你所拥有的一切吧！”两人针尖对麦芒，彼此相互瞪视着。

“泽地，这里倒闭之后，你就到我那里去吧。我不会像三木那样硬逼你搞变态演出的，所以你大可放心。”古美门站起身，走出了三木的办公室。

“他们手上是不是还有什么秘密武器？”黛追上古美门，开口问道。

“管它呢。干死他为止！”古美门火冒三丈。

接下来的公审中，古美门用地图向众人解释挖掘检测进展。

“距第四工厂西南约一公里处，我们从地下一百五十米的水脉中检测出了浓度高达 8PPM 以上的赫尔穆特三八！而这条水脉是直接通往绢美地区的。基于以上调查结果，仙羽化学第四工厂排出的赫尔穆特三八存在泄露现象并经由地下水脉污染了绢美地区水源的事实已经毋庸置疑！我方已经完成了证明的任务。我的话说完了！”

“好，终于把他们逼上绝境了！”旁听席上的三郎高声叫嚷起来。老人们笑逐颜开，彼此点头致意。

“被告代理人。”法官指名让三木进行发言。

“对于赫尔穆特三八是否就是引发疾病的原因，我方至今一直抱有疑虑。”

“你真是不见棺材不掉泪。”古美门一脸不屑地说道。

“我们在全国范围内选定了十八处与绢美地区居民特点相近的地域，动员了众多调查人员，对那些地区进行了详细耐心的调查询问。”三木刚解说到这里，井手便立刻在大屏幕上放映出调查的数据。

“其结果，与绢美地区的老人们患有同等程度疾病的平均比例为百分之六十八点六。绢美地区的老人们的疾病率为百分之七十二点三，其间的差距只有百分之三点七而已。也就是说，绢美地区老人患病的几率并不超过平均值太多。这种状况其实很普遍。”

“你这是在拿数据蒙人！”古美门反驳道。

“关键在于患病老人的数量在最近一两年中急剧增加！”黛也大叫起来。

“下次开庭时，我方准备就赫尔穆特三八的毒性展开检证。我的话说完了。”

三木坐回座位，旁听席上的泽地一脸满足地笑了。

“你到哪儿闲晃去了？与其浪费时间去做那些毫无意义的事，还不如按照我的吩咐去把该做的事情做好！”

黛一回到事务所里，埋头翻阅案头上堆积如山的资料的古美门便劈头来了一句。

“我做的并不是什么毫无意义的事……”

“你就算天天跟在八木沼佳奈屁股后边也是没用的，那女人不会上钩。”

古美门似乎已经知道黛趁午饭时间偷偷溜去说服佳奈的事了。

“我总觉得她似乎有什么话想跟我们说，或许她内心有愧吧，要是我们能诚心诚意地去说服她的话……”

黛的心里就是这样打算的，所以她才会每天带着便当过去。

“你在我这里到底都学到了些什么？你差不多也该学会不再相信那些晨间剧了吧？那女人的脑子里除了她自己手上的研究之外什么都没有，人类就是一种只会为自己的欲望和利益才展开行动的生物！”

说完，古美门立刻又投入到工作之中。

其后的公审中，出水舞走上了被告方的证人席。

“出水舞，高中教师，担任的科目是化学。”

“直到去年为止，你都一直在町村教授的研究室里工作吧？”

三木开始了询问。

“是的。”

“如果您不介意的话，我想就宇都宫先生的那件事展开询问。宇都宫先生是因为摸了您的臀部，才被町村教授赶出了研究室吧？”

“我倒是觉得……他的行为算不上是流氓行为。”舞证言道。

“被告方的询问与本案毫无关系！”古美门提出反对意见。

“那是因为你给我们的证人贴上了流氓的标签，所以我才要在这里为他挽回名誉！”

听了三木的意见，法官示意三木继续询问。

“您的意思是，那件事其实根本算不上是流氓行为？”

“我本来就跟宇都宫先生关系很好，那种程度的行为……我总觉得，町村教授似乎有点小题大做了……”

“町村教授为什么会如此激动呢？”

“说来有些难以启齿，我总感觉町村教授似乎对我有好感……抱歉，我不能再多说什么了。”

“我问完了。”

“原告代理人。”法官扭头看了看原告方。

“……我没什么要问的。”古美门一脸怫然地说道。

“我来！”

黛准备站起身来，古美门丢了一句“你还是省省吧”。黛依旧自顾自地对舞发起了询问。

“宇都宫先生一直在为町村教授给他贴上的流氓标签而感到恼火吧？所以，他才会公报私仇，故意提出和教授完全相反的意见……”

“宇都宫先生不是那种人。作为一名搞化学的学者，我一直都很支持宇都宫先生的见解。目前来看，他也是在这方面的研究进展最为迅速的研究者。”舞立刻回敬了一句。

“……我问完了。”黛意气消沉地坐回了座位上。

“蠢货。”古美门嘟哝了一句。三木一脸奸笑地看着对面的两人。

回到事务所，服部一如往常地向两人问候“您回来了”。然而，服部身后的光景却变得与以往截然不同了。

屋里的家具几乎全都消失了，剩下的那些家具上，也都被贴上了典当行的标签。

“值钱的家具都被搬走了。”

听到服部的这句话，古美门和黛愣在了原地。

是夜，黛来到仙羽化学总公司门前，等待着佳奈下班。

“八木沼小姐。”黛冲着佳奈叫了一声。可佳奈毫不理会，径自往前走去。

“对你来说，碳X就像是你的亲生孩子一样吧？你其实一直都觉得很心痛吧？这样下去，你真的全都无所谓吗？”

“你烦不烦？”佳奈冷冰冰地甩开了黛。目送着佳奈的背影走远，黛突然感觉肚子有些疼痛。不过应该没什么可大惊小怪的。

“有关赫尔穆特三八的毒性，我方希望获得一些更为详尽的证词。”

其后的公审中，作为被告方证人的，是三木请来的一名德国男子。

“我是柏林理科大学准教授，赫尔穆特·迈亚博士。”迈亚用生硬的日语自我介绍。

“……赫尔穆特？”霎间，黛心中萌生一种不祥的预感。

“您不远万里从德国赶来，我们十分感谢。您的日语如此纯熟，也为我们省了不少事。赫尔穆特·迈亚博士，您所从事的到底是哪方面的研究呢？”

“水质化学。”迈亚回答道。

“与此同时，您也是赫尔穆特三八的发现者，所以才以自己的名字命名这种物质吧？”

“是的。”看到迈亚点头承认，旁听席上顿时炸开了锅。

“我想向赫尔穆特博士询问的是，赫尔穆特三八这种物质是否跟六价铬一样会对人体造成很大的伤害？”

“不。这种物质与六价铬之间存在着根本性差别。”

“它是否存在极易引发癌症的特性呢？”

“目前而言，这种物质对人类的影响尚不明确。”

“那么，您觉得赫尔穆特三八是否就是造成绢美地区的居民患病的原因呢？”

“这一点我也不大清楚。或许是，或许不是。这一点谁都无法一口咬定。”

“如此说来，是否能把涓美地区患病原因断定为赫尔穆特三八的存在呢？”

“不能。”

“我问完了！”三木会心一笑。

“原告代理人。”

听法官提到自己，古美门立刻站起身来。

“……你是否知道，我们日本也有一位叫町村教授的专家？”

“他的水平还算不上专家。”迈亚轻描淡写地说道。

“他是日本的第一人。”

“在这方面，他的研究要落后我们许多。”

“你很了解日本这边的实际情况？”

“我的妻子就是日本人。”迈亚回答道。

“而他本人也是一个对我们日本抱有着极好印象的人。”三木看了看古美门，脸上的表情像是在说“看你还有什么招”。

“山药泥荞麦面，味道实在好极了！”迈亚刻意展示自己的日本通形象。

“就算他是个德国佬，也不能轻信他说的话！”古美门高声叫嚷道。

“人家是赫尔穆特三八的发现者。关于这种物质，这世界上没有人比他知道的更多！”三木寸步不让。

“发现者的见解未必就一定正确！话说回来，这人是否真的就是赫尔穆特博士，这一点也让人觉得可疑呢！他不会是那些演艺事务所里的外国艺人吧？我记得先前我曾在《奇迹体验》① 的重播里看到过他这张脸呢！”

“原告代理人，请你冷静。”

看到古美门如此找茬，法官提醒了一句。

“这物质根本不可能会无害！”

---

① 《奇迹体验》，富士电视台每周四播出的综艺节目。

面对叫嚷不休的古美门，三木起身反驳：“说起有害物质，这房间的空气中也存在无数有害物质！你要是一样一样地轮番起诉，这日子还过不过了？”

“现在是我在询问，请你闭嘴！”

“你还有什么可问的？”

三木和古美门两人就像小孩儿吵嘴一样地纠缠不休，法官只得再次要求两人肃静。

“法官大人，眼下的情况已经再清楚不过了！想要证明疾病和第四工厂之间的因果关系，根本就是不可能的事。既然如此，整天叫嚷着公害，让仙羽化学这类先进企业的形象不断受损，这样是否合适呢？”三木向法官发难。

“我方的询问还没有结束！”黛也怀着拼死的决心站起身来说道。

“此时此刻，仙羽化学的股价正一路下跌，甚至已经影响到了国家利益！”三木主张道。

“你说的这些与本案有什么关系？”古美门的情绪同样激动。

“肃静！”法官第三次要求肃静。

“大企业就是万恶之源，可怜的老人就是正义，这根本就是一场利用弱者立场来找茬的诉讼……”三木冲着旁听席上的村民们挑衅道。听到三木的话，老人们全都跳了起来，高声叫嚷着“你放什么屁”。

“恕我大胆直言一句，他们的这种行为，跟那些整天故意在大马路上转悠，寻找机会故意碰瓷的骗子没有多大区别！”

三木毫不畏惧地继续说道。

“你的发言带有极大的侮辱性！”黛反驳道。

“你给我收回你刚才的话！”古美门和老人们义愤填膺，法庭彻底乱作一锅粥。

“冷静！全都坐回自己的座位上去！”法官拔高嗓门叫嚷。

“法官大人，我知道自己刚才的话有些过火。但我还是必须要说，这次的官司绝非是什么‘公害’问题！”

“瞎扯啥玩意呢你！”

被三木的发言彻底激怒的老人们和占据了另外一半旁听席的仙羽员工们扭打到了一块儿。有些老人甚至拿起了自己带来的坐垫向对方扔去。眼见事态即将难以收拾，保安们一拥而入，制服了闹事的老人们。惟有泽地一人坐在旁听席上，一脸开心地看着这场闹剧。

回到事务所，古美门和黛两人呆坐在椅子上，像破抹布一样耷拉着脑袋。

“……你应该……还有什么办法吧？”黛对旁边沙发上摊开双腿坐着的古美门问道。

“……那当然，我是不可能会输的。”

“……什么办法？”

“黛，你带上一千万，偷偷地塞给法官吧。”古美门的回答简直匪夷所思。

“说不定，收了钱之后，法官就会改变他最后的判决。”

“律师？”

“如果这招也行不通，那就去找个催眠师来。开庭之后，你让催眠师坐到旁听席上，对法官施展催眠术，让他做出符合我们心意的判决来！如果这招也不行，那就去把法官的家人绑架走，威胁他！如果他不判我们胜诉，那么他的家人的性命就……”

古美门双目无神、滔滔不绝地说着。就在黛准备开口呵责他的时候，门铃突然响了。

“有客人来了。”

说着，服部带着三木、泽地和井手进来了。

“仙羽化学再次提出了和解的请求。池部社长心里也一直惦念着绢美的乡亲们，说愿意拿出三千万的抚慰金。”井手开口说道。

“事情已经到了这个份儿上，见好就收，也不失为一种成熟的解决方案呢。”泽地微微笑着，看着古美门说道。

“这也是人家社长宅心仁厚，才会提出这样方案。劳烦你们去找绢美的乡亲们商量一下吧。我们静候你们的佳音。”井手一脸凛然地说道。

三木一直默然无语地打量着古美门的事务所。

“感觉清爽多了。泽地，你去找些有品位的家具和用品来吧。要是这房子挂牌出售，我一定会设法把它盘下来。”

古美门默然地忍受着对方的羞辱。

“……黛律师。”泽地招呼了黛一声。

“三木律师一直盼着黛老师您能回到我们事务所里来呢。时至今日，黛律师您先前的办公桌依旧保持着原来的样子呢。”

“我们不想看着你留在这艘即将沉没的破船上溺水身亡。黛，回来吧。我等着你。”

说完，三木转身向着玄关走去。走到一半，他突然停下脚步，高声叫嚷了起来——

“我赢了！你完蛋了，古美门！这就是我的复仇！失去你的一切吧！然后，你给我上吊自杀！到阴曹地府去向那孩子道歉吧！向那个你给卷入到官司里去最后丧命身亡的孩子道歉吧！”

三木放声大笑，癫狂的笑声响彻空荡荡的事务所。

“老师，我们差不多该走了。”听到泽地的劝阻，三木戛然收住笑声，转身离去。

古美门和黛依旧呆坐在原地。这时候，服部端来了红茶。

“既然从一开始您就觉得这官司打不赢，为何要接手呢？”

“……谁知道呢，我也说不清，就当我做了件傻事吧。”古美门伸手接过杯子，喝了口红茶。

“您不会是在不知不觉间受了他人影响吧？……”说着，服部瞥眼看了看无力倒在沙发上的黛。

“哪怕这是一句玩笑，也让人难以接受啊，服部叔。”

“老朽失言。”

“服部叔你也抓紧时间找找看什么地方适合你去吧。”古美门一脸严肃地说道。

“可能的话，老朽还想在这里再叨扰一段时间。毕竟老朽不但年事已高，而且一无长处。”

“谦虚过头反而会变成讽刺啊。”古美门淡淡地笑了笑。

古美门和黛走进交流中心，向老人们转达仙羽化学提出的和解方案。

“因此，就目前的状况而言，接受三千万的和解金，这官司就此作罢，可以说是最为现实的解决方案。大伙儿都没意见吧？”

听完古美门的说明，老人们全都沉默了。

“律师啊，你这样可不是转告战败消息的态度吧？”春夫打破了沉默。

“我也不知道该表现出怎样的态度来。毕竟，这是我头一次输官司。”看到古美门的态度依旧没有任何改变，黛代替他向众人低下了头。

“这次的事态，全是我们的无能导致的。实在万分抱歉！”

“哦，真新鲜，原来是这样啊？”古美门怪声怪气。

“律师，请你也来跟我一起低头致歉吧！”

“我拒绝。我是坚决不会表现出你那种卑躬屈膝的态度来的。”古美门的态度让黛无比惊讶。

“是啊，律师，你根本就不必道歉……因为咱根本就不稀罕那三千万。”久子说道。

“咱失去的东西，根本不是三千万能够弥补的。”三郎也表示同意。

“五亿。不是这个数，咱一分钱都不收。咱不是都说过了吗？”里子一字一顿地说。

“可是，这样一来……万一官司打输了，就一分钱都拿不到了。”但是众人完全不把黛的担忧当回事。

“与其拿上几个小钱就不再吱声，咱宁可身无分文倒毙街头。咱大伙儿早就做好这心理准备了。这才是咱绢美人的骨气啊！”让二意气豪迈地说。

“古美门律师，你要是想中途撂挑子，咱可坚决不会答应哦。你的事务所倒闭不倒闭，咱可管不着。花钱雇你打官司的人可是咱。要死你也得给咱战死在沙场上。要么五亿，要么一分钱不要。”春夫也点了点头。

“……真是一群让人头疼的老头老太啊，不愧是当年承担起战后重建任务完成国民经济高速成长的那帮人。”听到古美门的话，老人们露出了一脸老猾的微笑。

“既然如此，那么我也有一个条件。在官司分出胜负之前，你们谁都不准翘辫子。”

这句极富古美门特色的话，让老人们和黛都笑出了声。

“请让我再去接触一下八木沼佳奈吧。”走出交流中心，黛说道。

“你凭什么说她愿意和我们谈？”

“……直觉。”

“错。她根本就是个每天吃着同样的便当、对男人和结婚不抱任何幻想、一心只知道搞研究的超级禁欲女。但是，她的那种洁癖或许正和她那无法容忍不正义的事存在之内心形成了如一的表里，而这一点其实跟你自己正好相似，所以你才会觉得自己说不定能把她搞定。”

听完古美门这番尖锐犀利，不，应该说是恶声恶气的分析之后，“……没错。”尽管有些不大情愿，黛还是轻轻地点了点头。

“虽然这样的决定让我感觉极不情愿且充满了屈辱，但事到如今我也只能在你身上赌一把了。我就试着信一次她心中那劳什子的善意，拼死一搏吧！”

黛坐在仙羽化学附近的公园里吃着便当。不一会儿，佳奈出现了。一看到黛的身影，佳奈便重重地叹了口气。

“你们这些人大概永远都不会明白我们这些承担着国家命运的大企业里的人肩上的那份荣誉感吧。我是永远不会同情那些整天只知道欺骗他人的叫花子的。”佳奈斩钉截铁地说道。

“他们不是什么叫花子。”

“说到底，你们不可能证明其间的因果关系。”说完，佳奈转身就走。

“不管化学专家怎么说，实际上，绢美的村民确实出现了健康方面的问题！面对这样的事实，你难道一点想法都没有吗？”情急之下，黛一把拽住了佳奈的胳臂。

“没有。麻烦你放手。”

“你每天都跑到公园里来吃午饭，难道不是因为你在公司里被孤立的缘故吗？实际上，你大概早就对仙羽化学的这种体制心存质疑了吧？”

“我叫你放手！”

佳奈一把推开黛，一溜小跑地离开了。黛摔了一跤，她本想爬起来继续追赶佳奈……可她却没法站起身来。近些日子以来，她一直感觉肚腹疼痛，而今天，从吃便当起，她就一直感觉有些不大舒服。她用手按着自己的胃，蜷成一团，无法动弹。

“别闹了！”佳奈觉察到了有些不大对劲，转身走回黛的身旁，可黛却连抬起头去看对方的力气都没有了。

“跟你说别闹了！”就在佳奈再次出声叫嚷的同时，黛再也忍不住，呕吐了起来。她自带的水壶从长凳上掉落，在地上洒下了一摊水渍……

被急救车送进医院之后，黛正躺在病床上打着点滴。这时候，古美门来了。

“据说是精神压力造成的肠胃炎……真抱歉。”黛一脸歉意地说道。

“白替你担心了，还为你叫了救护车，真不划算。我要回去了。”陪在病床旁的佳奈转身准备离去。

“你给我去做一次精密检查。”听到古美门严肃的话语，佳奈停下了脚步。古美门从黛的行李中拿出了饭盒和水壶。

“……从你那种一贯白痴透顶的行为来推断，最近一段日子里，让你整天吃得脑满肠肥的那些蔬菜和米饭恐怕都是从绢美村拿来的吧？你水壶里装的水，恐怕也是从绢美村里打来的井水吧？我没说错吧？阅读完公害诉讼惯例的你，一早就预见到因果关系的证明将会是这场官司争论的焦点，所以你就拿自己的身体做了实验！”

“……我若病了，说不定就能证明其间的因果关系了……”黛躺在床上，咬着嘴唇说道。

“你是白痴啊？”佳奈惊呆了。

“对，毫无疑问，她确实是个白痴。最好把她送到仙羽化学第四工厂的废弃物处理场去加热分解一番，这样一来，或许她还能稍微学聪明点儿。”

“为了打赢官司，不论什么手段都会用上。这是老师你教给我的……这就是我的手段。”

古美门和佳奈都不知道该说什么才好。

“就算真的病了，反正我也还年轻，很快就会好起来的。”黛语调乐观地说道。

“但是，有些病，反而是越年轻，发作得越快。”古美门严厉地说道。

“我去申请下次的公审延期。你立刻去给我做一次精密检查。”说完，古美门抢在佳奈前头离开了病房。

医院里的生活单调而又沉闷。就在黛呆呆地躺在床上的时候，佳奈来探望她了。

“……检查结果出来了没有？”

“……还没。”

黛的话音刚落，医师便走进了病房。

“黛小姐，你的检查结果出来了，我准备和你聊聊……”说着，医师瞥眼看了看佳奈。就在佳奈准备暂时离开病房的刹那，“佳奈小姐，你留在病房里也没关系。她是我的朋友。就让她跟我一起听听相关的情况吧。”黛说道。

“那么，黛小姐，听过我的讲述之后，希望你能保持冷静……”

医师拿出了病历和X光的结果，对黛的病情进行了说明。

黛坐在医院院子里的长凳上，拨通了古美门的电话。

“怎么样？”刚接通，古美门便立刻接起了电话。

“……确实有点问题。”黛勉强挤出笑容。

“大夫说，我大肠上出现肿瘤的可能性很高！这样一来，审判结果就会对咱们有利了！”

“……”

“没事的！幸亏发现得早，能治愈的！”

电话的另一头一直沉默无言。

“最近一段时间里，我必须待在医院里了。老师，之后的事就拜托你了。这官司你一定要打赢啊！现在这情况，搞得我都想加入到原告团申请领取抚慰金了呢！哈哈！”黛笑着说道。

“……治疗费，你自掏腰包吧。”古美门终于开口，但是他的声音听起来已经不像往常那样铿锵有力。

“拜托，能不能算我工伤啊？”黛语调轻快地说着，可古美门却什么也没说，只是默默地挂断电话。

“只是这样的话，并不足以改变官司的胜负。”佳奈一脸担忧地在黛的身旁坐了下来。

“你这人，估计捡到一枚百元硬币也非要交到派出所去才会甘心吧？”

“……是啊。”黛点了点头。

“我也是。”佳奈低下头去，自嘲地笑了笑。

“我手上有个一直捏着的百元硬币……把它交给你吧。”

忽然，佳奈抬起头来，直直地盯着黛的双眼。

古美门冲进三木律师事务所，把一份资料递到了三木的手上。

“这是什么？”三木脸色铁青地问道。

“如你所见，这是仙羽化学内部资料复印件。而且，这资料是他们公司里的最高机密。”古美门说道，“简而言之，就是第四工厂废弃物处理场的几名作业人员曾声明自己感觉到原因不明的身体不适，被迫长期休养。社内调查的结果认为可能是在碳 X 的制造过程中排出的化学物质造成的。这份资料就是相关情况的报告书。”

“……你是从哪儿弄到这东西的？”三木的声音带着一丝颤抖。

“你管我从哪儿弄来的？实际上，仙羽化学早就意识到赫尔穆特三八有可能会引发健康方面的问题！你手上的这份资料就是不容置疑的铁证！”

“你这说法根本没有经过任何科学验证……”井手反驳了一句。

“我管它什么科学不科学！问题的关键在于，仙羽化学一直隐匿这一事实！”古美门气势汹汹地说道。

“……你这根本就是捏造出来的文件。”三木想要设法给自己找退路。

“只要把社长找来对质，估计就会明白了。”古美门镇定地说道。

“社长哪有闲工夫看这种莫名其妙的玩意。”

“那么，我就让社长以外的所有人都来看看这东西好了！当然了，我也会向法院提交这份材料的。”

古美门穷追不舍。

“我会设法证明它是伪造的文件。”

“眼下，各大媒体都已经开始关注这案子了，估计他们是不会默不作声的。下次的开庭真是令人期待啊！”

“我也期待！”三木依旧虚张声势。

“劳你转告池部社长一声，告诉他说，支付五亿抚慰金并确认居民健康安全之前工厂停业整顿，除此之外再没有任何其他的和解方案。你们要谢谢绢美村老人们宅心仁厚！如果你们不肯答应，我们也会和你们死磕到底。就算那些老人们全都倒下，也会有人踏着他们的尸骨继续和你们血战到底！等着受死吧！”

说完，古美门便转身离开了三木的办公室。

数日之后，古美门来到交流中心，高高扬起了手里的和解调停书。

“这是名为和解调停书实际面值五亿日元的支票哦。”

听到古美门的话，老人们全都欢呼雀跃，纷纷要求和古美门握手。还有人紧紧抱住了古美门。

“你们还打算盖交流中心二号馆吗？”古美门问道。

“开啥玩笑！这一次，咱一定要用这些钱做本钱，让绢美的土地重新复苏，让绢美的产业重新振作起来！”春夫意气风发地说道。

“努力奋斗，至死方休啊！是吧，大伙儿——”

春夫的话音刚落，众人便一边用手打着节拍，一边唱起了歌——

“♪雄鸡雄鸡高呀么高声叫，叫得太阳红又红。身强力壮的小伙子，怎么能躺在热炕上做呀懒虫。扛起锄头上呀么山冈，山呀么冈上好呀么风光。我站得高来看得远来么依呀嗨——咱们的家乡到如今成了一个好呀地方。那哈依呀嗨嗨哎嗨那哈依呀嗨——那哈依呀嗨嗨哎嗨那哈依呀嗨——”

老人们齐声高唱着插秧小调。有人笑逐颜开，有人热泪盈眶，脸上都洋溢起幸福的表情。

“这到底是啥鸟歌啊……”

古美门闪到一旁，看着老人们又唱又跳。

来到黛所在的医院，古美门将审判结果告诉黛。此时，佳奈也来探望黛。

“……这一切全都多亏了佳奈。真是万分感谢。”黛说道。为古美门等人提供了那份决定官司胜负的机密资料之人，自然就是佳奈。

“我们会替你保密，不会让其他人知道那资料是你给我们的。”古美门神情诡异地说道。

“别净给我开空头支票。过不了多久，这事就会穿帮。说不定已经穿帮了。”佳奈笑了笑。她的笑容让人感觉神清气爽。

“没事，就算被解雇，我也无所谓。像我这样的人，走到哪儿都有人抢着要。话说回来，你才要多努力，千万别输给癌症哦！你一定能够战胜癌症！”

“是，我会加油！”黛笑着回应道。看着佳奈转身离去，黛的表情开始扭曲……眼泪涌上了她的眼眶。究竟是为打赢了官司喜极而泣，还是为自己的病症心中不安，连黛自己也弄不清楚。回头一看，只见古美门正一反常态，一脸关心地看着自己。黛突然猛地一把抱住了古美门。

“律师……”黛扑在古美门的胸膛上，大声哭了起来。

“……白痴……你可真够白痴的。”听到古美门的话，黛不由得哭得更厉害了。突然，古美门一把推开了黛。黛抬头一看，只见古美门正脚步匆匆地向走廊上的医师冲去。

“大夫——真是太感谢您了——”古美门把一只信封塞到了医师的手里。医师先拿出信封里装的钱点了点，又一脸歉意地冲黛低了低头，便逃也似的走开了。

黛呆呆地看着眼前发生的一切，完全没弄明白到底发生了什么事。

“黛，医生说，先前的诊断是误诊!”古美门一脸轻松的表情开口道。

“……误诊？啊？”黛还没有回过神。

“你患的不是癌症，只是肠胃炎罢了。虽然这样的失误确实难以原谅，但就算是名医，也是会出现误诊。没办法。不管怎么说，你都很健康。太好了太好了。”

“……律师……莫非你……”黛突然明白了什么。

“我不过是给你这场奋不顾身的战斗打了个掩护罢了。”

“……我像走马灯一样回顾过了自己的这一生呢……我该怎么跟父母交代才好……”

面对这突如其来的一切，黛依旧呆呆地愣在原地。

“像你这种连感冒都不会得的怪力女，仅仅因为胡乱地吃了些绢美的农作物，没那么凑巧就得了癌症！”古美门哈哈大笑着说道。

“赶快给我出院！今晚我们要庆祝胜利！”说罢，古美门转身离去。

三木将抽屉里的相框取出来，仔细地端详着。一阵酸楚涌上心头，他眼中充满了泪水。

“对不起……没能为你报仇……对不起、纱织……”泽地从身后温柔地抱住泣不成声的三木。

出院后的黛一走进事务所，便看到了古美门、兰丸还有服部等人激动不已，桌子上摆满了服部的奢华料理。

“依照计划，我赢得了五亿和解金！作为胜诉报酬，我将得到一亿五千万！怎么样！兰丸！”

“真是太厉害了！真不愧是律师您呢！”

“其中大部分都拿去还债了，所以家宅还是我们的，车子和游艇另外买了新的！”

“律师您是不会输的呢！”

“我真是完全不会输呢。即使想要试着输给谁，却从没有人能够打败我！因为我太强了，以至于都因为没有敌手而感到空虚了！我现在终于能理解达比修①远渡重洋到达美国之后的心情了！”古美门一个劲地说个没完。

“这不是黛律师吗？欢迎回来。”服部把伫立在客厅入口处的黛迎入了屋内。

“黛，你来得真慢呢！好啦，来尽情畅饮吧！也该吃腻了乡下被污染的食物吧！来尽情享用服部叔的款待吧！”热情高涨的古美门总让人感到有些不快。

“古美门律师，一直以来都承蒙您照顾了。请容许我今天离开这家事务所。”说罢，黛走进了客厅，开始收拾东西。

“……为什么？”兰丸一脸惊异地问道。

“估计是被我骗了之后受不了了吧。”古美门毫不在乎地说着。

“不。我所无法忍受的是没能看穿律师计划的自己。”

“要回三木那里吗？”古美门问道。

---

① 棒球选手。

"不，我要试着独自去做。"

"……你欠我的债还没有还清哟？"

"不用你提醒，我以后自会陆续还清。"

"那就好。随便你去哪里吧。"古美门若无其事地说道。

"兰丸，你在演艺道路上也要加油啊。"黛一边对兰丸说着，一边把装满了资料的皮包和整理好的书打包在一起。

"有什么需要，记得联系我哟。"兰丸脸上浮现出了复杂的表情。

"服部叔……我真的、真的是受您照顾了。按照服部叔所说的，一直坚信着就当自己是被骗了，真是太好了。"黛地貌地向服部道了谢。

"已经找到了吗？律师您说过要在这里寻找的、您应该相信的东西，找到了吗？"服部这样问道。

"我明白了一件事。我无法成为像古美门律师那样的人。"黛斩钉截铁地回答道。

"这不是废话吗？"古美门以令人讨厌的语调说道。

"但也没有成为的必要。我要成为律师您永远成为不了的律师。以后，这便是我自己的道路。"听到黛以认真的口气说出这样一番话，服部微笑着对她说："祝您好运。"黛的眼中闪出泪光，她紧咬着牙，注视着古美门说道："下次再会之日，便是我打败您之时。"

"我一如既往地对你那玩笑般的想法予以称赞。"古美门的口气实在嫌恶至极。

黛坚定地答道："我一定会打倒你的。"

"就凭一点长进都没有的你？"古美门的语气就像在挑拨。

“总比律师的小提琴技术强。”黛认真地反驳道。

看到她的反应，古美门的脸上浮现出苦笑的表情。

面对着那张脸，黛深鞠一躬并说了声：“谢谢。”

“不必多礼，晨间剧的女主角，没用的小蝌蚪。”听到古美门的这句话，黛挺直了脊背，走了出去。

屋外的黛朝着夜空大喊了一声：“你给我等着，古美门！”

坐在客厅的古美门笑道：“到最后还是没治好罗圈腿呀。”

第十一章

赢得正义！北风 VS 太阳——不正当解雇判决

八木沼佳奈无精打采地在仙羽化学本部的走廊上走着。

公司内原本就没什么亲近的同事。告密事件已过去一年，公司内部的风言风语可说是难听得令人难以想象的。就在这时，公司的竞争对手先锋化学过来挖角，邀请她“务必到敝公司担任秘密计划开发研究室的室长”。于是，佳奈决定跳槽。

然而，跳槽第一天。佳奈推开秘密计划开发研究室的门——没有任何人的小房间，只有些许阳光从一扇小窗照进来，摆在屋里的尽是些不敢恭维的过时研究设备。佳奈呆呆地站着，无法动弹……

“让您久等，一年没见了。”

服部满脸熟悉的微笑在门口迎接黛。走进事务所，古美门正在整理桌上的花。

“律师，好久不见。”

“哎呀，精神挺不错嘛。听说你要来，所以买了和你相称的花，怎么样？”古美门带着一脸与其作风迥异的爽朗笑容转过头来。

“为了我？”黛诧异地看着摆在桌上的豪华插花。

“毕竟一年没见了，我觉得应该好好地欢迎你一下。来，坐下吧。”

“谢谢！我真的非常开心！我一直都关心律师的消息，您现在越来越活跃了。”黛兴奋地说道。

“黛律师在哪所事务所高就？”服部问道。黛从提包里掏出一张印有“黛律师事务所”的名片。

“现在是一个人，只要有电话，在哪里都能工作。有时在图书馆，有时在咖啡厅，有时在公园。那里都能成为我的事务所。”

“很像你的作风呢。”古美门哈哈笑道。

“有件事我必须要向老师你致歉。离开这里的时候我说过，会继续偿还向律师借的债务，但这两个月来却一直拖欠着，真的很抱歉。”

“没关系，你一个人独立地做事，肯定很困难吧？”古美门温柔地对低头致歉的黛说道。

“我正在准备一起诉讼，打算胜诉之后就一并归还债款，请见谅。”

“是哪类诉讼呢？”服部问黛。

“我今天前来想跟您商量的正是这件事。律师，你还记八木沼佳奈小姐吧？”

“不记得。”古美门干脆地否认道。

“律师，就是在一年前的诉讼中帮助过我们的仙羽化学的八木沼佳奈小姐啊。”黛有解释起之前的南蒙布朗市官司。

“啊，我们能打赢都是托她的福。我一直担心她会在仙羽化学受到不公正对待呢。”古美门好像总算想起来了。

“那之后，佳奈小姐被先锋化学以高薪待遇挖了过去。”

“先锋……是仙羽化学的竞争对手企业吧？”服部有点惊讶地说道。

“那是一家优秀的企业，真是太好了。”古美门笑着点头。

“但佳奈小姐在先锋却被长时间闲置，最终被解雇了。”

“……原来如此，看来必有内情啊。”古美门露出沉思的表情。

“不愧是古美门律师，正是这样！仙羽化学和先锋化学表面虽然是竞争对手关系，但两家社长其实是同一所大学的学长学弟关系。”

仙羽化学的池部社长和先锋化学的石神社长虽然相差十岁，但所读大学的派系观念很强，上下年级之间的关系纽带也很紧密。

“两家暗地里联络，将背叛者佳奈小姐挖过去后再解雇。也就是说，仙羽化学利用先锋化学对佳奈小姐实施了报复性人事变动。手段真是恶劣啊。”古美门表情沉重地回答道。

“这次我们会同时起诉仙羽化学和先锋化学。”黛说道。

“仙羽化学那边是不是仍由三木律师负责？”服部问道。

“没错。古美门律师，和我一起打这场官司吧？这是我们应该做的。”

这正是黛今天来此的主要目的。

“这个……虽然我很想接受，只可惜眼下实在太忙，没法接受呢。”古美门一脸遗憾地回道。

“不行吗……”黛失落地垂下双肩。

“佳奈小姐对我有恩，就算没有报酬也想接下这个案子呢，但实在是……”

“没办法了，我会一个人竭尽全力地去做的。”黛重整精神，笑着说。

“不好意思，想起来每次你找我接案子，我总是拒绝呢。”

“律师虽然嘴上那么说，但每次都会给我帮助。所以这次我的心里也抱有一点期待。”说着，黛向古美门抛了个媚眼。

“哈哈哈，真是为难呢，不要对我抱有这种期待嘛。”

“祝黛律师好运！”服部笑着鼓励道。

“我会努力的！”黛乐观地站起了身，“没想到有一天能和律师这样平静地对话，总觉得很不可思议。”她回过头来。

“所谓时间，是会让人变得成熟的。”古美门感慨良深似的说。

第一回公审——

黛和原告佳奈正在东京地方法庭做着申辩的准备。被告一方坐着仙羽化学代理人三木、井手以及池部社长和先锋化学的石神社长，泽地则坐在旁听席上。从一开始，三木便阴森森地笑着，黛努力让自己不去在意。

“所有人都到齐了吗？那么准备开庭——”

法官正说着，原告一侧的门打开了。神情飒爽地走进来的——正是古美门。

“很抱歉我迟到了，因为发际线老是没法搞定呢。”

“律师……”黛开心地正要站起来，古美门却径直走向被告席，站在了三木旁边。

“本人正是此次受先锋化学所托、担任顾问的本案代理人古美门研介。”

“……什么！”黛惊讶得简直觉得下巴都要掉到地上了。

“很抱歉答辩状提交晚了。”

“……又是你们啊。”法官看了看古美门，脸上露出了明显的厌恶。

“原告的诉讼完全是无中生有！我们先锋化学是抱着极大的期望招揽八木沼小姐进来的，然而她却没有取得任何成果，因此才会被解雇。我要求立即撤除原告的起诉！”

古美门立马气势如虹地雄辩道。

“还没有开庭，请不要随意发言。”

“失礼了，那么，开始吧！”古美门丝毫不介意法官的警告，瞪大了双眼，露出挑衅黛的表情。

“你到底在想些什么啊！”

黛对着大口吃晚餐的古美门逼问道。她实在太过气愤，便追去了古美门的事务所。

“我也不想和三木并肩做事，但既然当了先锋的代理人，没办法。”古美门边嚼边说。

“根本就不应该接吧！这根本就是报复性的人事调动，老师你是最清楚不过的！”

“就算是报复性人事又有什么问题？因为那个女人的告密，让仙羽化学第四工厂陷入停业，原本应处于领先地位的日本企业大幅倒退，国家利益严重受损，获利的只有那群该死的老人家。会遭到报复是理所当然的。”古美门的语速一如往常，滔滔不绝。

“你怎么能说出这种话！这可是我和你造成的啊！”

“我忘了。”就算被黛责难，古美门也厚着脸皮不在乎。

“佳奈小姐是为了我们和绢美地区的人们才自我牺牲的啊！”

“自我牺牲？错，她是想让人们觉得她是个好人而告密，是一种自我满足而已。把这说成为了他人自我牺牲的女主角，你们才是一对笨蛋组合。”

“……你真是本性难移。”黛叹了一口气。

“你也是。”古美门也很无奈。

“这次，正义是站在佳奈小姐这边的，做了正确的事却遭到不幸的待遇，是没有道理的！”黛坚决地说。

古美门也还击道：“你不仅没有长进反而退回了原点，小蝌蚪。正义因立场而变，只有胜者才有正义。”

“法律是为了让行为正确的人幸福而存在的。”黛毅然决然。

“零分。只要行为正确就能人人幸福的话，做人就不用辛苦了！一个人的幸福是建立在其他人的痛苦之上的，不是踩人就是被踩！这就是现实，而被踩的就是你这样的傻瓜！”

“……律师你为先锋化学做辩护，可能违反了律师道德！”黛压下怒气冷静地说道。

“那你就向律师公会起诉，将我从这件案子上拉下来啊！反正你也赢不了我。”古美门一点儿也不在意，两人的对话简直就像两条平行线，没有交点。

“恕我冒昧，我记得一年前黛律师离开时这样说过——下次见面之时便是打倒古美门律师的时候——莫非这个机会已经到来？”

一直在旁边观察两人的服部插嘴道。

黛一下子清醒了。

“服部叔，机会什么的连玩笑都算不上啊！这个低能儿赢我的概率比从八千米高空将高尔夫球丢进住在球洞里的鼹鼠的鼻孔里还低……”

古美门才说到一半，黛忍无可忍，抓起面前的奶汁烤菜要堵住古美门的嘴。不过她的手腕被古美门抓住，没有得逞。古美门也用另一只手抓起烤菜往黛脸上抹，但黛又怎会让他得逞？也将他的手抓住，两人互相瞪视。

“……请不要糟踏我的料理。”

“我会扔进去给你看！从八千米高空扔进鼹鼠的鼻孔里！”听到服部痛心的请求，黛宣布。

“不自量力这一点，还是一点没变，尽管放马过来吧！”古美门的话让黛把牙齿咬得咯咯作响。

第二次公审时，黛言辞猛烈地陈述自己的主张。

“既没有给予充分的设备和人员，薪资也非常低，还单方面解雇！因此我请求被告先锋化学撤回解雇行为并支付解雇后欠付的薪资。本案是先锋化学协助仙羽化学巧妙进行的报复性人事，两公司的不法连动行为成立，加上赔偿费，总计支付两千万日元。我说完了。”

“被告代理人，你的意见呢？”法官问道，古美门站起身来。

“这是无中生有的诬告。先锋化学一直贯彻成果决定报酬的原则，基本薪资设置得很低，研究成功后报酬极高。此外，合同书上也明确记载，若一定期限内没有成果，则被解雇。八木沼小姐是同意了这一点的。将拿不出成果的八木沼小姐解雇，只是履行合同而已。”

“在那种环境下，根本不可能取得任何成果！”黛禁不住大声反驳。

“请原告代理人肃静！”法官提醒道。

“其他的员工也都是在并不充分的条件下工作，靠自己的智慧和努力拿出了成果。”

“她比其他人更加努力！”黛气愤得情不自禁地反驳。

“你这是主张，比起能力人们更应该标榜努力吗？”

“她是很优秀的！”

“正因为不优秀才拿不出成果吧！”古美门猛地用手指向黛，“如果有一个对自己的无能平庸毫不自知、整天只会喧嚷着自以为是的价值观的下属，上司将会烦恼不已！就算努力了又如何，结果才是一切！”

黛面对古美门激烈的言辞面不改色。

“结果也是有的！”

“别逗我笑了，晨间剧女主！”

“双方都请冷静。”法官插嘴道。

“你有很多官司，都是因为我才打赢的吧！”黛不管不顾地嚷道。

“更多时候是被你拖后腿！”

“你们在说什么啊！”法官对持续舌枪唇战的两人感到无法理解。

“坪仓君的案子，还有博妮塔的案子，似乎都是。”

“那种程度根本不能算是成果！”

“还有富樫议员的案子，圭子小姐的案子，也是！”

“那是我的实力。”

“能打赢三木律师也是因为我的关系吧！对吧，没错吧！”

“法官，她到底在大声嚷嚷些什么呢？”

古美门似乎放弃了不肯退让的黛，突然恢复了冷静。

“原告代理人，如果继续胡说，就请你退庭了。”

“……非常抱歉。”被法官一威吓，黛回复了理智。

“先锋化学对八木沼小姐并没有任何不公平对待，也没有和仙羽化学有不正当的交易。我说完了！”说完，古美门落座。

原告方的证人、原仙羽化学员工金泽站到了证人台上。

“原仙羽化学营业部金泽政司，原本在先锋化学任职，去年被猎头挖到了仙羽化学。”

听完金泽的自我介绍，黛开始询问。

“从先锋化学到仙羽化学，和八木沼小姐情况正好相反呢。那么你受到了什么待遇？”

“最初说是担任组长，但实际上却没有任何听我指挥的下属。在公司内也被无视孤立，无法拿出成果。最终便被解雇了。”

“正如您所见，这难道不是在等价交换吗？仙羽化学想辞退八木沼小姐，先锋化学想辞退金泽先生，但因没有正当理由无法辞退，于是两家采用相互挖角的方式来处理不需要的员工。这是多么恶劣的人事交易啊！”

“被告仙羽化学代理人。”法官唤道，三木起身进行讯问。

“金泽先生在公司内似乎被他人无视孤立，你有没有想过自己身上有什么原因呢？”

“没有！”

三木突然出人意料地道：“能请你脱掉衣服吗？我希望你能将衣服脱下来，可以的话，也想看看你包里的东西。”

“反对！这和本案没有任何关系。”黛说道。

“我想确定某些传言，是和金泽先生被孤立有关的。”

“我问心无愧！”金泽表现出了抵抗。

“没错吧，你是怀抱着信念在做的。”

“没错！”金泽信心满满地点头。

“如此，请你务必展示出来，不需要对谁感到羞耻，将你原本该有的姿态展示给世人看吧！来吧，解放你自己吧！”

“当然可以！”

金泽立马脱掉衣服，将包里的东西倾倒而出。整个法庭瞬间安静下来。穿着女性内衣加吊带袜、手持蜡烛和鞭子的金泽庄严地站在证人席上。

“你一直都是以这副打扮去公司上班吗？”

“这是我的个人兴趣，没有理由被他人评判！因为这样而被孤立，太可笑了！”

“也许是这样，没错。我说完了。”

三木满意地点点头落座，古美门一直微微地笑着。黛郁闷不堪，却突然注意到佳奈和池部目光相对，两人凝视许久。黛、古美门和三木都清楚地看在了眼里。

三木等人将池部请到办公室商量对策，古美门和石神也一道。

“说起来，审判真是有趣呢。”石神说道。

“这次可以安心观望了。”池部一副游刃有余的态度。

“对方已经没有更多的牌，最重要的是，我们有日本最强的两位律师，二位完全可以安然自若。”井手恭维道。

“但是，任何诉讼都不可大意。如果说这次有软肋，就是池部社长你了。”泽地静静地开口道。

“我？”

“某些人是知道你和八木沼佳奈曾有过一腿的。而且被甩的是你，还纠缠不休地倒追对方。”三木补充说明。

“……那段时间是我的脑子不太正常。所谓男女情爱都是这样吧。”

“痴情纠葛变怨恨。如果以此做话题的话，就会增加报复性行为的说服力。若是被对方攻击这一点……”说到这里，三木突然向古美门怒吼道，“别拿我的东西玩！”

正在玩弄装饰办公室的马匹摆件的古美门猛一抬头，笑道：“池部社长，这一点不用担心。对方律师是不可能攻击这一点的。”

“为什么?”池部感到疑惑。

“如果让池部社长站到证人席被询问外遇一事，就将暴露出八木沼佳奈的阴暗面。不止如此，池部社长的夫人和两个女儿也会被他人用奇怪的目光看待，甚至可能导致你的家庭毁灭。自以为是正义一方的女人做不出这种为了胜利而不惜将他人推进不幸深渊的事情。也因此我们是不可能失败的！对方大概会提出和解，拿些让她们逛商场的钱出来，此案便终结。告辞。”

古美门抱着马匹摆件滔滔不绝地快速说完，打算走出三木事务所。

“不准带走我的马!”

三木怒吼，古美门不情愿地放下了摆件。

黛和佳奈面对面坐在作为临时办公室的咖啡店里。

“对方果然难以对付。不过我一直觉得，就算输了也没关系。”

看着无精打采的佳奈，黛的脑海中闪现过“若是询问她和池部的关系……”的念头。

“怎么了?”

“……啊，不，让我们全力以赴地战斗吧!”黛抖擞精神，露出笑脸。

“我是不会和解的。”佳奈说道。

翌日，黛被古美门叫到了事务所。

“你说有话要说，是什么事？”

明明是古美门叫她来，他却站在摄位车[1]上来回玩耍。

“赶快准备和解交涉，这样还能给你们一两百万。”

“佳奈小姐说不会和解……”

“说服她啊，让她学聪明点，因为你们根本没有胜算。”

“……你一点儿都不明白。”黛抬高音量道。

“我当然明白。强做好人的丧家犬，就这样继续怀着对赢家的嫉恨度过悲惨的一生好了。话说完了，你可以回去了，我要午睡了。”

看着古美门走上二楼，服部端出沏好的茶。

“这些话明明电话里说说就好了。”

“……这是在挑衅我，想让我变得无情。我果然太天真了，虽然也很明白自己但无论如何都没法变得像古美门老师那样……”

“如果我的记忆没错，一年前，黛律师曾这样说过，‘要成为古美门律师绝对无法成为的律师’。”

黛边喝茶边默默地听着服部的话。

“如果说古美门律师是将一切都当成敌人来打败而取得胜利，那么黛律师应该适合用其他的方法，不是吗？”

“……其他方法？”

“脱掉旅行者外套的不只有北风而已。”

服部一席话让黛内心一片明朗。

---

① 又称体感车、思维车等。

“……服部叔，谢谢你！”说完，黛骤然起身，离开了事务所。

当晚，黛来到一家立饮屋。

她给旁边的男子倒酒，道：“来、来，请喝。”“哦哦，够了、够了。”接受黛的斟酒服务的正是古美门的死对头，人权派律师大贯善三。

“原来如此，这还真是麻烦呢。”大贯已经喝得有些醉了。

“能给我点儿建议吗？大贯律师。”

“这个嘛……跟仙羽和先锋两家打对台，是不可能取胜的，就像同时对抗哥斯拉和魔斯拉一样。不，说是哥斯拉和王者基多拉应该更贴切。啊不，应该是机械哥斯拉和王者基多拉……拉顿和……”

“比喻作什么都没关系。”黛阻止大贯继续说下去。

于是，大贯冷静地道：“他们应该都不愿意共同辩护，让他们自相残杀好了。”

“自相残杀……原来如此！”原来还有这一招，黛茅塞顿开。

第二天，黛约了杉浦忠志检察官在咖啡厅会面。

“我不知道能不能给你忠告……就像古美门律师说的，我是个存在感微弱得自动门都不会打开的检察官……”

“我认为杉浦检察官是最优秀的检察官之一。”黛是真心这么认为的。

“你手上还有哪些牌？”杉浦问道。

“那个，现在已经……”

“不要紧。没有证人的时候，最好的武器就是对方的证人。

如果能将古美门律师接下来的证人变成自己的，一定可以打赢。”杉浦笑着说道。

“我……我能打赢吗？”黛怯怯地反问。

“不管多强的人，总有一天会被打败，而且往往大多情况下都是被出人意料的对手打败。”说着，杉浦起身离开了。

然而……咖啡店的自动门却没有打开。试着蹦跳了好几次，似乎都没有被感应到。这时，正好有客人进来，门才正常打开，杉浦挠挠头走了出去。

目送杉浦走出门，黛拨通了电话。

“……根本没必要请教我这种老糊涂吧，最清楚我儿子手段的，不就是你自己吗？”

电话是打给古美门的父亲清藏的。

“不用感到畏惧。你的优点就是坦诚，看着你的那双眼睛，所有人都会被吸引进去，都会站到你这一边。真诚地看着对方，只要用你的真心诚意去询问就好。邪道始终赢不了正义。”

“非常感谢您！下次请一定再来东京游玩！再见！”黛挂断电话，打开笔记本电脑开始写电邮。嗒嗒嗒地列完正事，结尾处又加上一句“衷心希望圭子小姐能给予意见”，然后点击了“发送”按钮。舒了口气，刚要喝口咖啡，立马收到了回信。

“好快！”打开收件箱看回信，上面只写了一句“鬼才知道”。

“……我忘了，她是女版的古美门。”

虽然感到失望，黛还是继续下拉邮件，突然看到最后附加了一句话——“又笨又顽固的梦想家，一直以来改变世界的总是这样的人。”

果然，只能靠自己的方法坦诚地面对一切——黛坚定了的信念。

翌日，黛访问了三木事务所。

“取消诉讼？”泽地很惊讶。

“是的，排除仙羽化学，只起诉先锋一家，如果你们能协助我。”黛定睛看着三木和泽地，干脆地说道。

“你想和我做交易吗？”三木威吓道。

“黛，好好掂量掂量自己的分量！”井手轻蔑地说着，黛立马训斥对方道：“小喽啰给我闭嘴！”

“三木律师，你真正的敌人是谁？对三木律师而言，无可取代的人之所以会丧命，正是因为古美门律师将其拉进了审判之中……没错吧？”

“那个孩子叫纱织。”泽地代替沉默的三木开口，“她掌握着某个案子的关键，是个无家可归的小女孩……三木律师认领下来，当成自己的亲生孩子般……”

“我们不能再增加古美门律师的牺牲者了，一起打倒他吧！”

黛眼神热切地看着三木。三木回望黛的冷漠目光也渐渐带有了温度……

接下着的审判中，被告席上只剩下古美门和石神。古美门恨恨地环视了一圈法庭，三木等人和池部都坐在旁听席上。

证人席上站着研究员村上慎太郎，这次由古美门进行主询问。

“原先锋员工，在生物化学上做出成果后独立门户，如今已是未来诺贝尔奖的候选人……从村上先生你的角度来看，先锋是一家怎样的公司呢？”

“不会纵容，而是让研究员们互相切磋磨练，职场环境很专业。”村上答道。

“那么你认为，给八木沼佳奈小姐准备的环境是否恶劣得让人无法拿出成果呢？”

“我当初也是在相似的环境下进行研究的。”

村上冷静地回答，古美门继续讯问。

“但对方说自己并没有下属，设备和预算也都不足？”

“优秀的助手总是互相争夺的，设备和预算也是如此。就算同处一家公司，但相互之间都是对手，可能待在仙羽化学这样的老企业的八木沼小姐并没有这方面的感觉吧。”

“意思是说，八木沼小姐并不是因为报复而被解雇的？”

“这样的借口未免太不现实。”

“非常感谢。”

古美门满意地完成了主询问。

“原告代理人。”法官唤道。

“村上先生刚才的证言并非出自真心吧？”黛直接问道，“虽然我不知道对方律师是怎么和你说的，但这件事和你目前面临的经济方面的困难是没有关系的。”

“反对！”古美门提出异议。

“那么我换个问题。村上先生，请你看着我的眼睛。”黛站到村上面前，“我知道很多从事化学研究的人们都过着贫困的生活，将自己的一切奉献给研究，而且大部分终其一生都得不到回报。正因为此，极少数能获得荣耀的人所肩负的责任才更大……八木沼小姐正是过去的你，就算无数次面临资金枯竭，就算被世人认为是无用的研究，也不曾放弃一直致力于研究之中的、那时候的你！”

村上定睛凝视着真挚诉说的黛。

“我希望你能以一个年轻研究者的立场来回答——你认为先锋给予八木沼小姐的待遇是恰当的吗？”

“反对，问题和刚才是重复的。”法官同意古美门的反对，驳回了询问。

黛改变问题，再次向村上问道：“你真的认为这一解雇是正当的吗？”

“……她是发明了碳X新技术的一人。考虑到其实绩，她的待遇可能确实是不恰当的。”村上考虑良久后如此答道。

“村上先生，你的证词变来变去可不行啊！”古美门不禁反对道。

“请允许我修改证词。”村上态度坦然地看向古美门，“现在才是我的真心话！我在经济方面的困难，不会接受你的帮助。我期望的是一个让走正道的人得到回报的社会！”村上的表情变得和刚才迥然不同。

“非常感谢……我问完了。”黛也露出了满意的笑容。

“你还真干得出来啊！”古美门闯进了三木事务所，“竟然被黛的花言巧语欺骗，你难道不觉得羞耻吗？”

“总比听你的花言巧语好。”三木优雅地让泽地给自己剪指甲。

“已经过去的事，你到底要拖到什么时候？”

“过去的事？”

“那个孩子的死是没办法的。”

古美门静静地对三木说道，三木无法保持沉默。

“是你杀了她！”

“为了胜利不择手段，这是你教我的！”

“但你越过了一条绝对不能跨越的底线！”三木情绪爆发。

“我手上握有证明报复性人事的决定性证据，我会让他站上证人席，一切就此结束。”

“你是说要做出有损客户的证言吗？”古美门还击。

“就算同归于尽，我也要将你打入地狱！”

“你这样也算律师？你应该被剥夺资格！”

“我可没说由我自己去作证。”三木抿嘴一笑。

“不是律师的话，就不存在被剥夺资格了。”泽地紧接着话头说下去，“真令人期待呢。”说完妖娆地笑了起来。

下一场公审，正如三木的预告，泽地站到了证人席上。

“那是在一年前的一次宴会上，我听到池部社长用手机和先锋的石神社长打电话。”泽地将池部电话中所说的内容公开——“你帮我处理掉八木沼，我也可以帮你解决不需要的人员。那么拜托了。”说完，池部挂掉电话对泽地等人笑道：“背叛者清除完毕。”

“这是在暗示交换八木沼小姐和金泽先生，进行报复性人事吗？”黛问道。

“我想是的。”

“我问完了。”黛一入座，古美门便紧接着开始了反对询问。

“泽地君江小姐，一年前偶然听到的对话，你竟然可以记得如此清楚无误？”古美门用一贯的口吻讽刺道。

“这件事让我感到很不愉快，所以记得很清楚。”

“那你又怎么看职业道德呢？虽说是秘书，但泄露委托企业的秘密，你不觉得有违职场操守吗？”

“对此我已有所觉悟，但作为一个人，我实在没法沉默下去。”

“作为曾和你在同一职场相处过的人来说，我可以断言，没有比你更不可信的人证了。”古美门眼神挑衅地看着泽地。

“你这是什么意思？”

“过去我曾经想对三木事务所的经营体制进行改革，却因为你的背叛而被阻止。”

“改革？你只是想篡位吧？”泽地无语道。

“直到今时今日，你一直以妨碍我而乐。”

“怎么可能！”

“法官，这位证人对我抱有私人情感，证词里很有可能夹带了私情。”古美门突然转向了法官。

“何出此言？”

“从很久以前，她就对我抱有非常非常强烈的爱慕之情。”

“我才没有。”泽地断然否决。

“但由于我从来没正眼瞧过她一眼，所以她对我的爱慕之情扭曲为复仇心态。只要能让我头疼，她什么事都做得出来，所以她的证词……”

“我记得当时对我纠缠不休、主动邀约的应该是古美门律师才对吧？”泽地打断古美门。

“哈哈哈，别开玩笑了。”

“当时老师不顾自己的妻子圭子小姐的存在，每天给我发短信邀约……”

“不好意思，你根本不是我喜欢的类型。”古美门拼命嬉笑，打算蒙混过关。

“碰巧，我将当时的短信打印出来了。我读出来给大家听听。”说着，泽地慢慢地拿出了一张纸。

“小君江，你为何要如此迷惑我的心……”

“我问完了！”古美门急急忙忙想要终止询问。但泽地依旧自顾自地读着：“……昨晚我又梦到你了。”

“问完了！问完了！问完了！”古美门跳脚。

“……我梦到被你打屁股，要是能成真这该多好啊……”

“够啦！求求你别念了！”

见古美门大声哀求，泽地行了个礼走下了证人席。看着不断冒冷汗的古美门，黛噗地笑了。

庭审过后，黛在走廊上等待着古美门和石神。

“老师提出的和解提议，还没给你答复，我在这里回复你。我们绝对不会和解。”黛向古美门走去，斩钉截铁地说道。

“你们应该意识到自己犯下了一个致命错误吧？”古美门盯着黛道，“你们丢弃了最重要的关键点。”

古美门意味深长地说完，和石神一道离开。

回到事务所，古美门大吃特吃。

“……事态危急吗？”服部一边服侍一边问道。

“这根本不算什么，以晨间剧女主的水准来说，还算是做得不错。”古美门毒舌道，“兰丸，池部的资料收集齐了吗？池部才是案件的关键点，他就由我接管了！”古美门唤道。但兰丸却沉默不语，对眼前的食物也置之不理。

“律师……我打算隐退，我要辞退这份工作。”兰丸开口道，“是真知子告诉我的……既然我的目标是演员，就应该试着专注。”

“等一下、等一下！”

兰丸不顾试图阻止的古美门继续说道：“她的话深深地打动了我，这也是我一直在苦恼的事情……我觉得我必须去试一下！”

“开玩笑过头会令人很困扰啊，兰丸！不要以为这么简单就能甩掉这份工作啊，你可是我培养出来的忍者！”古美门站起身，几乎要揪起兰丸。

“不对！我是个演员！”兰丸也站了起来。

被高大的兰丸俯视着，古美门突然怯懦了：“明白了、明白了。没错，没错，是那样呢！”

“做这份工作也是因为可以作为演员的修行，但再这样持续下去，我都搞不明白哪个才是我的主业了！我很感谢律师，但我也有我的梦想！等我一有成就，就来报答老师的恩情！加贺兰丸就此拜别！”说完，兰丸便走出了事务所。

“黛！”古美门甩掉餐巾。

黛和池部社长来三木律师事务所。

“我要解除顾问合同，你们的做法，我实在无法原谅。”池部很生气。

“一切都遵照您的意思。”三木很顺从。

“这件事是出自我个人的行为，真的非常抱歉。”泽地低头郑重地道歉。

“不过嘛，这也是分界线。说实话，这对我而言并没什么，既然已经撤销了对我们的诉讼，已经毫无关系。之后就随你们自行处理。”

“恕我冒昧，可能不能说是毫无关系。”黛小心翼翼地提出，“本案的关键就是池部社长您，古美门律师一定会来强行攻陷社长您。”

“我决不会去做什么证人！”池部果断否决。

“如果不作证，就将您和八木沼佳奈的关系告诉您的家里人……那家伙一定会这样威胁您的。您应该很清楚吧？”三木这样一问，池部沉默了。

“池部社长，何不先下手呢？”黛提议道。

“先下手？”

“如果能作为我方证人作证，那么您家人的问题对对方而言就将变得没有价值。请您作证，证实曾和先锋做过人事交易吧！”

“你说什么？要我承认实施过报复性人事吗？”黛的话让池部大吃一惊。

“照此下去，胜利的应该会是我们，那么积极主动的承认就能减少对企业形象的损伤，不是吗？您的家人也会得到保护！”

池部沉思了起来。

“对佳奈小姐实施报复，这是事实吧？她明明是您曾爱过的女人，您的内心难道没受到过良心的苛责吗？我不会伤害任何人而打赢这场官司。”

最终考虑的结果，是池部依然顽固地摇了摇头：“我不会站上证人席的！”

“黛，放弃吧，没有问题。即使这样下去我们也能赢。”三木劝阻道，但黛却无法释怀。

几日后，古美门来到池部去的那家健身房。他找到正在跑步机上跑步的池部，在旁边的机子上一起跑起来。

“您的夫人和女儿还好吗？”

听到古美门打招呼，池部露出了吃惊的表情。

“大女儿正在准备大学考试，小女儿要高中考试，在这种重要的时刻，如果父亲有外遇……”正说着，突然，跑步机的速度加快了。不知何时，黛来到古美门旁边，随意地操控了古美门的跑步机。古美门不得不跟着全速跑起来。

“你、你在干什么！住手！有人在这里做危险的恶作剧！”

古美门手忙脚乱地的时候，池部已经离开。古美门双腿打颤地走下跑步机去追，却被黛挡在面前。

“让开。”

“有本事就来！”黛环抱双手，古美门也做出打功夫的架势，但怎么看也不像能打得过的样子。

“我好想明白了一点。”黛说道。

“明白了什么？”

“律师你为什么这么执着于胜利。”

“你还真是突然明白了一件很不得了的事情呢！”

“是因为纱织吧？”黛的质问让古美门陷入了沉默。

“你为了胜利而夺去了一个无辜孩子的性命……如果放弃对胜利的执着，就相当于否认了自己所做过的事。”

古美门没有反驳地沉默着。

“你以不断的胜利来拼命逃离罪恶……这条路，一定走得很辛苦吧。”

“……”

“这次我会打赢律师，这就是我对律师你的报恩。”黛行了个礼，离开。

下一次公审，佳奈站到了证人席上。黛开始了询问。

“那么，八木沼小姐，请让我们听听你现在的心情。”

“一年前，我偷走仙羽化学的绝密文件，给公司带来了极大的损失。我也做好了被报复的觉悟，这次也本打算放弃。反正社会本来就是这样的……但告诉我应该去抗争的是黛律师。虽然不知道判决会是怎样，但我很高兴我抗争过。今后我觉得我也能抬起头坦然地走下去。”

古美门和池部都静静地听着佳奈发自内心的话语。

“非常感谢你……我在这次的审判中学到了很多东西。正义是什么，法律又是什么？”黛继续说道，“有人说这个世界是没有正义的，只有胜者才拥有正义。有一段时间我也认为也许真的是这样。但现在我可以确定地说，我们人类都有着热爱正义和追求正义的心，在这场审判中，我从大家的身上看到了这一点。”

黛环视了一周法庭，古美门和池部还有旁听席上的三木等人都沉默地倾听着。“审判不应该是一场胜负游戏，不是为了挣钱的赌博，也不是一个相互伤害的场所。这里应该是寻找一定存在于某处的正义和真实、探索让所有人都能幸福的道路的地方，不是吗？让行为正确的人得到回报的社会只是白日梦，现实是无情的——也许的确是这样，没错。”黛停顿了一下，接着更加用力地说道，“但是，人就是为了梦想而活着的！因为想要实现理想，才能在这个充满了放弃的现实中活下去！我相信理想是可以战胜现实的！”黛情绪高涨，热泪盈眶，“一定会的！”她大声说道。

接着说了句“我说完了”，她正对古美门深深行了个礼后落座。法庭内一片寂静，旁听席上甚至有人擦了擦眼泪。

“……被告代理人。”法官唤道，古美门却一脸恍惚。

“被告代理人？”法官再次呼唤。

古美门才恢复神情，说道：“我没有异议。”

回到事务所的古美门一直迷惘地盯着客厅里的花。

“看来律师培养出了一个非常了不起的律师呢。”服部搭话道，“总觉得您的心情变得很轻快，是我的错觉吗？”

“我只是感慨，就算是笨蛋，只要全力去做，也能做出一番成果。”

“想来真的挺不可思议……那时律师轻易地接受黛律师进入这家事务所，内心的某处一定是在期待，期待某一天她能打败自己吧——不得不一直胜利下去的生存方式也很辛苦吧？是时候放下身上的重担了。”

古美门始终沉默地听着服部的话。

终于到了池部作证的日子。整个法庭的气氛都紧绷着，黛开始了主询问。

“很感谢法官同意我追加证人的请求，也很感谢答应作为我方证人出庭的池部先生。”黛说道，“您的证言将令一切水落石出，请说出您想说的话吧。”

“……我为了报复公司员工八木沼而和先锋做了不正当解雇的交易……”池部这样说着，然后严肃地断言道，“根本没有这样的事。”

“您说的很好，根本没有……没有这样的事？什么？”黛怀疑自己是不是听错了。

“八木沼是公司寄以厚望的重要员工，被其他公司挖走，是我们如何都无法挽回的极大遗憾。”池部说完这些，便结束了证词。

“但是，那个，这个——”黛完全不知所措。

“我可以进行反对询问吗？”古美门立刻举起了手。

“等、请等一下！那个，我……”黛惊慌失措。

“她好像没话可说了，法官。”古美门强硬地说道。

于是法官指名古美门。

“池部先生，根据泽地小姐的证词，一年前你曾打电话给石神社长，暗地定下了人事交易的约定。关于这一点，到底是怎么回事呢？”

“关于这件事，我完全没有印象！”池部立刻否认到。

“怎么可能呢！”黛高声道。但古美门拿出了资料，“我调查了池部先生过去一年内的所有手机通话记录，包括石神社长在内，和先锋相关者的通话记录一次也没有！”

“也许、也许不是本人的电话，是同席上其他人的……”黛不肯罢休。

“同席员工的记录也调查了，没有！”

“也、也可能是店里的电话！”

“泽地小姐很清楚地说是手机。看来果然是泽地小姐的记忆模糊了呢。池部先生，非常感谢你的证词！”

“等等！等一下！”黛陷入混乱之中。法官对她给予了警诫。

“那么接下来可以开始被告本人的询问了吧？”

古美门开始对石神进行讯问，首先确认他是否和池部定下过密约一事。石神像画句号般斩钉截铁地断然否定道：“我不记得曾和池部社长做过任何秘密约定！”

“解雇八木沼小姐的理由是？”

“因为没有拿出我们所期望的成果，而且在她身上感受不到一点热诚，因此按照合约予以解雇。”

“可以说是很正常的判断，那么此次被起诉，您是什么心情呢？”

“我希望这场误会能得以消除。”石神用淡然而冷静的口吻说道。

“应该能消除吧，不管怎样，原告根本拿不出任何一样能确实证明贵公司和仙羽化学做过交易的证据。”

黛很想对古美门的主张提出异议，却什么都说不出来。

“相反，对方律师所主张的却是没有任何理论根据、单纯地诉诸以情、比女高中生给同人志投稿却落选的轻小说更幼稚的作文，而且自己还陶醉其中落泪不已！”

黛怒气上涌，但依旧无话可说。

“法庭审判是探索梦想的地方？想寻找那种东西的话干脆跳

进恒河印度或者进入下北泽的三流剧团吧！”

“被告代理人！”古美门的激烈言辞被法官警告。

“失礼了，话语有点不太恰当。”古美门暂时收敛了一点，但立马又开始，“……我们并不是神。包括我在内，都只是一种愚蠢而情绪化、总是不断犯错的物种。这样的人真的可以去裁判其他人吗？不，这是办不到的。所以才需要用法律来代替人做出判决！不管有多么奇怪，有多么憎恨，都该排除一切情感而由法律和证据来作出判决。这才是我们人类从长久的历史中得到的所谓法治国家这一巨大财产！”

古美门的激烈辩论令法庭再度寂静。

“当然，在这个光明正大的裁判所里，各位一定不会被情绪化的辩论迷惑丝毫，自始至终都只根据法律和证据作出裁决的吧！以此而言，结论是一目了然的。我说完了！”

古美门就像名演员完成独角戏般，一脸轻松地站立于法庭之上。

“原告代理人。”法官看向黛。想说的话是有的，却说不出来。黛心中已经没有任何能打败古美门论点的话了。

终于，判决的日子到来了。

“我宣布，驳回原告所有请求。”

“怎么会！”黛情不自禁地哀声喊道。

“你以为你能打赢吗？笨蛋！你还差一百亿万年呢！”古美门欢欣狂舞。

“安静！现在还在读判决！”法官又再次警告他。

黛和佳奈无精打采地坐在法院走廊的凳子上。

“……不可能这样。”黛失魂落魄。

“算了，这也是没办法的事。有家泰国企业正在邀请我过去，我决定去那里。”

佳奈转换心情般地说道。这时，古美门意气风发地走了过来。

“你不管去哪里都能成功吧。就算万一在泰国遭到不正当解雇，到时候来找我吧，虽然收费会稍微高一点。”

“我会考虑的。”佳奈无语地笑道。

“看来泰国化学威胁日本的日子就快到了！对日本而言，真是一大损失啊，实在是太遗憾了！”

“还不都是因为你！”黛愤然怒道。

“不对，是因为你！没错吧？”被古美门如此反驳，黛又不得不认同。

“本来进行完佳奈本人的询问后就结束是可以得胜的，但你却得意忘形，一定要让池部本人作证，完全没意识到这是我设下的圈套。”

“池部社长是什么时候转向律师的……”

“打从一开始啊！为了最有效地发挥作用而抛饵给你咬，让你认为这才是最重要的关键！听好了，如果先锋输掉了，仙羽也不可能毫无损伤。比起家人和爱人什么的，池部更想保护的是公司，怎么可能因为区区几滴廉价的眼泪就转而帮助你们呢！”

悔恨令黛不禁颤抖，但是她却找不到能反驳古美门的话。

“你以为自己成长了吗？其实一点都没有成长，一点也没有！你觉得将我逼入困境了吗？我不过是陪你玩玩而已！把你绑到下次行星探索器鹰隼二号上去外太空探索几年小行星也许会变好一点，如果在大气层里没被燃烧殆尽的话！”

“……我，我到底哪里不行了？”

“只是脱掉了旅行者的外套，不要以为自己就赢定了，既然要当太阳，就要燃烧地狱让对方脱得内裤也不剩一条！连这点都不做不到的话是不可能用理想来改变现实的！让自己变得更强、更聪明点吧！晨间剧女主！”

古美门直直地指向黛，转身离开。

黛握紧拳头始终站立着，突然，她追上古美门，抓住了他的手腕。

“太不知进退会很难看啊。”古美门甩手想挣脱开。

“这次是我彻底失败。但是，老师应该也还有一件必须要解决的事情。去和三木老师谈谈吧？老师内心也一定受到了伤害吧？”

古美门默默地看着黛。

“这件事不是胜负的问题，也和你们的自尊没有任何关系，而是为了在天国的纱织必须去做的。”

几分钟后——

古美门和三木你瞪我我瞪你，黛、泽地和井手看着两人吞着口水。

“你为这件事而恨我是没道理的。”古美门用冷静的口吻说道。

“是你将她牵扯到审判的。”

“你当时也是那么打算的。”

“我曾命令你停手！”

“那个孩子命中注定是要死的！”

“你说什么？”

古美门的信口之言终于点燃了三木的怒火。三木从抽屉里拿出相框，举到了古美门的眼前。古美门目光拼命闪躲不去看照片。

“给我看着，你看着纱织的眼睛，再把刚才的话说一次！”

“住手！”古美门推开了三木的手，相框被这一推飞到了黛的脚下。

“喂！你竟敢这样做！”三木揪住了古美门的衣领，古美门也回应他，两人扭打在一起，井手在一旁阻止，男人们推推搡搡地扭作一团。

“这个孩子……纱织……”黛捡起了相框。

“那是一桩围绕某个新药的制药公司之间的诉讼……”泽地目光深邃地讲起来，“当时为了逼迫对方公司停止销售新药，所以决定进行药物实验，用纱织来试验。几个月的实验之中，纱织成为了三木老师，不，是整个事务所内心的慰藉……就像沙漠中的绿洲一般的存在。最终都不忍心将她继续作为实验对象，但是古美门律师却……”泽地看向扭成一团的古美门和三木。

“是你杀了她！”三木恨恨地瞪视着古美门。

“如果那时候停止实验就徒劳无功了！”古美门也情绪失控地喊道。

两人的身影在视线边缘扭打着，黛却一直盯着相片无法动弹。

“那个，泽地小姐，我再问一次，这位就是纱织吗？”

“是的，是个还不到三岁的小女孩。”

黛又再次看向照片。相片上拍摄的是毛色白白、双眼漆黑、大大的—— 一只仓鼠。

“失去纱织之后，律师就像没有了灵魂一般……”泽地看向三木。井手终于将三木从古美门手上拉开。

“纱织对我而言就如同亲生女儿一样！对你来说不也是那样的吗，古美门！你不也曾被那个孩子治愈过吗！”

三木边哭边诉说，古美门一直盯着这样的三木。

“被她那双浑圆的眼睛！还有那像向日葵般鼓得圆滚滚的双颊！卡拉卡拉欢快地在风车上跑着的可爱身影！”

“……都是为了胜利……我都是为了胜利啊……”古美门像要榨干自己般，说着说着眼泪便流了下来。看了照片的井手也突然发出了呜咽声。

“啊？”黛完全糊涂了。

“我也……我也曾经养过鼬鼠。”井手抽抽搭搭地哭起来。

“你也为此而哭了吗……你，叫什么来着？”三木抽搐着问井手。

“……我叫井手。”井手因打击哭得更厉害了。

“这不是我的错，不是我的错……”古美门跪在地上，拳头不断地捶打着地面。

“总有一天我要将你打入地狱！这就是我的赎罪！”

泽地看着这群男人，身体颤抖起来。她再也忍不住笑意了。

“……那你又是为了什么？”黛问道。

“我最喜欢看男人打架了。”泽地干脆地答道。

黛矗立良久，然后行了个礼离开了响彻哭声的三木事务所。

来到大楼前叫住了一辆出租车，往古美门事务所开去。

“欢迎回来。”服部端出沏好的茶。黛端起一口喝干，对服部说道：“服部叔，不好意思，能麻烦你关闭所有的窗户吗？”

“领命。”服部将所有窗户紧闭。

“谢谢。现在我要发出一点响亮的声音。”

“请随意。”服部捂住了耳朵。黛深深地吸了一口气——

“这算什么啊——”

响亮的尖叫响彻街道。

“释放完了吗？”

“打扰你了！”黛心情畅快地笑了。

几日后，黛拜访古美门，再次请求回来工作。

“虽然我很不乐意，但既然债务毫无头绪，也就没办法了。工资是以前的百分之七十、其中百分之三十用来还债，这是我的条件。”古美门大口大口地吞着晚饭。

“工资是以前的百分之八十、其中百分之二十五用来还债如何？”黛嘴里塞满饭菜讨价还价。

“不行。”

“那么折中为百分之七十五的百分之二十七点五怎样呢？算下来到债务还完是十八年五个月。”服部建议道。

“如果你做出有损事务所名誉的事的话……”

“坚决抵制不正当解雇，这次我一定会赢。”

“那一天永远都不会到来。”

“那么，为合约成立干杯。”看着嗤鼻一笑的古美门，服部端来红酒。红酒杯有四杯，伸向第四杯的竟是兰丸。

“你为什么会在这里？不是去一决胜负了吗？”古美门疑惑地看着兰丸。

“我决定明年再一决胜负。我开动啦！”兰丸当古美门的挖苦是耳边风，一口干掉杯中的红酒便开始猛吃起来。

“好好吃！这是什么？”

“Batates Bil Beram，埃及的一种家常料理。过去我曾经在王族之谷挖掘调查。”

“……服部叔，你到底是何方神圣？”

“我只不过是一名没有任何长处的单纯的办事员而已。”服部如往常一样微微笑道。

很快，一件新的诉讼委托上门，古美门和黛一同出门了。

“我不是让你改改你的罗圈腿吗！”古美门对正常走着的黛说道。

“我不是罗圈腿！”

“你就是罗圈腿！”

“哪里是啊？”

“你是精神上的罗圈腿啊。”

“那是什么东西啊！”黛指着古美门，“我才不想被老师你指责精神面的问题呢！”

“不要用手指别人，太失礼了！”古美门也啪地用手戳了回来。

两人推搡着走向了法院。